所念星河,一眼千年

洪琦 著

天天出版社

图书在版编目（CIP）数据

所念星河，一眼千年 / 洪琦著. -- 北京：天天出版社，2025.1. -- (新时代优秀散文书系). -- ISBN 978-7-5016-2480-5

Ⅰ. I267

中国国家版本馆CIP数据核字第2025SP4519号

责任编辑：赵　迎	文字编辑：程笛轩
责任印制：康远超　张　璞	

出版发行：天天出版社有限责任公司
地址：北京市东城区东中街42号　　邮编：100027
市场部：010-64169002

印刷：成都市兴雅致印务有限责任公司	经销：全国新华书店等
开本：880×1230　1/32	印张：10
版次：2025年1月北京第1版	印次：2025年1月第1次印刷
字数：291千字	

书号：978-7-5016-2480-5	定价：65.00元

版权所有·侵权必究
如有印装质量问题，请与本社市场部联系调换。

生活就是一种态度

在漫漫人生长河之中，文字宛如一座熠熠生辉的灯塔，静静矗立在那无垠的精神海洋上，无论岁月如何流转，无论风雨怎样侵袭，它都坚定地散发出明亮而温暖的光芒。这光芒自带柔和的力量，如夜空中的星辰，如眼前的这本散文集。

细细算来，作为洪琦的导师，从厦门大学中文系的外国文学史课程开始，至今已相识多年，她与我的师生缘可参见《得师若此，夫复何求》一文。我有幸一路见证作者在学术道路上一步一个脚印的成长历程，也从与她的交流中感知她的喜怒哀乐，见识到一位有才华的学生逐渐成长为具有思考能力与细腻思维的作家。

在校期间，洪琦是少数不用我操心课业的一位，自己安排读书计划并思考前程，规划继续考研读研的蓝图并稳健前行，直至考博她仍来请教我的意见和建议。她体验过真正的生活，而这本散文集正是作者对生活的回馈，也是她内心世界的真实写照，凝聚了她对生活全方位的细致观察与切身体验。因此，我怀着一种既欣慰又感动的心情，为这本散文集写下序言。

这本散文集的主题丰富多元，涵盖了自然、情感、生活感悟以及文化探索等诸多重要方面。它犹如一个奇妙的五彩斑斓的万花筒，每一次轻轻转动，都能呈现出别样的绚丽色彩和独特图案。从对大自然那雄浑壮丽的赞美与深深敬畏，到对人间细腻情感的精妙描绘，从对生活琐碎小事的深刻感悟与深入思考，再到对文化传承的密切关注与积极探索，每一篇文章都恰似一扇明亮的窗户，透过它，我们能够清晰地窥探到作者内心深处那个丰富多彩的世界。

在描绘自然方面，作者运用细腻如丝的笔触，生动地勾勒出大自然的绝美与神奇。有的文章将山水之间的宁静与和谐展现得淋漓尽致；有的文章则紧紧聚焦于四季的交替更迭，巧妙地展现出生命的轮回不息。这些文字促使我们重新审慎地思考自己与自然的微妙关系，提醒我们要倍加珍惜大自然慷慨赋予的一切美好。

在情感领域，作者更是淋漓尽致地展现出人性中最为温暖动人的一面。亲情，无疑是我们生命中最为坚实可靠的后盾，它在我们成长的漫漫征途中，始终如一地给予我们无微不至的关怀与坚定不移的支持；友情，则是我们人生道路上不可或缺的忠实伙伴，它在我们遭遇艰难险阻时，总是及时地给予我们有力的帮助与鼓舞人心的力量；而爱情，作为人类永恒不变的主题，它让我们深切感受到生命的澎湃激情与无尽美好。

生活感悟同样是这本散文集的一个核心主题。作者通过对日常生活中那些看似微不足道的琐事的敏锐观察与深刻思考，总结出许多弥足珍贵的人生经验，正如她在生活的起起落落中始终保持乐观向上的积极心态，勇敢无畏地直面生活中的各种挑战，最终成为更好的自己。

文化探索也是这本散文集的一大亮点。作者对不同地域、不同形式的文化现象进行了深入透彻的研究与积极探索，充分展现出文化的多元性与无穷魅力。

阅读本书手稿，作者清丽自然的文字引领我走进一个绚丽多彩的世界，让我感受到了生活的丰富美好却又复杂的多面性，相信读者们也能从阅读中找到与我一样的乐趣。当然，这既依靠作者本身的写作能力和对生活敏锐而独特的洞察力，也有赖于读者用心感受其中纤细的情感变化与经验带来的人生智慧。甚或我们能够找到与洪琦相同的生活乐趣，让生活过得更有滋有味，这应是她写此书的一大收获。

洪琦的这部作品点醒我们：生活就是一种态度，只要态度摆得正，人生处处有乐趣！

夏光武

夏光武，厦门大学中文系副教授，中国华侨历史学会会员，福建省文艺评论家协会会员，厦门市文艺评论家协会会员，厦门大学留学生会理事等。

心光集韵

"心光"代表作者洪琦内心闪耀的光芒，她凭借聪明浪漫和细腻的感知力，将内心的情感转化为文字之光，照亮读者的心灵。"集韵"体现这本散文集是作者各种情感、思考和感悟的集合，如同一首韵味悠长的乐章，涵盖了自然、情感、生活、文化等多个层面的主题，富有独特的韵律和魅力。我与作者洪琦亦师亦友，相识相知十余载，见她将深刻的体验与洞见转化为文字并结集出版，真是欣喜万分。正如黑塞所说，她"那悸动、骄傲而天真的心，曾经埋藏了太多情感，现在终于都生发出来，绽放出来，变成一件作品，一个蓬勃的小世界"。

这本散文集里的每一篇散文都像是一颗精心打磨的宝石，散发着独特的光芒，它是洪琦用心灵谱写的乐章，每一个音符都跳动着生命的活力和情感的温度。散文的写作风格独特，用简洁明了的语言表达复杂的情感和深刻的思想，没有过多的华丽辞藻，具有一种清新自然的文风，却能在不经意间触动我的心灵。文字中不仅能看到一个丰富多彩的世界，更能看到洪琦对生活的热爱、对自然的敬畏，以及对人生的深刻思考。

她，热爱自然，用细腻的笔触描绘了宇宙的千姿百态，从雄伟的山川到潺潺的溪流，从广袤的森林到娇艳的花朵。"仁者乐山，智者乐水。"在《林泉清韵》中，我仿佛也走进了那片山林，感受到阳光透过枝叶的斑驳光影，听到清泉石上流的悦耳声响，领略到大自然的宁静与和谐。正如她想表达的：自然给予我们物质上的资源和精神上的滋养，它是我们情感和思考的源泉。

洪琦是一个浪漫到极致的人，她内心丰盈，情感充沛。无论是亲情、爱情、友情、师生情，还是萍水相逢，都能在她的笔下显得格外真挚。在《父爱如星》中，我感受到了她父亲的深沉与内敛，那种默默的付出和关怀，虽然有时不被察觉，但却如夜空中的星星，始终照亮着她前行的道路。而在《爱如繁星》里，爱情的美好与复杂被展现得淋漓尽致，从相遇到相知，再到经历挫折后的坚守，让我看到了爱情的力量和多样性。当我第一次看到那篇关于我的文章——《在》时，无尽的感动涌上心头。每当我细细品味其中的字句，那种触动心灵的感觉便越发强烈。即便在我的内心深处，一直想着实际上自己或许并没有文章中所描述的那么好，可我实在不忍心去破坏它的完整，舍不得删减半分，只因每一个字、每一句话都承载着我们之间特殊的情感和珍贵的回忆。

洪琦是个敏感多思的人，生活感悟是她在散文中不断探讨的话题。在《开门见山》中，她一如既往地积极向上，门与山成了生活的象征，每一次跨越门，每一次攀登山，都是对自我的挑战和超越。正是她身上这种对生活的勇气和坚持，才让她人到中年选择裸辞读研，一切从头再来。

文化传承与探索也是这本散文集的一个亮点。我跟随着《从"诗空间"到"三味书屋"》的脚步走进了充满文化气息的书店，感受着书籍所承载的历史和文化，如今我任职于集美大学图书馆采编部，更是时刻感受到文化是我们的精神根基。我们从自然中汲取力量，在情感中寻找慰藉，通过生活感悟指导自己的行为，而文化则为我们提供了更广阔的视野和更深层次的理解。

五十岁的人生，历经了风雨的洗礼，也见过了无数的风景。我满怀感慨地在生日时发给自己一段曾在书上看到的文字，意在时刻提醒自己要无比珍惜生活中的点点滴滴。而此刻，我也怀着诚挚的心情，在此与洪琦一同分享：

我们活得愈长，时间过得愈快，就像一只球毫无阻碍地滚下山坡一样，其速度越来越快，让人猝不及防。再举一个形象的例子：在一个匀速转动的圆碟上，我们会发现一个小点离开中心愈远，它就转动得愈快。其实在滚动的人生巨轮上也是同样的道理，你离开起点愈远，时间仿佛为你转动得也愈快。所以我们完全可以说，就时间对我们的认知所造成的感觉而言，某一年的长度，是与1和我们当时岁数之间的商成反比的。例如，当我们处在五十岁时，这一年在感觉上的长度，仅仅只是五岁时的十分之一。

　　四十不惑，五十知天命。生活中的每一个微小瞬间都蕴含着无尽的价值，那些曾经被忽视的平凡日子，如今回忆起来都熠熠生辉。岁月如流，它带走了青春的容颜，却也留下了智慧与沉稳。希望我们都不再为琐事而烦恼，更加珍惜当下的宁静与美好，那是生活最真实的馈赠。

　　洪琦，你的散文集就如同一盏明灯，照亮了我内心深处那些曾经被忽略的角落。希望你在未来的创作道路上，继续保持这份对生活的热爱与敏锐的感知，用你的笔描绘出更多绚丽多彩的世界。愿你的文字能够穿越时空，触动更多人的心灵，带给他们温暖、力量和启示。无论岁月如何流转，无论生活带给你怎样的挑战，都希望你能像你笔下所展现的那样，勇敢地跨越每一道门，攀登每一座山，不断探索生活的真谛，传承文化的瑰宝。

孙巧稚

孙巧稚，任职于集美大学图书馆采编部，集美大学心理咨询中心国家二级心理咨询师。

目录 CONTENTS

第一辑　所遇皆诗

所遇皆诗	002
风	004
声声不息	007
裂缝中的光	009
月来越圆满	011
最小的伟大	013
开门见山	015
茶禅一味	017
林泉清韵	019
海边树屋	021
好一片芦苇荡	023
向日葵礼赞	025
桂花：独特香气中的温暖	028
大丽菊与香水玫瑰	030
种草记	032
一房二猫三餐四季	035

淘淘来了	037
小团子	039
义猫"显眼包"	041
骑驴找马	044
何不秉烛游	047

第二辑　念兹在兹

生命中最美的礼物	050
月光如水水如天	052
父爱如星	055
掬一缕时光入眼	058
一碗人间烟火	061
素心如兰	063
天窗	065
首日封中的春天	068
文学灯塔	071
那一眼便是星河万年	074
得师若此，夫复何求	077
在	079
常回"家"看看	082
一张特殊的课程表	084
糖诗如画	086
她，就是我的"小太阳"	089
赴一场荷花宴	092
轻煮时光慢煮茶	095
别样"流水席"	097
三五好友，三不五时	099

"五分钟"导游 ································· 101
一见如故 ····································· 103

第三辑　星河璀璨

最美的孤独 ································· 106
从"诗空间"到"三味书屋" ············· 109
一身梅花 ···································· 112
游子归乡 ···································· 114
逐梦之旅，希望之光 ······················ 117
麦田里"长出"博物馆 ···················· 120
文字江河万古流 ···························· 123
山光水色别有天 ···························· 125
泰山独游记 ································· 127
苦水不苦 ···································· 129
江城"樱"你绽放 ·························· 131
凤凰未央 ···································· 133
浪漫无时限 ································· 135
山水自有诗意 ······························ 137
天空之城 ···································· 139
心安处是辋川 ······························ 141
诗意满江淮 ································· 143
晒秋之韵 ···································· 146
烟雨江南，梦回安昌 ······················ 148
醉美双沟 ···································· 150
塞外江南 ···································· 153
种子为媒，山海为证 ······················ 155

第四辑　一眼惊鸿

情书匣子	158
青春盲盒	160
二十岁的天空	162
对联中的岁月恋歌	165
最爱临风曲	168
时光胶囊	170
漆扇流萤	173
邂逅之爱	175
爱如繁星	177
洱海之殇	180
剑舞惊鸿	182
花好月圆亲上加亲	184
龙舟赛为媒，五彩绳为线	186
迟来半个世纪的婚礼	188
当原有的浪漫有了遗憾	190
那场表白大戏	193
等待，一场爱的邂逅	195
情为何物	197
爱之无垠	200

第五辑　千回百转

愿你和梦想顶峰相见	204
一朵室内的"云"	206
送给自己的礼物	208
让自己活成一道风景	210

简单是人生智慧	212
小儿学画，舞鱼弄虾	214
龟兔赛跑	216
己所欲，亦勿施于人	218
"蕉绿"总有成熟时	220
水晶萝卜	222
何以续航	224
"卷卷"更快乐	226
我的"半马"梦	229
陶醉时光	232
诺奖之思	235
五十五天，信念的奇迹	238
向云端	244
虽败犹荣	246
字述一年	249
做自己的星辰大海	251

第六辑　年年岁岁

致肚子里的宝宝	254
光照进现实	256
你周岁啦	258
两岁的你	260
神奇的三岁	262
爱思考的四岁	264
五岁的小"欧姆"	266
六岁"小冠军"	268
你就是"钢琴王子"	271

光荣的少先队员	273
半个"成人"	275
世界之窗	278
彩云之南	280
十三天十座城	283
上初中啦	286
"电脑达人"	288
各自做更好的自己	290
归来仍是少年	293
升级打怪	295
成为有趣的人	297
十八而志，未来可期	299
奔涌吧，后浪	302

后　记 … 304

第一辑

所遇皆诗

所遇皆诗

人生，恰似一幅绚丽多姿的长卷，于岁月的悠悠长河中徐徐铺陈开来。我们是画卷的执笔者，凭借各自独特的经历、深沉的情感以及深邃的哲思，精心勾勒出独一无二的景致。漫漫人生旅途中，我们在喜怒哀乐、酸甜苦辣的磨砺下不断收获成长的智慧。感恩文字，它宛如一盏明灯，让我在这纷繁复杂的世界里，始终能保持一颗敏锐而又感性的心，去探寻生活的奥秘，去采撷世间的美好。

晨曦初绽，当第一缕阳光轻柔地穿透窗帘缝隙，宛如母亲的手温柔地拂过面颊，我从蒙眬的睡梦中缓缓睁开双眼，起身走近窗前，拉开窗帘，清新的空气便迫不及待地涌入，我贪婪地深吸一口，想将整个清晨的生机都纳入心怀。窗外，鸟鸣清脆悦耳，宛如天籁；微风轻轻拂过，树叶沙沙作响，奏响了大自然悠扬婉转的乐章。

新的一天，神秘的盲盒悄然开启。

用过早餐，漫步在上班的路上，路旁的花朵正竞相绽放。那五彩斑斓的花瓣在阳光下熠熠生辉，红的似燃烧的火焰，粉的如天边的云霞，白的若冬日的初雪，各自争奇斗艳，绽放出属于自己的独特美丽。人生又何尝不是如此？无论我们是默默的小花、零落的小草，还是参天大树……即便微如苔痕，依然拥有独一无二的价值。无须艳羡他人的光芒万丈，只需努力做好自己，便能成为世间一道亮丽的风景。"年年岁岁花相似，岁岁年年人不同。"四季的景色虽变幻各异，但那颗热爱生活的心，却能穿越时空的界限，连接古今。

午间，阳光炽热如火，困意悄然袭来，我走进一家咖啡馆，店内弥漫着浓郁醇厚的咖啡香气。在靠窗的位置坐下，细品咖啡由浓转淡的韵味，目光透过窗户，望向外面熙熙攘攘的人群，思绪渐渐飘远。在这个快节奏的时代，人们总是在忙碌的工作与琐碎的生活中奔波穿梭，鲜少有时间停下匆匆的脚步，去欣赏身边那如诗如画的美景，不经意间便忽视了生活中的小确幸。

傍晚时分，夕阳的余晖如一层金色的薄纱，轻柔地给大地披上了华美的外衣。信步徜徉，匆匆人影中可见美好瞬间——人们下班后在公园悠然散步、惬意聊天；孩子们放学后在公园的草地上欢快奔跑、纵情欢笑；街头长椅上，老人相互陪伴，静静欣赏落日的温情；海边，弹唱艺人随性而歌，肆意挥洒着对生活的热情……听，那是心跳的声音，是时间缓缓行走的声音，宛如岁月的低吟浅唱，告诉人们：生命中最为珍贵的并非财富与权力，而是那些与我们一同共度美好时光的人和那些身边的美好事物。

夜幕悄然降临，明月高悬于天际，繁星点点闪烁。星星虽渺小却努力散发着自己那微弱而坚定的光芒……其实，幸福很简单，放慢脚步，静静聆听，细细体会，只需一片悠然飘荡的云、一缕轻柔拂面的风、一杯香醇浓郁的咖啡、一本启迪心灵的好书，抑或是一个温暖如春的微笑，都能让平凡的日子化作一首首动人心弦的美丽诗篇。

"所遇皆诗"是一种对生活的美好态度。不要迷茫，不要慌张，即便太阳下山了，还有温柔的月光照亮前行的路。希望你我亦能——"生活如诗，所遇皆美好"。

风

　　风如同大自然的灵动乐章,它四处散播善行:吹拂森林,让树叶沙沙作响,似大自然在低语;播撒种子,为大地带来新的生命和希望;带走水分调节自然平衡;拨动火苗,让温暖与光明在世间蔓延。风,那纵贯天地的自然之力,无处不在,恰似大自然神秘的面纱。

　　风,来无影去无踪,多变又易逝。微风轻拂面庞,似温柔地抚摸,带来丝丝惬意;凉风习习,驱散燥热,让人身心舒畅;寒风刺骨,则如尖锐的冰刃,刺痛每一寸肌肤。

　　现实中,人类为了满足探索高空的心愿,发明了热气球。在浩渺的高空之中,没有任何参照物,飞行员将自己完全交与风来掌握,任凭风的摆布。方向如此,生命亦是如此,仿佛在命运的洪流中随波逐流。为了追求更高的梦想,飞机应运而生。"好风凭借力,送我上青云。"从此,飞行员如同英勇的战士,既可在空中御风而行,享受风的助力,又可挑战逆风而行,展现顽强的斗志。恰似船员们虽喜欢风平浪静的安稳,却也无惧乘风破浪的挑战。

　　除此之外,人类更是利用自然的高手。他们发明了各种各样的物件来激发风的有益效果。风箱,一拉一推之间,仿佛能听到风的呼啸与力量的涌动;风车,在风中缓缓转动,如同一幅幅美丽的画卷;风筝,凭借风的托举,在蓝天中自由翱翔。风还进入了音乐领域,风琴那悠扬的旋律,仿佛是风在诉说着动人的故事;风弦琴,以风为弦,奏响大自然的天籁。风在文学领域更是四季常青,在这交织的画卷中,人类感受着生命的起伏与躁动。

它可以是思念的寄托，可以是凄清氛围的写照，可以是豪放的象征，更可以是生命力的展现。

且看古诗词里的风。它时而成为一种象征，烘托出凄清的氛围。"风飘飘，雨潇潇，便做陈抟睡不着。"那潇潇风雨之声，如泣如诉，让人心中涌起无尽哀愁。"帘卷西风，人比黄花瘦。"西风吹起窗帘，柔弱的身影在风中愈显憔悴，孤独与思念弥漫在字里行间。"秋风吹渭水，落叶满长安。"秋风瑟瑟，渭水滔滔，落叶飘零，整个长安都笼罩在一片凄凉之中。风，宛如一位忧伤的诗人，在这些诗句中，诉说着时光流转中的离别与苦痛。

风还时常被用来寄托相思之情，抒发思乡怀人之感。冬日的风伴随着雪花，搅碎了思乡人的心。清代词人纳兰性德在《长相思》中写道："风一更，雪一更，聒碎乡心梦不成，故园无此声。"凛冽的寒风与纷纷扬扬的雪花交织成一幅凄美的画卷，让思乡之人在寒夜中辗转难眠。元代诗人刘秉忠的《江上寄别》中写道："好风到枕客愁破，残月入帘归梦醒。"夜风袭来，客人难以入眠，再也无法梦回故乡，情感之苦令人感慨万分。

然而，即便在离愁别绪中，也有对风的美好寄托。汉武帝刘彻的《秋风辞》中写道："秋风起兮白云飞，草木黄落兮雁南归。"秋风乍起，白云飘荡，草木凋零，大雁南飞，一幅壮丽而又略带忧伤的画面展现在眼前。唐代诗人刘禹锡的《秋风引》中写道："朝来入庭树，孤客最先闻。"秋风悄然吹向庭院中的树木，孤客最先感受到那丝丝凉意，风成为表达思念之情的载体。

在一些诗篇中，风则展现出豪气万丈的一面。"大风起兮云飞扬，威加海内兮归故乡。"以狂风衬托着英雄豪杰的冲天豪情。"天苍苍，野茫茫，风吹草低见牛羊。"广袤无垠的草原上，风肆意吹拂，牧草摇曳，牛羊若隐若现，尽显豪放与壮阔。"风萧萧兮易水寒，壮士一去兮不复还。"易水之畔，风声萧萧，壮士的决绝与勇敢令人动容，风成为昂扬向上的精神象征，展现出中华民族的豪情壮志。

另一方面，风也彰显着生命的力量。古人云："野火烧不尽，春风吹又生。"春风轻拂，大地复苏，顽强的生命在风中绽放出绚烂的光彩。"等闲识得东风面，万紫千红总是春。"东风吹来，百花盛开，五彩斑斓的世界充满了生机与活力。春风将生命的力量撒播到大地，促使万物复苏。风又成为生机盎然的象征，带给人们活力与希望。

总体而言，风的形象深深植根于文学的土壤中，成为作家们表达情感、思考人生的重要符号。通过对风的描写，义学作品不仅展现了自然界的美妙与力量，也折射出人类内心的纷繁复杂。

自远古至今，风悠然穿梭于漫漫的时光长河中，轻盈舞动在熠熠生辉的文学殿堂之内，自在飘荡在广袤无垠的现实天地之间。它凭借轻柔的低语、豪迈的呼啸、深情的诉说以及蓬勃的力量，精心编织着数不胜数的动人故事，引领我们欣然与风共舞，虔诚与自然共生。

声声不息

听，它们在大自然的怀抱中无处不在，肆意穿梭于山川河流、森林草原之间，仿佛是大地的心跳，是生命的旋律，是天地间的对话。它们各成一派，却又交织成一首宏伟而壮美的交响乐，诉说时光的故事，唱响生命的赞歌。

风声是弦乐，似提琴般时而柔和，时而犀利。春风拂面，如温柔的低音提琴，轻轻拉动着人们的心弦，唤起内心深处的宁静和欢愉；萧瑟秋风，如哀怨的中提琴，带着岁月的沉淀，引发回忆；台风呼啸，如激情的大提琴，高亢激昂，震撼心灵。

水声自然归于打击乐，叮叮咚咚、淅淅沥沥，丰富至极。雨声，或如琴如瑟弹奏悠扬乐章，或如战鼓擂动演奏激情交响；小溪潺潺流淌时，哗哗啦啦，清脆而有节奏感；海浪澎湃，激昂有力，敲击声哗然而起；瀑布冲击岩石，震耳欲聋的轰鸣声诉说着力量。

植物生长的声音呼啦啦，沙沙簌簌，音域宽广，当属木管组。春天来临，万物复苏，树木发芽抽枝，嫩绿的叶子从树枝上舒展开来，发出细微的摩擦声，一切都变得生机勃勃；花朵绽放，散发出淡淡的芳香，伴随着微风轻轻摇曳，发出低低的啁啾声，花语四溢，唱响生命的奇迹；秋天到了，果子成熟，轻柔的"咚"或"啪"直击果农心田，那是生命的回响，带着丰收和新生的喜悦。

动物的声音毫无疑问是铜管组，独具魅力和韵律。田间地头，牛儿们要么犁田要么吃草，不时发出低沉而有力的哞声；草原上，马儿们奔跑，马蹄声声，勇敢而激越；夜晚草丛，虫鸣声此起彼伏，合唱拉开了序幕；森林里，兽吼如同原始的呐喊，充满野性与力量。

大地的声音是色彩乐器组，阳光照射，土壤收缩，发出轻微的龟裂声，雨水滋润，土壤膨胀，发出柔和的润泽声，每一下收缩都是生命的呼吸；黄土漫卷，发出低沉而深远的呼啸声，每一粒泥沙都承载着岁月的沧桑；地壳板块发生位移，岩石相互摩擦碰撞，发出巨大的轰鸣声，每一次位移都是大地的律动，暗藏神秘与澎湃。

声声不息，是人自然馈赠的天籁，宛如一场永不停歇的宏大音乐会在广袤大地之上奏响。每一个细微的声音之中都深藏生命的奥秘，散发着自然无穷无尽的力量，虽无形却能真切地被感知，让我们得以领略到大自然的神奇与伟大。

裂缝中的光

人生路漫漫，每个人都是孤独的行者，穿梭在岁月的长河之中，累了倦了之时，总希望能探寻到一束照亮心灵深处的光。这束光，它时而若隐若现，似夜空中闪烁不定的星辰指引前行的方向；时而又触手可及，若冬日里的暖阳给予慰藉。

生活并非一帆风顺，既有阳光明媚的绚丽色彩，也有阴霾密布的灰暗色调。当我们踏入布满荆棘的小径，或遭遇狂风骤雨的侵袭时，守望相助自是裂缝中透进来的光，但那只是一时的支撑，无法成为永恒的依靠。自身所拥有的希望与坚持的力量，才是可以燎原的星星之火，虽微小却蕴含着无尽的潜能。因此，我渴望活成一束光，不借光，不偷光，自成光源，照亮自己，也温暖他人。

我曾无数次看到过那束光，它藏在一个个角落里。

那束光是善意的关爱与温暖。在一个寒冷的冬日，我走在街头，看到一位卖艺的老人，他穿着单薄的衣服，在寒风中瑟瑟发抖，手中的乐器发出略显凄凉的声音。路过的行人大多行色匆匆，很少有人驻足停留。然而，有一个小女孩却停了下来。她从自己的口袋里掏出五元钱，轻轻地放在老人面前的盒子里，然后对着老人露出了一个甜美的笑容，说："爷爷，您的音乐真好听。"老人感激地看着小女孩，笑了，那一刻，我仿佛看到了一束光在他们之间传递。这束光，无关乎金钱的多少，而是源于一颗善良的心温暖了老人的心，也照亮了那个寒冷的冬日街头。

那束光是陌生人之间的理解与包容。在拥挤的公交车上，人群熙熙攘攘，一位年轻的妈妈怀抱着婴儿，神色疲惫又略显焦急。婴儿因车内的闷热和嘈杂开始啼哭，年轻妈妈手忙脚乱地安抚着，脸上满是愧疚和无奈。这时，一位中年男子站起身来，微笑着对她说："你来这儿坐吧，带孩子不容易。"转身处，男子空着一个袖管。这束光，驱散了人与人之间的陌生感，让人们在这小小的空间里感受到了彼此的关怀与善意。

那束光是困境中伸来的援助之手。当得知一个偏远的山区小学面临着教学资源匮乏的困境时，一支志愿者团队自发募捐，为孩子们带来了书籍、文具和各种教学用品，还精心准备了丰富多彩的课程。志愿者驻村的那段时间，一束希望的光在山区小学闪耀，为孩子们打开了一扇通向外面世界的窗户，让他们看到了生活的更多可能性，也让孩子们相信，无论身处何种困境，总会有温暖和力量相伴，激励他们奋发向上。

那束光还可以是一句鼓励的话语，一个肯定的眼神……它有着神奇的力量，能在人最失落的时候给予力量，使其重拾自信，激发潜能，勇敢地面对挑战。所以，活成一束光，并非遥不可及的梦想，只要我们心中存有真善美，不断地提升自己，强大内心，每一个小小的善举，每一次勇敢的尝试，都是一个光源。裂缝中的光汇聚在一起时，便能驱散黑暗，照亮整个世界。

在岁月的长河中，我们都是追光者，也是发光者。让我们怀揣梦想和希望，在生活的裂缝中寻找那束光，并努力让自己成为那束光，照亮自己，温暖他人。

月来越圆满

月，自远古时代起，便是文人雅士笔下潺潺流淌的诗意，亦是恋人心间温柔轻拂的浪漫，更寄托着游子浓浓的思乡之情。当中秋之夜悄然降临，那轮皎洁如玉的明月缓缓升起于天幕之上，将如银的光辉轻柔地洒向人间，世间万物瞬间被一层柔和而神秘的薄纱所笼罩。含笑与茉莉在微风中轻轻摇曳，散发出阵阵淡雅的清香。那香气与如水的月光交织在一起，时间都在这一刻静止了，宁静而美好。

"小饼如嚼月，中有酥和饴。"因我是个典型的吃货，妈妈总是早早便备好种类繁多的月饼。传统五仁月饼，丰富馅料犹如岁月的宝藏，每一口咀嚼似在品味悠悠过往；蛋黄莲蓉月饼将细腻的莲蓉与咸香的蛋黄完美融合，可盐可甜，恰似生活的多彩韵味；冰皮月饼，晶莹剔透得如同月光下的水晶包裹着美味的馅料，内藏着一个个有趣的秘密。可惜的是，儿时最爱的椰蓉月饼却早已不见踪影，爸爸准备了一盒椰子饼作为替代，谁知儿子变宝似的掏出几块上海杏花楼奶油椰蓉广式月饼，大家相视一笑。

家人们纷纷来到阳台，打开折叠桌椅，桌上摆满月饼、水果等美味佳肴。妈妈精心泡制了桂花茶，金黄的花瓣在水中舒展，散发出浓郁芬芳。爸爸则缓缓沏上一壶铁观音，醇厚的茶香在空气中弥漫开来。儿子别出心裁，以大红袍为茶底，煮了一大壶奶茶，还细心地搭配上了黑珍珠。看来，我就是那最有口福之人，用大玻璃杯将这些美味合而为一，别有一番滋味。此刻，爸爸竟冒出了"黑暗料理"一词，瞬间把我逗得哈哈大笑。不错啊，这老小孩的学习能力还真是让人惊叹呢。一家人围坐在一起，品茶、赏月、闲话家常，圆满莫过于此。

赏月之后，自然是令人激动不已的博饼环节，那可是闽南中秋的重头戏，特别是在厦门。博饼相传最早是郑成功为了缓解士兵们的思乡之情而发明的游戏。它的道具简单，只需一个大碗和六个骰子，但四万多种组合中承载着无尽的欢乐与对不确定性的期待。大家围坐在桌旁，目光紧紧盯着碗中，轮流掷下骰子，骰子在碗里欢快地跳动，清脆悦耳的声响中，一秀、二举、三红、对堂，一个个奖品被拿走，只剩四进和状元迟迟不肯露面。爸爸开玩笑道："四进不出，状元要掉了。"儿子哈哈大笑："都还没人博出状元，怎么掉？"就在这时，一声欢呼打破了宁静。"哇，状元！还是状元插金花。"天啊，爸爸竟然掷出了一个状元，他的脸上瞬间绽放出灿烂的笑容。轮到我揶揄他："四进不出，状元会掉啊！"众人哄堂大笑。随着儿子将最后一个四进收进囊中时，爸爸成功保住了状元，他戴上状元帽切开"状元红"大月饼，中秋晚会"但愿人长久，千里共婵娟"的歌声适时飘起。

吃着状元饼，仰望星空，清风朗月，我们仿佛置身于古老传说的神奇世界里，与嫦娥共舞，与玉兔嬉戏……随着时间的流逝，中秋之夜渐渐接近尾声，天气微凉，我们收拾好桌椅，带着满满的回忆和幸福回到了屋里。回望那一轮明月，依然高悬天际，洒下银辉。

中秋之夜，月渐臻圆满之境。亲情的温暖，宛如那柔和且绵亘不绝的月光，盈盈洒落，为每个人前行的道路披上一层熠熠光辉。深信无论我们漂泊至何处，历经多少风雨的砥砺，亦能怀抱着至真至纯的亲情笃定前行，去追寻独属自己的诗和远方。

最小的伟大

"爱是最小的伟大,像任意门到每个地方,连一个眼神都能分享,你的勇气和善良……"

耳边传来这首陌生的歌曲,它的歌名让我不禁想探究,到底什么才是自然界里真正"最小的伟大"。

环顾四周,起伏多姿的山川、郁郁葱葱的草木、种类繁多的动物、不同肤色的人种……瞬间,我有了答案,一切源于生命的繁衍,而基因便是生命演化的主导力量。

认识基因,就是在阅读生命之书。科学家用晶体射线解析基因的三维结构,用实验探究它的功能,每一次发现都在推开通往生命奥秘的大门,DNA双螺旋结构的发现,揭开了基因学神秘的面纱。

基因直径约为两纳米,即使在电子显微镜下,它也只是一个模糊的黑点,需放大五万倍才能用肉眼看到。虽然它如此渺小,但它却构筑起了生命的图景,实现了从无机物到有机物,从简单到复杂的飞跃,这无疑是微观世界中最伟大的奇迹。四种不同的核苷酸通过无限的组合变化,将生命的密码逐一译解,造就了自然界一切生灵的多姿多彩。

基因储藏着亿万年生命积淀的智慧,遗传算法令子代得以适应环境,维系着碳基生命的延续。从单细胞到复杂生物,每一个物种的特征都源自基因的变异和优化。一切生命形式的共同祖先,都可以追溯到同一批原始的基因,它已然成为一种穿越时间和空间的语言,连接起了过去、现在和未来所有生命体的共性。

解读基因,就是解读这部千万年积淀的生命宝典。生命之所以精妙绝伦，在于基因规定了一切蛋白质的精准制造，我们虽来自同一个祖先，但基因编织出无数可能的组合，造就了八十亿人类的个体独特性。人们交会的视线中，都透着几十亿年基因演化的光芒。

基因承载了生命的本质特征，也承载了种群变异的可能性，千万个生命正在这首交响乐中演奏自己的独唱部分。我们应感激基因赋予了每个人独一无二的个性和生命潜能，才使得这个世界丰富多彩。

追溯祖辈的面容，或许能找到我眉眼间的影子。我的孩子，会遗传我的哪些特征？基因会以怎样神奇的组合，延续家族的血脉？我凝视着亲人们的面容，感受着基因联结的羁绊，血浓于水的亲情都植根于这微观的相似性。同源的基因串联起了地球上一切生命的亲缘关系，生生不息，代代相传，基因让爱永恒。

在这个浩瀚的宇宙间，基因就这样在时间的洪流中传递生命的火种。一个个生命在这段旅途中短暂停留，而基因之笔长存，它以无比智慧的方式书写着生命的精彩。微观的基因之美，造就了宏观的生物之美，它是最小的伟大，用生命的语言，述说着不朽的史诗！

开门见山

在岁月的长河中，总有一些意象承载着我们深深的情感与无尽的思索，门与山便是如此独特的存在。它们宛如生活的隐喻，静静地伫立在时光的角落，无声地诉说着关于成长、梦想与人生的故事。开门见山，门的那边是山，门的这边是翻过山的我。

门，是起点也是终点，是告别也是迎接。它静默地立在那里，守护时间，见证离别与重逢。每当我站在门槛前，总会思绪万千：对过去的留恋、对未来的憧憬，以及那份对未知世界的好奇与畏惧。门，以其独有的方式提醒我，每一次跨越都意味着一次蜕变，每一次选择都蕴藏着无限可能。

山，自古便暗藏玄机。它巍峨挺立，云雾缭绕，既让人心生敬畏，又激发人们攀登的欲望。门那边的山，连绵的山峦在云雾笼罩下若隐若现，仿若仙境，让人不禁好奇山的那边究竟藏着怎样的景象，是广袤森林、清澈溪流，还是古老城堡、宁静村庄？当我站在门前望着山，心中总会涌起莫名的感动：每一步攀登，都是对体力与意志的极限挑战；每一次回望，都能看见自己逐渐渺小的身影，那是成长的印记，也是勇气的证明。

在乡村，开门见山是常见之景。清晨，阳光洒在山上，山峦披上金色外衣，鸟儿欢快歌唱，唤醒沉睡大地，山间小溪潺潺流淌，鱼儿自在游弋，远处田野中农民辛勤劳作，身影与山峦融为一体，构成美丽田园画卷。在城市的喧嚣与繁华之中，或许开门之时并不能直接目睹山的雄姿，但当我们透过那一方小小的窗户，或是漫步于宁静的公园之中，依然能够幸运地捕捉到山的绰约身影。

在我的记忆里，门承载着无数成长与回忆。小时候，祖屋家中那扇厚厚的木板门给我留下了深刻印象，我最喜欢用毛笔蘸着清水在门上写字，门静静地立着，毫无声响，就像一个结界，连接着小小的家和大大的世界。我也曾尝试搬起小椅子，扒着门楣去够上面的东西，可总被叫停，长大后才发现那里放着葫芦、五帝钱和铃铛，葫芦象征福禄，五帝钱被视为招财进宝，铃铛则代表平安如意。

带着憧憬，我马不停蹄地长大，满心都是外面的山。翻山越岭需要勇气，并非无所畏惧，而是在恐惧面前依然选择前行；其次需要坚持，山路崎岖，风雨无常，唯有坚持不懈方能抵达山顶；最后需要有在攀登过程中不断调整策略的智慧和寻找最佳路径的能力。当我历经千辛万苦翻过那座山，眼前的风景，因努力而变得更加绚烂多彩，那刻，我顿悟，人生是一场没有终点的旅行。翻过山，收获的不仅是成功的喜悦，更重要的是对生命的深刻理解、对自我的重新认识，以及对未来的无限憧憬。翻过一座山，前面还有更多的山等待我们去攀登。每一次成功，都是新挑战的起点；每一次到达，都是新旅程的开始。

生命的意义就在于不断地探索、学习与成长，而门与山，正是这一过程中不可或缺的伙伴。"推开门，前方的路，由我自己创造。"开门见山，见自己，见众生，我终与年龄和解，选择带着勇气、坚持与智慧继续前行，希望在我生命的最后一刻，能骄傲地说："我，翻过了一座座山，看见了门后不同的风景。"

茶禅一味

踏入古寺的那一刻,庄重的氛围与袅袅的香火将我们带入了另一个时空,引领我们探寻内心深处的渴望。初来乍到,我们或许仍带着尘世中的喧嚣与追逐,期望在这片神圣之地求得更多的拥有。然而,轻轻翻阅经文,古老的智慧如同一盏明灯,逐渐照亮了我们被欲望遮蔽的心灵,让我们学会放下,学会在"莫问"中寻找生命的真谛。

"君问归期未有期。"生命的归宿与未来的路途,充满了神秘与不确定性。在这纷繁的世界中,我们常常忙碌于功名利禄的追逐,一如迷失在茫茫大海中的船只,只知奋力前行,却忘记了停下脚步,去感受大自然的恩赐,去珍惜每一个当下。

王维曾言:"且共登山复临水,莫问春风动杨柳。"是啊,当我们漫步于山间小径,听着鸟儿啼鸣,看着溪水流淌,不必匆匆赶路,沿途的花开花落、云卷云舒便是人间美好。不必刻意追问春天的脚步何时到来,只需与山水相依,让心灵在自然的怀抱中得到慰藉,放下对结果的执着。

人生绝非一帆风顺,过去的辉煌与挫折,都如历史的尘埃,不必太为挂怀。且听倪瓒道:"伤心莫问前朝事,重上越王台。"这一记重锤足以敲醒世人沉浸在过去的心灵。古老的越王台,承载多少历史的兴衰荣辱,只有放下过往的遗憾,勇敢踏上新征程,才能像越王勾践那样卧薪尝胆成就霸业。同样地,许浑道:"行人莫问当年事,故国东来渭水流。"诗中感慨渭水滔滔,永不停息,它见证无数的兴衰更替,也诉说生命的无常与坚韧,这是在劝诫世人,历史的车轮滚滚向前,不要被过去的回忆所束缚,应像渭水一样,顺流而下,以积极的心态面对未来,无论前方是风雨还是彩虹，都能坦然处之。

在人生的聚散离合中，有些情感无法用言语表达，只能用心去感受。"别后悠悠君莫问，无限事，不言中。"秦观一语道尽了离别的惆怅与无奈。当我们与亲人、朋友分别时，不必追问太多，让那份深情在心中默默流淌，千言万语都化作了默默的凝视和无尽的思念。严蕊道："若得山花插满头，莫问奴归处。"则展现了一种洒脱的人生态度：人生不应被归宿所困扰，而应像在山间漫步一样，尽情享受山花的烂漫，只要心中有花，处处皆是花香满园。

面对功名利禄的诱惑，我们时常会迷失自我。张乔道："莫问平生意，心期负己多。"提醒我们在纷繁复杂的世界里，应回归内心的本真，别忘了最初的梦想和出发的初心。纳兰性德道："遇酒须倾，莫问千秋万岁名。"告诉我们放下功利之心，享受当下的美好，一杯美酒、一轮明月皆隐藏诗意与浪漫。

"江湖无远近，莫问几时归。"江湖的广阔象征着人生的无限可能。我们不必总是纠结于归期，也不必总是追问人间的纷扰。放下对未来的不确定和对过去的执念，勇敢地去探索未知的世界吧！让生命在自由的天空中翱翔，去追寻那些真正属于我们的精彩与美好。就像那展翅高飞的雄鹰，不受束缚，搏击长空。

高山之上，云雾缭绕，宛如仙境。我们静坐于此，品茶禅一味。人生如一杯茶，需慢慢品味方能体会其中的醇厚与甘甜。那第一口的苦涩，如同人生中的挫折与困难，让我们皱眉；而那随后的回甘，则是历经风雨后的收获与喜悦，让我们心生慰藉。在这古寺的钟声里，在这袅袅的香火中，让我们怀揣对生命的敬畏和对美好的向往，继续前行。

前行的路上，或许依然会有荆棘丛生，或许依旧会有阴霾密布，但我们已从这茶禅一味中汲取了力量。每一次的挫折都将成为我们品味人生更深层次的契机，每一道难关都将是我们感受回甘更为浓烈的磨砺。希望我们在生活的浪潮中起伏，也能如同茶叶在沸水中般淡定与从容。

林泉清韵

"明月松间照，清泉石上流。"遥想王维当年，定是夜宿山林间，明月为灯，清风做伴。如此清幽的意境悄然拨动我的心弦，第二天，我临时起意，踏上山林之行。

阳光轻柔地透过茂密的枝叶，丝丝缕缕洒下，幻化成金色丝线，斑驳落在地上，铺开梦幻的织锦。我沿着蜿蜒的小径缓缓前行，微风拂过，树叶沙沙作响，踩着脚下的落叶，一种厚重而又轻盈的质感将我拽回岁月的回忆之中。

行至途中，那清脆悦耳的流水声如天籁跳跃着传入耳中。我不禁被这美妙的声音牵引着，加快了脚步，转过一片葱郁的灌木丛，一泓清泉豁然眼前。泉水清澈似大地的眼眸，映照着天空的湛蓝和云朵的洁白，水底的沙石和水草亦是清晰可辨。阳光洒在水面上，波光粼粼，如无数颗细碎的钻石在闪耀，这个颠倒的世界，美得令人心醉。

我缓缓走近清泉，俯下身，用手轻轻触碰那冰凉的泉水，泉水滑过指尖，沁人心脾的凉意直达灵魂深处。我忍不住捧起一汪泉水，送至嘴边轻轻抿上一口，那甘甜的滋味瞬间在口中散开，这是大自然最纯粹的馈赠。

不知怎的，内心深处突然涌起一股强烈的好奇与冲动，我竟想探寻这泉水的源头。于是，徒步近一小时，穿过一片片茂密的树林，耳边的声音逐渐发生了变化，从最初的轻柔潺潺变成了震天的轰鸣。一道如银河落九天般的瀑布从高耸的山顶倾泻而下，冲击着下方的岩石，白色的水帘气势磅礴，溅起层层白色的浪花，如烟如雾，又似盛开的白莲，我只想扑过去拥抱它。

"飞湍瀑流争喧豗,砯崖转石万壑雷。"李白的诗句恰如其分地描绘了眼前这壮观的景象。瀑布的力量让我感受到了大自然的雄浑与伟大,也让我深刻意识到人类在自然面前的渺小。那奔腾不息的水流,仿佛是永不停歇流淌着的时间长河,诉说着岁月的故事。

清泉以从容不迫的姿态流淌,坚守着自己的本真,在纷繁复杂的世界中永葆纯净。水流中的石头好比生活中的困难,我们可以轻盈地绕过,继续向着远方前行。瀑布则从高处坠落,毫不畏惧,以磅礴的气势冲击着一切阻碍,似乎在告诉我们,人生有高峰也有低谷,只要积蓄力量,必有下一次的飞跃。

当我转身离开,那清泉依旧在山间潺潺流淌,那瀑布依旧于悬崖上飞泻而下,"上善若水,水善利万物而不争"。

海边树屋

广袤无垠的大海之畔，矗立着一座五彩树屋。屋前，大海波光粼粼，一望无际的蓝色延伸到天边，与之融为一体，海浪轻拍海岸，时而低沉，时而高亢。海风轻柔拂过脸颊，带着咸咸气息，夹杂着逃离生活的渴望。

走进树屋，里面弥漫着温馨的气息。木质地板和墙壁散发淡淡木香，让人感到格外舒适。屋内散落着几件简单而精致的家具，一张柔软的沙发，一张"L"形的书桌，连接处是一个"顶天立地"的书架，上面有书，有唱片，还有树屋的手办。

最让人陶醉的是从角落里古老唱片机里流淌而出的音乐，如同微风掠过心间，仿佛可以听到大海的呼唤，溪水的吟唱，以及大自然的心跳。不，真实的呼唤、吟唱，以及心跳时刻都在身边，那这又是什么呢？也许是生命的呓语吧。

清晨，第一缕阳光洒在树屋上，唤醒沉睡中的我。我打开窗户，让清新的海风和温暖的阳光涌进屋内。站在树屋的阳台上，眺望那片浩瀚的海洋，海浪不断地翻滚着，涌起又落下，如同人生的起起落落，充满了未知与挑战，心中涌起一股莫名的感动。树屋的后面有一条清澈的小溪潺潺流淌，溪水从山间蜿蜒而下，穿过茂密的树林，最终汇入大海。溪边，绿草如茵，野花绽放，五彩斑斓的花朵在微风中摇曳生姿。

看着窗外那片美丽的海景，一轮红日从海平面缓缓升起，染红了半边天，壮丽的景象让人心生喜悦。吃过早饭后，我要么在海边漫步，捡贝壳，捉螃蟹，享受大海带来的乐趣；要么坐在树屋的阳台上，读一本喜欢的书，或静静地发呆，让自己的思绪在海风中飘荡；要么沿着小溪溯流而上，探索神秘的山林，寻找隐藏在大自然中的美丽风景。在这里，时间变得不再重要，一切都按照自己的节奏进行着。

夕阳西下，晚霞染红了天空和大海，海浪依旧拍打着海岸。夜晚，繁星点点，明月高悬，树屋里的灯光透过窗户洒在外面，与天上的星星相互辉映。我躺在床上，听着海浪的声音和音乐的旋律，渐渐进入梦乡。在梦中，我仿佛变成了一只自由的鸟儿，在天空中翱翔，在大自然中尽享生命的美好。

树屋很小，树屋又很大，疗伤的日子里，我总喜欢蜷缩成一团，窝在沙发中看云卷云舒，听潮起潮落，看似形单影只，实则有明月相陪，繁星相伴。瞧，此时一只松鼠正在床沿上探头探脑，那里放着它们喜欢的松果和点心……它们虽是为食物而来，但我只当它们为陪我一程。

好一片芦苇荡

日出时分,我正在杏林湾边慢跑,绚丽的朝霞一跃而下,瞬间将我拉入一片翠绿欲滴的芦苇荡之中。晨曦透过稀疏的云层洒在芦苇间,叶片上露珠闪烁,似晶莹的珍珠。微风拂过,芦苇叶随风摇曳,舞姿轻盈而优雅。仔细听,美妙的声音不断传来,沙沙是风拂过"竖琴",啁啾是鸟儿们在歌唱,大自然的和声奏响了。

春天的芦苇荡是绿色的海洋,更是生命的摇篮。漫步其间,随处可见蜜蜂探头探脑忙着采蜜;蝴蝶舞动翅膀翩翩起舞;鸟儿在芦苇丛中筑巢、孵化幼雏;湿地中的小动物们在芦苇荡寻找食物……

行至芦苇荡深处,只见一条小溪蜿蜒流淌,清澈的溪水荡漾着微波,倒映着蓝天白云和青翠的芦苇。偶尔,几只鱼儿跃出水面,溅起一朵朵水花;青蛙"呱呱呱"地叫着;水中隐约可见蝌蚪和小鱼。突然,"咔嚓咔嚓"声响起,转头一看,是一位瘦高的男生举着相机,他朝我礼貌地微微一笑。我往后退了几步,端详他照相机的屏幕——芦苇叶在阳光下闪烁着迷人的光彩,镜头中捕捉到的瞬间,每一帧都是绝美的画面。

从交谈中得知,他姓刘,来自江西,利用节假日辗转过许多城市,只为了拍摄心中那美丽的芦苇荡。春夏秋冬,风霜雨雪,晨起日落,他都曾用相机记录下芦苇荡的不同模样。问其原因,小刘说,他钟情于芦苇,它们虽没有鲜花娇艳柔美,没有树木高大挺拔,但却顽强地生长于湖泊、河流、池塘以及湿地之中,是一种充满精气神的草本植物。

小刘把照相机中的照片翻给我看：春季大地苏醒，嫩绿新芽涌现；夏季芦苇穗盛开，沐浴在阳光下；秋季芦苇穗渐次变成金黄；冬季虽有凋零，但芦苇原地坚守，等待着春天的再次到来。"我还是最喜欢深秋芦苇荡的样子——'蒹葭苍苍，白露为霜'。"聊起芦苇，小刘侃侃而谈，"芦苇不仅充满生机，还可以过滤水质，净化环境，防止水土流失，保护湖泊和河流的生态平衡呢！"说完这番话，他继续前行，渐渐"消失"在高大的芦苇荡中。

　　我愣在原地，好一片芦苇荡，它让我深深感受到生命的磅礴力量。徜徉在小溪边，阳光温柔地洒在芦苇上，将它们染成金黄色，美得令人心醉。那清脆的鸟鸣和金色的芦苇荡相互交织，构成了一首永恒的散文诗，在我心中久久回荡……

向日葵礼赞

成片成片的花海中，我最喜欢向日葵花海，它们高大坚实的茎秆直刺天空，如一群身姿挺拔的勇士，以一种骄傲且充满力量的姿态站立着。灿烂的金黄色纯粹而浓烈，那是从太阳的心脏里直接汲取的色彩，像是承载着无数梦想与希望，向世界宣告一种不可忽视的存在。

从清晨第一缕阳光洒向大地的那一刻起，向日葵就像是被唤醒的精灵，开始了它们一天的追随之旅。它的花头缓缓转动，随着太阳逐渐升高，花盘也仰得更高，这种追随是一种对光明与温暖深深的渴望。向日葵的花盘，从中心向外围，密密麻麻的花蕊整齐而有序，蕴含生命的密码。它们仰起头在等待，等待着风的吹拂、昆虫的造访，以此完成自己传宗接代的使命。环绕着花蕊的花瓣似阳光编织而成的锦缎，温柔地拥抱着这个世界，守护着花盘中心的秘密。

走进向日葵的花海，就像是踏入了一个金色的梦境。那一片望不到边际的金黄，如同汹涌澎湃的金色海洋。微风拂过，花海泛起层层涟漪，花朵们轻轻摇曳着，有的刚刚展开花瓣，像是一个羞涩的少女，微微露出自己的脸庞；有的则完全绽放，花盘饱满而圆润，像是一个充满自信的女王，傲然屹立于花丛之中；还有的已经开始孕育果实，低垂着脑袋，像是一位慈祥的母亲，在默默地守护着自己的孩子。

蜜蜂和蝴蝶是这里的常客，它们像是一群快乐的精灵，在花朵间穿梭飞舞。蜜蜂们腿上沾满了金黄色的花粉粒，在一朵又一朵的向日葵之间飞来飞去，不辞辛劳地将花粉传播开来，成了这片花海中最勤劳的使者。蝴蝶则像是优雅的舞者，翅膀在阳光下闪烁着五彩的光芒，它们轻轻地落在花瓣上，吸食花蜜，然后又翩翩飞起，为这片花海增添了一抹灵动的色彩。除了蜜蜂和蝴蝶，还有各种各样的昆虫在这里生活着。它们有的在茎秆上爬行，有的在叶片下栖息，这片向日葵花海为它们提供了食物和繁衍生息的场所。

在许多古老的文化中，向日葵都被视为一种神圣的植物，也被赋予了各种各样的神话传说和象征意义。在古希腊神话中，向日葵被认为是太阳神阿波罗的象征，代表着光明、力量和生命的源泉。在一些印第安部落的文化中，向日葵是丰收和富饶的象征。部落的人们会在收获季节举行盛大的庆典，用向日葵来装饰自己的家园和祭祀场所，感谢大自然的恩赐。向日葵的花语代表着希望与阳光、崇高的爱、优雅和魅力、丰收和富饶、忍耐和坚韧。

对于摄影爱好者来说，向日葵花海是一个充满灵感的艺术殿堂。在这片花海中，光影的变幻如同一场奇幻的魔术表演。每一个角度，每一种光影变化，都能在摄影师的镜头下变成一幅令人陶醉的艺术作品。这些作品不仅记录了向日葵花海，更是摄影师们对生命、对美的理解和表达。

当清晨第一缕阳光洒在向日葵上，花朵被镀上了一层淡淡的金色，像是从沉睡中刚刚苏醒的仙子。此时的花海，充满了一种宁静而神秘的氛围，可以捕捉到一种晨雾中的朦胧之美。随着太阳逐渐升高，光线变得强烈而明亮，向日葵的花瓣在阳光下闪烁着耀眼的光芒。摄影师们可以利用这种强烈的光影对比，创作出充满张力和视觉冲击力的作品。傍晚时分，夕阳的余晖将花海染成了一片橙红色，向日葵的轮廓在逆光中变得更加清晰，仿佛是一幅剪影画。

因为太爱向日葵，我决定种上几株。一颗颗小小的种子被埋入土壤之中，吸收水分和养分，努力冲破种皮的束缚，嫩绿的幼芽破土而出，在阳光的照耀下迅速生长。它的茎秆逐渐变粗，叶片也越来越大，渐渐长出的花蕾在阳光和雨露的滋养下逐渐膨胀。终于，花朵绽放了，散发出迷人的魅力，那一瞬间，整个世界都被点亮了。花朵凋谢之后，向日葵开始孕育果实，它的花盘变得沉甸甸的，里面装满了饱满的葵花子。这些葵花子是向日葵生命的延续，它们将在新的土地上生根发芽。

愿我们都能像向日葵一样，心中充满阳光，向着光明不断前行，在生命的舞台上绽放出属于自己的光彩。无论是在阳光明媚的日子里，还是在风雨交加的时刻，都能坚定地站立着。

桂花：独特香气中的温暖

多年未归，老屋的外墙已斑驳不堪，那木质的窗架上爬满了肆意生长的藤蔓，屋顶上的瓦片也零零散散地有些残缺。我手捧着书，静静地坐在檐下，眼神有些放空，望着院中那熟悉又有些陌生的景象。此时，爸爸正一边悠闲地沏着茶，一边和堂叔、堂婶们热络地唠着家常，欢声笑语在小院里回荡。

傍晚时分，秋风瑟瑟吹着，小院被一层灰蒙蒙的云雾笼罩着，透着一种朦胧的美感。突然，一阵大风猛地刮来，雨还未落下，院子里却下起了一场浪漫的桂花雨。那一朵朵小巧的桂花纷纷扬扬地飘落，像是秋天撒下的精灵。我轻轻地将桂花拾起，它们的香气瞬间扑鼻而来，那股浓郁的芬芳，仿佛带着千年来的秋韵，一同悠悠地飘然而至，让人心醉神迷。爸爸见状，拿起水管想要冲洗院子，我赶忙阻止了他。"何不将它们变成美味的食物呢？"我笑着说道。听完我的话，堂婶热情地让出了自家的厨房，饶有兴致地站在一旁，想看我如何施展身手制作桂花美食。

我先将桂花仔细洗净，再用温水浸泡，让它们在水中尽情释放出更多的香气。接着，拿出一些绿豆，将其煮熟后压成细腻的绿豆泥，又加入了适量的糯米粉，耐心搅拌均匀，一块初具雏形的绿豆糕便呈现在眼前。然后，将洗净的桂花均匀地撒在绿豆糕上，那些桂花如同点点繁星，在绿豆糕上熠熠生辉，煞是好看。随后，再加上一层糯米粉，用手轻轻拍平，让糕面变得光滑平整。此时，桂花的香气越发浓郁，弥漫开来，填满了整个厨房，仿佛将秋天的味道都锁在了这一方小小的天地里。我把做好的桂花绿豆糕小心翼翼地放入蒸锅，不一会儿，厨房便氤氲在热气之中，那热气里夹杂着桂花的甜香，丝丝缕缕，直钻鼻腔，让人不禁垂涎欲滴。蒸熟后，我浅尝一口，口感甜而不腻，齿颊留香，每一口都充满了秋天的芬芳和幸福的味道。

有糕点自然少不了饮品。我先用开水冲泡桂花，再加入红茶，搭配一些牛奶，一杯香浓的桂花奶茶便新鲜出炉了。堂叔的小孙女手疾眼快地抢了过去，喝了一口后直呼好喝。"那我们的呢？"堂叔笑着探头张望，眼神里充满了期待。没过多久，我便端出了香气四溢的桂花酒。桂花的香气完美地融入酒中，在夜晚的灯光下，爸爸和堂叔轻轻抿着酒，品味着秋天的宁静，那模样，仿佛是在与自然进行一场无声而又美妙的对话，充满了仪式感。"呀，你们回来了，真好啊！"不知是不是桂花美食的香气太过诱人，左邻右舍都被吸引了过来，有讨杯酒的，有喝碗茶的，有吃块糕的，小院一下子热闹了起来，欢声笑语交织在一起，让这个秋天的夜晚变得格外温暖。

我将剩余的桂花保存在密封罐里，每一层桂花之间都撒上一层白砂糖，这样用糖渍好的桂花叫桂花露。密封罐里的桂花露散发着诱人的香气，不仅可以用来调制各种饮品，还可以作为调味料，为菜肴增添独特的风味。此外，酒酿、糯米圆子、芡实糖水等美味也可以用桂花来调味，小小一撮，就能为美食增添秋天的味道。

"桂子月中落，天香云外飘。"桂花，不愧是秋天的使者，它不仅赋予了美食独特的香气，还将秋天的温暖与美好带给了每一个人。那一场桂花雨，更是生活中的一抹亮色，每一朵桂花都如同一颗璀璨的珍珠，镶嵌在秋天的项链上，闪烁着诗意的光芒，让这个秋天变得更加绚丽多彩，令人难以忘怀。

大丽菊与香水玫瑰

连续两周的阴雨,令我的小花园遭受重创,损失颇为惨重。大丽菊和香水玫瑰皆已呈现出花残枝败的惨状。原本充满生机的泥土上,此刻已不见了往日的欢颜与活力,唯能见到的是它们低垂着脑袋,犹如愁眉苦脸的人,在暗自神伤。我静静地盯着窗外这一片狼藉,心中不免泛起些许愤恨之情。然而,这又能怪老天吗?想来似乎也怪不着,既然如此,那便只能归咎于自己照顾不周了。

大丽菊是在年初时购入的,那时小小的花盆中,花开之盛,已不下百朵,五彩斑斓,花形亦是各不相同。花开之时,我满心欢喜,花谢之际,我亦不曾忧愁,只是不间断地为它浇水施肥。就在暴雨来临的前三天,大丽菊已然呈现出苟延残喘之态,我无奈之下,只能为它修枝剪叶,原本的五株,最后仅剩下三个光秃秃的枝干,宛如孤独的守望者。望着那三根孱弱的枝干,我心中并未有太多的伤感,只是感恩它这半年来的陪伴,花开花谢,直至形如槁木,我都能欣喜且坦然地接受这一切自然的变化。

但同样是花朵,香水玫瑰突遭"灭顶之灾"却让我久久无法释怀。这盆花是在"五一"过后,从熟悉的卖花人手中购得的。在那满满一车子的花卉中,我一眼便相中了它,粉紫色的花苞密密麻麻,其中三五朵已经欣然盛开,淡淡的花香仿佛从遥远的地方悠悠飘来,甚是怡人。回到家中后,花苞一朵接着一朵绽放,它们展露着笑颜,我也颇为得意地在朋友圈炫耀了一番。

果然,老话说得没错,招摇真的是错的。自从香水玫瑰被我买回来后,一周之内便遭遇了接二连三的狂风暴雨。雨后三天,它那原本鲜艳的颜色尽失，下面的枝叶渐渐枯萎，上面的花儿更是萎靡不振，毫无生气。等我查明玫瑰怕湿后将其搬回客厅，它们早已面目全非。短短一周的时间，整株花仿佛从青春靓丽的少女瞬间变成了垂暮之年的老妪，从青春飞扬直至美人迟暮，这巨大的变化让我唏嘘不已。那一刻，我心中涌起一股自责之情，为何在养花之时不多去了解一下它的习性呢？它究竟是喜阴还是喜阳？是耐湿还是抗旱？我竟全然不知。

为了补救，我只能照着网上搜索来的方法依葫芦画瓢，却始终舍不得把那些残枝败叶剪掉，心里还期待着它们能"化作春泥更护花"，实则是不愿承认已回天无力。上周五，总算又遇到了那位卖花人，我急忙翻出手机里的照片给她看，她显得有些惊讶，一再强调此花太过娇嫩，以后定不敢再进货了。除此以外，她竟给不出一点儿有用的建议，只是轻描淡写地告诉我花已没救，可以扔了。

都说卖花人的肩上担着一城的季节，花艺师手中握着一世界的美好。那她为何能如此轻易地就给花判了死刑呢？我对她的话表示怀疑，不知是因为质疑她的专业水平，还是质疑她对花的态度。回家后，我突然惊喜地看到大丽菊那孱弱的枝干上已冒出了新芽，即将嫩芽吐蕊，不，已有了一个小小的花苞，宛如一个新生的希望。我仰头望天，天已放晴，一缕温暖的阳光轻柔地照在枝叶上，不知为何，突然眼前一片模糊。我终于下定决心，拿起剪刀，为香水玫瑰修剪枝干，一番大刀阔斧之后，只剩少数绿色的枝干在风中略显凌乱地摇曳着。

我选择相信生命的力量。它既然坐拥泥土的滋养、阳光的照耀、清风的轻抚和雨露的润泽，又有何惧呢？是生命，总会绽放，何妨从头再来？我满心期待在不久的将来，它能再次枝繁叶茂、花香四溢，重新焕发出勃勃生机与迷人的魅力。

种草记

老话说得妙："有心栽花花不开,无心插柳柳成荫。"然而,此刻我却想将其稍作改动,变为"有心栽花花不开,无心种草草成荫"。凝视着阳台上那几株长得高高壮壮的青草,我心中真是气不打一处来,我心心念念的玫瑰花去哪儿了呢?那本该生机盎然的玫瑰,如今竟是无叶无芽的模样,难道我这是遭遇了类似"熟豆子"的事件?

说起阳台上的这几盆"玫瑰老桩",其中还真有些故事呢。闲暇时,我最热衷于在花鸟市场里闲逛。观花草绿植郁郁葱葱,各自舒展着身姿,看鸟儿婉转啼鸣,鱼儿自在游动,宛如一幅绚丽的画卷,令人赏心悦目。买买花、种种草、养养鱼,岁月静好。几位相熟的店家只要见我从店前走过,都会热情地招呼我进店"呷茶",那股热络劲儿,就像多年的老友一般。

"哇,居然有绿色的玫瑰!"当我的目光第一次瞥见它时,真可谓惊为天物。它没有大红玫瑰那般炽热如火,没有粉红玫瑰的娇艳欲滴,也没有白色玫瑰的圣洁纯净,但那淡淡的绿色,宛如清晨第一缕阳光透过新绿的树叶,清新得让人陶醉,这不正是生命最初那般纯粹、充满希望的颜色吗?我也曾在别处见过绿色的郁金香,它们似优雅仙子,在花丛中亭亭玉立;绿色的牡丹花,雍容华贵中又透着一丝别样的清新;绿色的小雏菊,小巧玲珑,带着几分俏皮的可爱;绿色的洋桔梗,线条柔美,散发着独特的魅力;绿色的绣球花,团簇相拥,宛如一个绿色的梦幻世界……可如此这般美丽独特的绿色玫瑰花,我还是头一回见到。

见我眼中满是掩饰不住的喜爱之意,店家小陈笑着说道:

"这种绿色玫瑰其实是现代月季哦,传说真正的绿玫瑰产于以色列,颜色比这款月季更为青碧,据说还散发着奇异的幽香呢。还流传着一种说法,若是能在绿玫瑰开花之时许下心愿,便能美梦成真。"

我当时满心欢喜,正想买下这独特的绿色月季,小陈却告诉我:"这束花是客人预订好的,一会儿就会来取走。而且,你平常很少买绿色的花,今天怎么突然'转性'啦?"我笑着回答,有位好友特别喜爱绿色的花。小陈一听,眼睛一亮,说:"要不,你买几棵玫瑰老桩回去种吧,这款名为'绿茵'的,也开绿色花,差不多三个月就能开花哦。"我听了心中一动,转念一想,好友的生日就在三个月后,要是到时候能开花,正好可以给她一个大大的惊喜。于是,我毫不犹豫地买下了六盆"玫瑰老桩"——两棵"绿茵"、两棵"海洋之谜"和两棵"迷恋"。想象着它们在未来绽放的美丽模样,我的心里就充满了期待。

满怀喜悦地将它们带回家后,本以为只要自己精心照料,它们必定能茁壮成长,然后在花开之时带给我满心欢喜。我每天按时浇水,让它们充分享受阳光的照耀,细心地为它们施肥、除虫,给予它们我能想到的一切呵护。然而,现实却给了我沉重的一击,六盆"玫瑰老桩"全都无叶无芽,毫无生机,反倒是旁边的草,在我不经意间,长得郁郁葱葱、十分壮实。我无奈地拍照给好友看,好友看后大笑道:"小草长得这么好啊,那还是别拔了吧!"我心里明白,应该把这些杂草除掉,以免它们抢夺玫瑰老桩的养分,但终究还是没舍得拔掉它们。或许是心中还存着一丝希望,又或许是不忍心破坏这一抹生机,我任由它们享受着阳光的温暖、清风的轻抚、雨露的滋润,还有我那不算十分专业却饱含深情的呵护。眼见好友的生日一天天临近,可这些"玫瑰老桩"依然只是一盆盆普普通通的草,我心中着实气恼。好友却劝慰我说:"种花呀,随意就好!你看这草长得这么喜人,你的心意也到了,这不也很美吗?"

  望着眼前这一片绿草如茵,我无奈地摇摇头,权当它们就是店家口中描述的"绿茵"吧——天下万事,随心、随缘、随喜……也许,这就是生活给予我的一份别样的启示:学会在得失之间保持一颗平常心,珍惜当下所拥有的一切,无论是那未绽放的玫瑰,还是这意外茂盛的绿草,都是生活赐予我们的独特礼物。

一房二猫三餐四季

自从我将微信名改为"一二三四"后,总有朋友饶有兴致地询问这数字的深意。我笑言,一二三四,它既是简单的数字,亦是灵动的音符,悄然奏响了我心灵深处的美妙旋律。

"一"是一间书房。书房面积不大,却仿若我的半个世界。窗户将街道的喧嚣巧妙阻隔,为我馈赠了一方宁静的角落。在这小小的一隅之地,搁置着我无处安放的百年孤独。清晨,当我轻轻拉开窗帘,阳光迫不及待地跃进房间,瞬间照亮了书桌上的报刊、文具以及电脑,也唤醒了那两只慵懒的猫咪,如此,恬淡而从容的一天便拉开了帷幕。书架上满满当当地堆放着各式各样的书籍,它们虽新旧有别、厚薄不一,但那四溢的书香却别无二致,每一本都宛如凝固了的历史篇章与情感画卷。在这里,我沉浸于与自己的对话,尽情领略文字的神奇魅力与美妙韵味。

"二"是两只可爱的猫。它们的陪伴无声胜有声。奶牛猫名曰"短腿",恰似一个充满好奇的小精灵,小小的身躯里蕴藏着大大的能量,永远不知疲倦地在房间里来回穿梭,那照射在书架上的光影,成了它最钟爱的玩伴,瞧它追逐跳跃,发出"咳咳"的声响,活脱脱一副小猎手的模样。蓝猫名为"小宝",温驯且羞涩,总喜欢悄无声息地走到我的腿旁,边轻轻磨蹭边发出呼噜呼噜的声音,而后顺势乖巧地钻进我的怀中,"喵喵"叫着向我讨要罐头。看着它们吃饱喝足后满足地舔舔嘴、悠然梳理毛发的可爱模样,真真是萌得让人的心都要融化了!

"三"便是一日三餐。柴米油盐的生活虽略显琐碎,但每一餐,都蕴含着我对生活的感恩与细细品味。为了弥补早餐的匆忙与午餐的随意，我总会在晚餐上花费一番心思。精心挑选新鲜的食材，用心将美味佳肴呈上餐桌，与家人或是好友一同分享。无论是山珍海味，还是粗茶淡饭，其中都洋溢着温馨与美好。

食材离不开春生、夏长、秋收、冬藏的自然规律。四季的交替更迭，犹如大自然馈赠的珍贵礼物，时间的缓缓流转，为人们带来新的希望与机遇。春天，繁花盛开如诗如画；夏天，热烈奔放似火燃烧；秋天，收获满满如歌悠扬；冬天，雪花飘落如梦如幻：它们皆是灵感的源泉。每一个季节都宛如一幅绚丽多彩的画卷、一首动人心弦的歌曲，各自拥有独特的迷人魅力，都值得我们倍加珍惜并用心去感悟体会。

在这个"一房二猫三餐四季"的简约生活里，我幸运地找到了属于自己的幸福真谛。春天，万物复苏，百花竞相绽放，我便携上猫咪欢快地奔向户外，尽情感受大自然蓬勃的生机；夏天，阳光明媚灿烂，我和朋友一同前往郊外野餐，惬意享受大自然的美好馈赠；秋天，树叶渐渐染上金黄，我悠然坐在窗前，点燃一支香薰，挥动画笔描绘一幅画作，静静思索生命的深远意义；冬天，寒风萧瑟凛冽，我则躲进温暖的被窝，品味着热茶与糕点的香甜，手捧一本好书，度过宁静而美好的夜晚。

一二三四，简单却又唯美至极。感恩书房给予的心灵栖息之所、猫咪带来的温暖陪伴、美味食物给予的生活滋味以及四季轮转展现的自然魅力，是你们的出现，如暖阳般温暖了我的岁月年华，让平凡普通的日子变得美好而浪漫。愿往后余生，皆能一帆风顺、二人同心、三生有幸、四季平安！

淘淘来了

那是一个寒风凛冽的冬日,我走在小巷里,忽然,一阵微弱的呜咽声传入我的耳中。我顺着声音寻去,只见一个小小的身躯在角落里蜷缩成一团,它瑟瑟发抖,眼里满是恐惧与无助。那一刻,我的心似被狠狠击中,毫不犹豫地将它抱在怀里带回了家。

我先为它准备了温暖的小窝,还有热乎的食物和水。起初,它有些胆怯,但在我的温柔抚摸和轻声安慰下,它渐渐放松下来,开始狼吞虎咽地进食,风卷残云。吃完后,它围着我蹦跶,两只前腿搭在我脚上,头一直蹭着,看着它那可怜又可爱的模样,我决定收养它,取名为"淘淘"。

淘淘极其聪明,能听懂我所说的每一句话。每次我下班回家,刚到门口,便能听到它兴奋的叫声。一打开门,它就会欢快地扑进我的怀里,"呜呜"叫着,尾巴摇得如同拨浪鼓一般,那个兴奋劲儿维持到我蹲下身子轻抚它的头才罢休。那时,它便会闭上眼睛,惬意地享受着我的爱抚,脸上洋溢着幸福的神情。

它特别喜欢缠着我和它一起玩球,只需我将球扔出去,它便如离弦的箭一样飞奔出去,迅速把球叼回来,放到我的脚下,接着摇着尾巴,示意我再次扔出。看着它欢欣雀跃的样子,我也会被它的快乐所感染,所有的烦恼瞬间都抛到了九霄云外。周末,我们经常在公园里一起奔跑、嬉戏,阳光洒在我们身上,那是我最快乐的时光片段。

它不仅是个开心果,还是个"暖宝宝"。有一次,我心情低落,静静地坐在沙发上发呆。淘淘敏锐地察觉到了我的异样,它悄悄地走到我身边,用小脑袋轻轻蹭蹭我的腿,然后抬起头,水汪汪的大眼睛注视着我，眼神中充满关切。它钻进我怀里，乖乖地趴着，一动不动地陪伴着我。那刻，无声的安慰胜过千言万语。

然而，意外来得猝不及防。

那是一个普通的周末，我在家进行大扫除，频繁地进出楼道的杂物间放置杂物。中午吃饭时，往常那黏糊糊的身影不见了，我大声呼喊，却没有得到淘淘的回应。我心急如焚地冲到监控室，仔细查看，没有看到它乘坐电梯的身影，也没有发现它走出大门的踪迹。我在二十几层的楼道里不断地寻找，问遍了每一个邻居，可没有一个人看到过它。我的心一下子沉入了谷底，那种无助和绝望的感觉如潮水般涌上心头。我像发了疯一样，在楼道和小区里一遍又一遍地寻觅着淘淘，每一个角落都不放过。天色渐渐暗了下来，可我依然不愿放弃。我不停地呼唤着它的名字，声音已经变得沙哑，然而淘淘始终没有出现。那一刻，我的心空荡荡的。

回到家，看着淘淘的小窝、狗粮和玩具，我泪流不止，懊悔自己为何如此粗心大意没能好好照看它。我在小区里四处张贴寻狗启事，满心期待着能有奇迹发生。我甚至在梦里都能看到淘淘向我欢快地跑来，可是当我醒来，却发现身边只有空荡荡的床铺。那种失落和难过，让我深陷其中，无法自拔。在接下来的日子里，我陷入了深深的痛苦和自责之中。

日子一天天过去，淘淘依然没有任何消息。回忆往昔，那些快乐的时光却如同一把把锐利的刀，刺痛着我的心。每当我走在我们曾经一起走过的路上，都会想起它那欢快的身影和对我无条件的信任和依赖。多么希望时光能够倒流，让我回到那个周末，我一定关好门。也许，我再也找不到它了，但它依然在我心中。

淘淘，你在哪里？希望你无论在哪里都能过得幸福快乐。你是我生命中的一道光，虽然短暂，却无比耀眼。我写下《淘淘来了》，期待能有再次相遇的一天。

小团子

我就像一只随时都在往嘴里塞食物的大仓鼠,平日里,只要压力一来或情绪稍有波动,便四处不停地找吃的,食物已成为我对抗一切的盾牌。朋友们知道我这不良嗜好,笑着说我上辈子肯定是只大仓鼠,这辈子才改不了"囤粮"的习性。

说者无意,听者有心。有一天,我突发奇想,欢天喜地地接回了一只小仓鼠,取名为"小团子"。它大大的一团,毛茸茸的,眼睛黑溜溜的,像两颗闪闪发光的宝石。它总是小心翼翼地探索新环境,那萌样让人忍不住心生爱怜,全然忘了它本质上还是一只老鼠。

万万没想到的事发生了,小团子到家才一周,就给了我一个大大的"惊喜"——它生了两只小宝宝,看着粉嫩的小肉球在窝里蠕动,我既惊讶又兴奋。这下,家里的情况变得更有趣了。

金渐层"元气"特别调皮,总是把小仓鼠们当成玩具。它时不时地跑到仓鼠笼旁,伸出爪子逗弄它们,吓得小仓鼠们四处乱窜。不过好在仓鼠笼还算坚固,小团子和宝宝们每次都能有惊无险地躲过这只调皮猫的"魔爪"。

蓝猫"小宝"则对小仓鼠们视而不见,整天在屋里晃来晃去,完全不在乎家里多了这些小家伙,一副"事不关己高高挂起"的样子,依旧维持着自己的慢生活节奏,该吃吃,该睡睡,该晒太阳晒太阳。

奶牛猫"短腿"就比较有意思了,它似乎把小仓鼠们视为仇敌。每次看到小团子和宝宝们,它都会弓起背,全身的毛都竖起来,嘴里还发出"咳咳"的声音,好像在警告它们不要靠近自己的领地,想想也是,它越吃越瘦小,实在没比小团子大多少。

三猫三鼠的生活难免"鸡飞狗跳",但它们都以自己独特的方式陪伴着我。每天看着小团子细心地照顾着宝宝们,给它们喂奶,为它们梳理毛发,心里暖暖的。猫儿们也不会真的伤害它们,逗弄玩耍罢了。这不,三猫三鼠轮番上演了不同版本的"猫和老鼠"。

有一天,我好不容易坐下来码字,突然听到一阵"吱吱吱"的叫声,扭头一看,小团子不知啥时从笼子里跑了出来,元气正兴奋地追着它满屋子跑。小团子跑得气喘吁吁,嘴里还塞着一块它最爱的食物,一边跑一边努力不掉落嘴里的"宝贝"。那模样既滑稽又可爱,仿佛在说:"就算逃命,也不能放下我的美食!"见状,我赶紧起身去解救小团子,把它放回笼子里。元气瞪了我一眼后盯着小团子,意犹未尽地在笼子周围转来转去,打着坏主意。

小宝看到这一幕,一反常态地在仓鼠笼子旁静静趴着,眼睛一眨不眨地看着小团子给宝宝们喂食。小团子小心翼翼地把食物分给两个宝宝,宝宝们吃得津津有味,也许小宝心里在想:"这些小家伙的生活还挺有意思的嘛,只是我的妈妈呢?"过了好一会儿,它才慢悠悠地起身,伸了个懒腰,跑阳台晒太阳去了。

安宁的时光不过片刻,一只仓鼠宝宝趁着我给笼子换水的时候,偷偷地跑了出来。这下可把短腿给激动坏了。它立刻冲了过来,把仓鼠宝宝堵在角落里,围着它不停地打转,仓鼠宝宝被吓得瑟瑟发抖,蜷缩成一团。我赶紧把仓鼠宝宝放回笼子里,作势要打短腿,短腿一溜烟逃了。谁知,过了一会儿,短腿居然把它的一个小玩具球推到了仓鼠笼子旁,好像是想和小仓鼠们一起玩。小团子和宝宝们一开始还有些害怕,但慢慢地,它们开始试探性地靠近玩具球,短腿就那么静静地躺着看,慢慢睡着了。

转眼几个月过去了,有趣的故事每天都在上演,我给了它们一个家,它们给了我陪伴和快乐……

义猫"显眼包"

它来了,威风凛凛,恰似凯旋的英雄——它,便是我们小区那只人见人爱的流浪猫,就在不久前,我给它取了个有趣的名字"显眼包"。

"显眼包"毛发黑白相间,错落有致,犹如艺术家精心调制的独特调色板,散发着一种别样的艺术气息。一双明亮的眼睛宛如两颗晶莹剔透的宝石,深邃而有神,闪烁着聪慧的光芒,似能洞悉世间万物的奥秘。它尖尖的耳朵总是高高地立起,时刻不停地转动,敏锐地捕捉着周遭的每一丝声音。粉嫩的鼻子更是灵敏至极,能精准地感知周围环境中的各种气味,任何细微的变化都逃不过它的"侦查"。

半个月前的一个静谧夜晚,月光如水,洒在小区的道路上。我下楼去倒垃圾,正巧碰到对面一楼的李阿姨在花园内悠闲地散步。与她微笑着寒暄几句后,我便继续向前走去。当我途经儿童游乐区时,一眼就看到了"显眼包"和它的小伙伴"大橘",它们又在滑梯那里玩耍了。只见"显眼包"小巧的爪子先是紧紧地抓住一边滑道,然后猛地松开,在滑行的瞬间,它的尾巴高高地翘起,像是一面胜利的旗帜,兴奋地发出"喵喵"的欢叫声,那声音在寂静的夜晚显得格外清脆悦耳,仿佛在向全世界宣告它的快乐。

突然,毫无征兆地,"显眼包"像一支离弦的箭般冲了出去。我顺着它奔跑的方向看去,李阿姨正坐在长椅上休息。它毫不犹豫地一跃而起,跳到李阿姨身上,"喵喵"直叫,声音中带着一丝急切。李阿姨先是一愣,随后缓过神来,温柔地摸了摸它的头，然后轻轻地把它放到地上。可"显眼包"好似完全没眼力见一般，在李阿姨身上上蹿下跳，一会儿用脑袋蹭蹭李阿姨的腿，一会儿又跳到她的肩膀上，把李阿姨折腾得七荤八素。无奈之下，李阿姨只好起身，可"显眼包"还是紧追不舍，一直跟到了李阿姨家门口，终究被那紧闭的大门拦住了。望着"显眼包"那副着急的样子，我不禁有些吃惊。虽说它平时就调皮捣蛋，捉鱼、摸虾、上树样样精通，还时不时地钻进花园的灌木丛中，冷不丁地跳出来吓唬路过的行人，但它并不怎么黏人，可今天为何会如此反常呢？

俗话说"事出反常必有妖"。没过多久，业主的微信群便热闹起来，提示音此起彼伏。我打开一看，信息如潮水般蜂拥而来。原来是李阿姨的邻居王小姐正在声讨"显眼包"："它今天到底怎么了？跟发了疯似的。李阿姨关了窗，它就钻进我家阳台蹦来蹦去，还打翻了我的两个花盆。"王小姐还发了一段视频，视频里的"显眼包"浑身奓毛，像一个愤怒的小狮子，站在王小姐家的阳台上龇牙咧嘴地狂叫，叫声特别奇怪，那眼睛直瞪瞪地盯着李阿姨家，仿佛在传达着什么重要的信息。"是不是你家阳台藏了小鱼干啊？""我听说猫有灵性的，要不你去敲敲对门？""对啊，老人别出什么事才好。"业主们你一句我一句地议论开了。几分钟后，王小姐回了句："敲门没人答应，怎么叫也没人应。""我刚打李阿姨家的电话，没人接。前几天听她说保姆有急事回家了。"老姐妹的这一句话彻底让群里炸了锅。"事不宜迟，搞错总好过错过……"

在电话征得李阿姨家人同意后，物业保安迅速行动，破门而入。只见阳台处，李阿姨昏倒在地，脸色苍白，气息微弱，命悬一线。"显眼包"跟着跑进来，"喵喵"直叫，声音中充满了焦急和担忧。随后，李阿姨被众人紧急送往医院……

一夜之间，"显眼包"的"英勇事迹"就传遍了整个小区，它经常出没的地方摆满了各种各样的猫粮,还有各种口味的罐头,可它却忽然消失得无影无踪了,仿佛一个神秘的过客。不过,"大橘"和其他流浪猫却成了最大的受惠者,它们尽情地享受着这些美味的食物,吃得津津有味。

李阿姨出院那天,阳光明媚,温暖的阳光洒在小区的每一个角落。"显眼包"竟奇迹般地出现了,它像是知道李阿姨今天会回来一样,早早地等在了小区门口。李阿姨看到它,开心得像个孩子,立刻去买了一大箱猫罐头,想要收养它,给它一个温暖的家。然而,"显眼包"似乎还是更喜欢自由自在的生活,收养最终失败了。不过,这样也挺好,"显眼包"从此成了小区的"团宠",大家都对它关爱有加。这不,它终于可以在白天无忧无虑、尽情地玩滑梯了,它一会儿从上面快速地滑下来,一会儿又调皮地趴在滑梯上面,引得路过的小朋友们都忍不住停下来观看,笑声在小区里回荡……

骑驴找马

朋友从草原归来,眼中闪烁着兴奋的光芒,第一件事便是眉飞色舞地向我显摆她骑马在草原上驰骋的意气风发之姿。她描述着骏马奔腾时的风驰电掣,那豪迈的气势仿佛能征服整个世界。而我,静静地听着她讲述,心中却有着别样的向往。对于我这样胆小的人来说,我更喜欢骑驴,喜欢那种慢慢悠悠的节奏。那是一种悠然自得的漫步,是一种对生活细腻品味的方式。骑驴在唐代文人中非常普遍,符合文人闲适的气质和独立的个性,表现出俭朴质直、对世俗荣华的淡泊的品格。

朋友开玩笑说:"那是因为你胆小,有日行千里的高头大马,谁要晃晃悠悠寒酸的驴啊!"此话一出,突然让我想起了"骑驴找马"一词。

"骑驴找马"本义是在尚未寻觅到更为合适的选择之际,先借助当前可用的资源或条件进行过渡,而后静静等待时机来临之时再做出改变。驴,温驯而稳重,虽性子倔强,却能悠然驴行天下;马,英俊且神武,驰骋于沙场之上,只是性子急躁。这两种动物各具独特魅力与价值,亦象征着人生中的不同阶段与抉择。

年少之时,我们的心中皆燃烧着一团炽热火焰,对未来满是无限的憧憬与向往。那时的我们,犹如渴望振翅高飞的雏鹰,目光紧紧锁定远方那片辽阔无垠的天空。我心向草原,更向往那"以天为盖地为庐"般的马背上的生活。在我的想象之中,草原是一片广袤无垠的绿色海洋,微风轻轻拂过,便泛起层层动人波浪。蓝天白云之下,骏马奔腾飞驰,扬起阵阵尘土,那是自由与勇敢的生动象征。

我也怀有驰骋沙场、卫国戍边的宏伟志愿。谁不想"了却君王天下事，赢得生前身后名"呢？在那个热血澎湃的年纪，保家卫国、为正义而战，乃是我心中最为崇高的理想。

然而，梦想与现实之间往往横亘着一道难以逾越的鸿沟。那个曾经遥不可及的马背上的生活，如今变得更为遥远。我们只能在平凡的生活中默默耕耘，依旧期待着自己有朝一日也能"为天地立心，为生民立命，为往圣继绝学，为万世开太平"，贡献一份自己的绵薄之力。

驴行天下，马奔四方，各有其长。驴的温驯稳重与马的神骏英武，皆是我们人生中不可或缺的宝贵品质。在不同的人生阶段，我们需要不同的品质来应对各样的挑战。在追逐梦想的道路上，我们有时需要驴的稳健，有时则需要马的激情。唯有在恰当的时候做出明智的选择，方能更好地实现自己的人生价值，成就更为辉煌的人生。驴的脚步虽略显缓慢，却踏实而稳健。它一步一个脚印地向前迈进，不急躁，不冒进。虽不似马那样风驰电掣，但它会陪伴我们走过每一段艰难的路程，让我们在前行的过程中真切感受到一份踏实与安心，徐徐前行，也许会走得更远。

"骑驴找马"无疑是一种充满智慧的人生选择，它让我们在梦想与现实之间成功找到了一个平衡点，使我们在追求梦想的道路上变得更加坚定、更加自信。无论遭遇多大的困难与挫折，我们都不能放弃对梦想的执着追求。我们要坚信，只要我们坚持不懈地努力，机会终会降临。同时，我们也要拥有一颗平和的心，切勿因暂时的困难而焦虑不安，也不要因一时的挫折而丧失信心。我们要学会享受骑驴的过程，在这个过程中不断成长、不断进步。

骑驴找马，亦是一种人生的积极态度。人生绝非一场短跑，而是一场漫长的马拉松，我们切不可急于求成，而应一步一个脚印地稳步向前。在这个过程中，我们要学会欣赏沿途的美丽风景，用心感受生活的美好，每一段经历都是人生的宝贵财富，每一次挫折都是成长的难得机遇。驴是我们现实生活中的坚实依靠，它让我们在困难之时得到一个有力的支撑，而马则是我们心中的璀璨梦想，它赋予我们前进的强大动力，促使我们不断超越自我。

在人生的广袤画卷中，无论是骑驴的悠然自得，还是骑马的壮志豪情，都是独特的笔触。我想以驴的沉稳踏实为底色，以马的激昂奋进为色彩，在岁月的长河中，不慌不忙地前行，坚定不移地追求，用心去体验、迎接每一个瞬间的美好与挑战。

何不秉烛游

我的家乡在厦门，那是一座如诗如画的海滨之城，宛如一颗璀璨的明珠镶嵌在大海之畔。鼓浪屿，这片承载着我儿时记忆的土地，始终散发着独特而迷人的魅力，似一首悠扬的诗篇，在岁月的长河中浅吟低唱。常言道："熟悉的地方没有风景。"我偏不信，决定来一场秉烛夜游，去探寻那些被时光隐匿的美好，去聆听这座岛屿在夜色中诉说的故事，去邂逅那熟悉之地别样的风景。

当白昼的喧嚣渐渐退去，夜幕如同一块神秘的幕布缓缓降下，鼓浪屿便悄然揭开了她那梦幻般的面纱。这里是星星的花园，漫天的繁星在黑夜中闪耀着，如同无数颗璀璨的宝石。烛光在星光的映照下，犹如仙女的微笑，点亮了夜的魔法。

岛上的小巷弯弯曲曲，钢琴声、吉他声、笛子声，轻轻飘荡在夜空，声声入耳，引领人们步入一个梦幻的音乐王国。琴音婉转悠扬，穿透人们的心灵，烛光摇曳中，音符若一颗颗闪亮的星星，照亮了人们心中的梦想和希望。

"人间烟火气，最抚凡人心"，上岸后首先抵达的便是热闹的龙头路地带，这里有温馨静谧的咖啡馆，也有霓虹闪烁的酒吧，还有小吃一条街，无不散发着浓郁的海岛夜晚气息。咖啡馆里，人们轻声交谈，柔和的灯光、咖啡的香气交织在一起，为疲惫的灵魂提供温暖的港湾。动感的音乐从酒吧的门缝中溢出，五彩的霓虹灯闪烁着，映照出人们欢快的面庞。调酒师们熟练地舞动着手中的调酒器，调制出一杯杯色彩斑斓的鸡尾酒。小吃一条街充满了人间烟火气。各种特色小吃琳琅满目，香气扑鼻：金黄酥脆的鱿鱼、软糯香甜的糕点、香辣可口的烤串、孩子们手里的糖葫芦……

　　转角遇见猫，静谧的夜色中，它们或慵懒地躺在角落里，或优雅地穿梭在小巷中，它们是小岛夜晚的守护猫吗？一份别样的生机与活力在"喵喵"声中传递。漫步在寂静的街巷中，古老的建筑在夜色的笼罩下若隐若现，路灯洒下斑驳的光影勾勒出建筑的轮廓，每一块石板在这神秘的氛围里散发出历史的韵味。夜风轻柔地拂面而来，带着淡淡的海的气息，吹拂着手中的烛光，使之跳跃闪烁，如精灵在舞动。

　　继续漫游在小岛上，蜿蜒的小巷如同迷宫一般，充满了未知与惊喜。古老的石屋、雕花的窗户、斑驳的墙壁，每一座建筑都是沉睡的历史的见证，烛光映照在青石板路上，秘密浮现出来。穿过笔山洞，漫步在海滨小道上，月光如一抹银辉洒在波光粼粼的海面上，泛起层层银光。涌动的海浪诉说着夜晚的故事，那声音时而轻柔，时而激昂，听，大自然正在演奏着一曲宏伟的交响乐呢。远处的灯塔，照亮了夜行船只的方向。站在海边，听着海浪的声音，感受着海风的吹拂，心中充满了宁静与自由。海浪拍打着岸边，溅起一朵朵白色的浪花，如同大自然的画笔，在海面上勾勒出一幅幅美丽的画卷。

　　缓缓行至沙滩，月光如银，轻轻地洒在海面上，泛起层层涟漪。烛光在水面上摇晃着，渐渐融入这宁静而又美丽的夜色之中。岸边的树在微风中婆娑摇曳，留下斑驳的倩影，如同一位位优雅的舞者，在夜色中翩翩起舞。静静地站在海边，聆听着海水的声音，波涛汹涌，如同岁月的流淌，带着无尽的回忆和故事，让人的心灵在这一刻得到了极大的慰藉。

　　何不秉烛夜游？感受那些只在夜晚才闪耀的美丽光影，让心灵在这和谐之夜中荡漾，领略这座小岛的夜晚之美。在这独特的夜晚里，我与鼓浪屿的相遇成了一段美丽的童话，那是梦中的邂逅。

第二辑

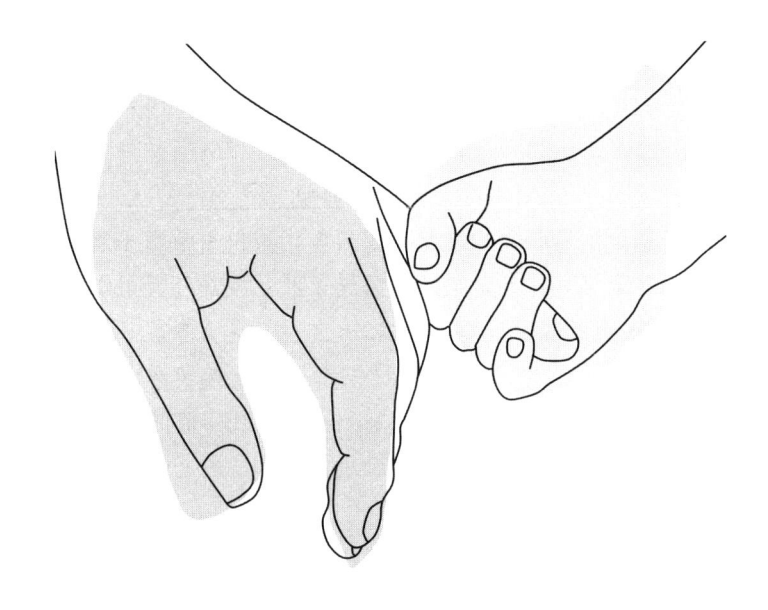

念兹在兹

生命中最美的礼物

也许是纸短情长,也许是举足轻重,推倒重来数十次,这篇千字文姗姗来迟。母亲把最深的爱给了我,我却还她最平淡的文字。《孟子·万章篇上》写道:"孝子之至,莫大乎尊亲;尊亲之至,莫大乎以天下养。"我固然无法像九五之尊一样"以天下养父母",但对他们的爱却一生相随,从未离开。世间最无可奈何的,就是与父母、与子女的渐行渐远,此刻,内心的情感已无处安放,只能借文字,暖一处花开!

母亲是平凡的,却也是伟大的。她从厦大外文系毕业后被择优分配至海关当翻译,却在众人的艳羡与祝福声中放弃了。母亲自请去当教师,理由纯粹且坚定,她想把老师给予她的所有知识传播下去,想在三尺讲台上把光和热带给学生。

从我记事起,母亲总是步履匆匆,十分繁忙。清晨醒来时,她已去学校主持早读;半夜醒来时,台灯下是她改作业、备课、刻钢板的身影。我一天中最快乐的时光就是晚饭时分,终于能抱着她说上几句话了。每逢教师节,我总喜欢翻看母亲带回来的一大摞贺卡,有那么一张写道:"您是我们心中永远的丰碑!"小小的我不知何为丰碑,直到那件事发生……

1989年,母亲已连续送走三届初三毕业班,为了让她稍事休整,学校安排她回初一带班。谁知半学期后,学校便急匆匆请她去"救火","救援对象"是当时初三年段成绩最差的班,她毫不犹豫地接下了。从此,两栋楼奔波往来、披星戴月,她成了学校唯一跨年段教学的主科老师,一个班初一,一个班初三。那一年,我和她见面的时间少之又少……中考时,她创造了奇迹,那个最差的班逆袭成全市第一！毫无疑问，初一的班也是年级第一。在学校闭学式表彰大会上，她只是淡淡地说道："每个孩子都是家庭的希望、国家的希望，没有人有权利让希望破灭。"言语虽短，却掷地有声。台下的我热泪盈眶，所有的抱怨和不解在那刻烟消云散，我为她而自豪！

三年前，1989届的学生请母亲去参加他们的毕业三十周年庆，谈起那段往事，母亲虽轻描淡写，但眼角湿润。少时的我只觉得母亲很厉害，却从未想过那时她是何等艰辛，直到后来我也面临困境，方才体会一二。三尺讲台存日月，一支粉笔写春秋——数十年来母亲兢兢业业，披荆斩棘，勇往直前，硕果累累，而她永葆初心，从未懈怠。

母亲说，她现在最大的愿望是我和我的孩子都能一生平安健康喜乐，我又何尝不是呢？祈愿她和父亲都能身体康健、长命百岁，希望上天能成全我最大的快乐——子欲养而亲犹在。你们在，我就还是孩子，我们，互为生命中最美的礼物。

月光如水水如天

时间拽着妈妈的身子摇晃,她却只能站在窗口,让思念一路跟来。那一抹孤独的身影,成了岁月里最深刻的印记,刻在我心中,永不磨灭。

在我的生命中,母爱如同一束柔和的月光,静静地洒落在我前行的道路上,照亮了我视野中的每一个角落。如今她已是古稀之年的老人,喜独居,从不轻易给我打电话,说是不想打扰我正常的学习和生活。其实,也无须她打电话,我每周总会左手一袋肉菜,右手一袋馒头面包地上门"送温暖"。母女间彼此深沉的爱,总是在无声处绽放出最绚烂的光彩。

记忆的画卷缓缓展开,回到了童年时光。那时,妈妈温暖的怀抱就是我最安全的港湾。每当我受到委屈或者遇到困难时,只要扑进妈妈的怀里,她就会轻轻地抚摸着我的头,用温柔的声音安慰我:"不要害怕,有我在,一切都会好起来的。"说完后,变魔法似的掏出我喜欢的夹心饼干或酒心巧克力。爸爸总是很忙,所幸,妈妈用她的爱,为我打造了一个温暖而美好的童年。

然而,随着年龄的增长,追求自由和独立成了我的头等大事。妈妈的唠叨很烦,关心变成了一种束缚,好在她常年沉浸于三尺讲台,并未有太多时间做出干涉,如此便相安无事,省却了火星撞地球的"少年叛逆"。

高中毕业后,异地求学的日子里,妈妈的爱依然如影随形。她会时常给我打电话询问我的学习和生活情况,还会给我寄来各种家乡特产让我与同学们分享。在我的零食轰炸下,好友剧增,略解了"独在异乡为异客"的伤感。有一年,我在学校里遇到了一些难事，心情非常低落。我给妈妈打了一个电话，听到她声音的那一刻，我的眼泪忍不住唰唰流了下来。妈妈在电话里安慰我，鼓励我，让我不要害怕，要勇敢地面对困难。第二天，爸爸竟临时"出差"到我求学的城市，带着我从街头吃到了巷尾，那是妈妈的安排，她知道千言万语都敌不过三两美食。

毕业后，职场艰难，工作的压力和复杂的人事时常让我喘不过气来，总感到疲惫和迷茫。每当这个时候，我都会想起妈妈乐观的态度和永不放弃的精神。儿时她对我说的话就像一盏明灯，照亮了我前行的道路，让我在困境中找到了勇往直前的动力——"无论遇到什么困难，都要勇敢地面对，不要轻易放弃。"

当身边的爷爷奶奶、外公外婆逐一离世后，我终于深刻地领悟到，世上最大的悲哀莫过于"子欲养而亲不待"。于是，我开始努力地抽出更多的时间来陪伴母亲。我会耐心地陪她聊天，倾听她的心声；会精心地为她挑选喜欢的食材，而后用心地为她烹制美味的饭菜。虽说我所做的这些，相比于她给予我的，不过是千万分之一的微小回报，但这些看似小小的举动，对于母亲而言，却已然是最大的幸福。

人无完人，母亲自然也有她自身的缺点，她性情不够温和，沟通的方式也存在一定问题，但我已不再如少年时那般幼稚地去责怪她，而是学会了用理解去化解矛盾，用包容去温暖彼此，因为我在某一刻突然顿悟，家庭乃是一个人最为坚实的后盾。我之所以能够活得如此肆意洒脱，甚至在四十岁的年纪，有勇气推翻一切从头再来，都是因为有他们一直在背后默默地给予支撑，无论是财力、物力上的支持，还是精神上的鼓励……

母爱如月光，如水般清澈，如诗般优美。它静静地洒落在我的生命中，温暖着我的心灵，照亮了我的人生。无论我走到哪里，无论我经历多少风雨，妈妈的爱永远都在我身边，永远都不会改变。她用自己那深沉的爱，为我撑起了一片广阔无垠的天空，在这片充满爱的天空下，我可以自由自在地飞翔，毫无畏惧地去勇敢追求自己的梦想。

有一种爱，它无须华丽的言语来修饰，却能如春日暖阳般，悄然间让人心底滋生出无尽的温暖；有一种爱，它从不奢求任何形式的回报，却能在不经意间，触动我们内心最柔软的角落，让人为之泪流满面。毋庸置疑，那便是母爱。母爱，宛如夜空中最璀璨的星辰，是世界上最为伟大、最为无私的爱，它是我们漫漫生命旅程中最为珍贵的无价之宝。让我们珍惜这份爱，用我们的真心去回报妈妈的养育之恩吧！

父爱如星

"他摘下了生命里的星河一闪，聚成了我身后的群星璀璨，人生有没有遗憾，爱是答案。"异地求学时，他陪我走过街头巷尾，手里是无数的吃食。他不知道我喜欢什么，不知是遗憾，还是爱的另一种模样。多年来，我已习惯为他找借口，只为抚慰自己内心。

在我的生命旅程中，父亲就像那夜空中高悬的星辰，璀璨却遥远。他总是忙碌于自己的世界，仿佛被一股无形的力量牵引着，无法停下匆忙的脚步。而我，常常在渴望父爱的时光里，独自徘徊。

记忆中的童年，父亲的身影是模糊而匆忙的。当别的孩子在父亲的肩头欢笑，在父亲的陪伴下探索世界时，我却只能在等待中度过一个个漫长的日子。我曾无数次期盼着父亲能像其他父亲一样，带我去公园玩耍，给我讲有趣的故事，然而，这些期盼往往在父亲的忙碌中化为泡影。

我羡慕着幼时的玩伴们，哪怕她们没有各种玩具，没有美味吃食，但她们的父亲在我眼里却是高大而真实的。她们常常骑在父亲的肩头，兴奋地张望着周围的一切，那种高高在上的感觉，仿佛是世界的王者。她们父亲那宽阔的肩膀，似乎能承载起整个世界的重量，能为她们摆平一切难题，无论是摔坏的玩具，还是令人害怕的小虫子，只要有父亲在，一切都能迎刃而解。

青春期的我，对父亲的忙碌更加不满。看着同学们在父母的陪伴下参加各种活动，享受着家庭的温暖，我的心中充满了失落和委屈。我开始与父亲争吵，质问他为什么总是那么忙，为什么不能抽出时间陪陪我和母亲。而父亲总是一脸疲惫地看着我，眼中满是无奈和愧疚，他试图解释，但那些苍白的话语在我的愤怒面前显得那么无力。

高中的岁月，紧张而忙碌。我饱受学习的压力，自然渴望父亲的鼓励和支持。然而，父亲依然醉心于他的工作，我们之间的交流越来越少。有时候，我会在深夜里看着父亲未归的房间，心中涌起一股莫名的悲伤。我不明白，为什么父亲不能像其他家长一样，在我最需要他的时候陪伴在我身边。

终于，我考到了一个陌生的城市。离家的那一刻，我心中既有对未来的憧憬，又有对父亲的复杂情感。在异地求学的日子里，父亲的忙碌依旧。他很少给我打电话，也很少关心我的生活。面对母亲的唠叨，我总选择逃避，所以只能在孤独中独自成长，学会独立面对生活中的各种困难。

然而，不是什么困难我都能独自解决，有时我想"升级"却打不败"怪兽"……每当这时，我总会第一时间想到父亲，因为他那稳定的情绪和中肯的意见，总能让我在迷茫和不安中找到方向，获得安心。无论是学习上的困惑，还是生活中的挫折，只要听到父亲沉稳的声音，我的心便会渐渐平静下来。他不会给我空洞的安慰，也不会有"事后诸葛亮"式的碎碎念，他会用他的人生经验和智慧，为我分析问题，提出切实可行的解决方案。

偶尔的一次回家，让我对父亲有了新的认识。那是一个寒冷的冬日，我拖着疲乏的身躯回到家。推开门，看到父亲坐在沙发上，眼神中充满了思念。他看到我，脸上露出了欣慰的笑容。那一刻，我才发现，父亲并不是不爱我，也许他只是因为从小缺爱，不知如何去爱。接下来的日子，他依然只会拿着无数的吃食和零花钱来讨我开心，却不知道我真正喜欢什么。但我已经不再在意这些，因为我知道，父亲正在努力弥补那些曾经错过的时光。他的爱虽然不那么热烈，却深沉而持久。

在那之后，我和父亲之间的关系悄然发生着变化。我开始主动与他交流，分享生活点滴，他也总是静静地倾听，眼神中流露出从未有过的专注。我们一起度过了许多温馨的时光，或许只是在一个阳光洒满庭院的午后，静静地坐在那里，感受着彼此的陪伴。

在我的生命中，父亲或许不是那个最完美的陪伴者，但他的爱却如夜空中的星辰，始终在那里，默默守护着我。他用自己的方式为我撑起一片天空，照亮了我前行的道路，让我在人生的旅途中不再孤单，让我在成长的道路上勇敢前行。那些曾经被我误解的沉默和看似笨拙的举动，如今都成了我们之间最珍贵的回忆。

回首过往，我才发现，人生并无遗憾。因为有爱，一切都是那么美好。

掬一缕时光入眼

那三日,我一直陪在父亲身旁,陪着他度过白内障手术的时光。时间仿佛被施了魔法,温柔地拉长,每一刻都充满了生活的细腻与亲情的温暖。它们不仅仅是日历上的三天,更是心灵深处一段闪亮的记忆,闪烁着平凡生活中的不凡光辉。

当得知父亲的白内障日益严重时,我心急如焚,立马着手安排父亲的手术事宜。四处咨询专家,了解手术的过程和风险,力求为父亲找到最佳的治疗方案。在朋友的帮助下,我们来到眼科医院,按照医生的安排进行了一系列的检查。

父亲很配合,他默默听从医生的指示,一间间诊室轮番检查。看着他那苍老的面容和花白的头发,我心中涌起一股难以言表的酸楚。那一道道皱纹仿佛是岁月无情的刻痕,每一道都藏着生活的艰辛;那花白的头发在灯光下显得格外刺眼,像是在诉说着岁月的沧桑。父亲回头看看我,他在找寻特别的依赖,我在心中说:"老小孩,你放心,我在呢!"

检查完毕后,医生详细介绍了手术的方案和注意事项。我认真听,不时提出一些问题,生怕有任何遗漏。父亲则静静地坐在一旁,时而专注地看着医生,时而转过头来看看我,想从我们的交流中寻得安心的答案,最后我们决定先做左眼的激光手术。

手术前夜,父亲坚持回家小住。我们坐在老旧的木椅上,椅子发出"嘎吱嘎吱"的声响,摇出了过去的故事。院子里的月光透过树叶,在地上映出一片片斑斑驳驳的影子。微风轻轻拂过,树叶沙沙作响,月光下的影子也跟着晃动起来。我们唠起了那些被岁月藏起来的往事,那些美好的时光就跟放电影似的在眼前闪过。父亲脸上的笑容如同春日里绽放的花朵，每一道皱纹都舒展开来。那一刻，我心里也暖烘烘的。

第二天一早，我牵着他的手走进医院，仿佛回到了小时候他偶尔牵着我的手送我去上学的日子。再次检查完，父亲换上了手术服，那手术服松松垮垮地挂在他瘦弱的身上，显得他更加单薄。我帮他整理好衣领，系好扣子，宛如在为他披上最坚实的铠甲。我调皮地摸了摸他的头，说："放轻松，我在外面等你。"父亲笑着点点头。在护士的带领下他走进了手术室，我的心也跟着他进去了，只因坚信医生的水平，我虽紧张却无不安。

手术室的门缓缓关上，时间在那刻凝固。我在手术室外来回踱步，不停地祈祷着父亲手术顺利。时间一分一秒地过去，每一分钟都显得那么漫长。终于，一个小时过去了，当护理人员用轮椅推着父亲走出手术室，宣布手术成功的那一刻，我心中的大石头终于落地。将父亲推回病房后，我守在父亲的病床前，寸步不离。看着他熟睡的样子，如同一个老小孩般可爱。他醒来后，我为他端来一碗热腾腾的粥，那是他最喜欢的味道。他一口一口地吃着，不停地感谢我，说辛苦我了。看着他的精神状态越来越好，我的心里满是知足和幸福。经过一天的休息，父亲的身体逐渐恢复，视力也有了明显的改善，能够看清周围的事物了。

第三天，我们在医生的建议下预约复查时间并办理了出院手续。回家的路上，父亲的心情格外好。他看着窗外的风景，不停地感叹着世界的美丽。回家后，我们一家人围坐在一起，享受着温馨的时刻。三天的时间转瞬即逝，但这段经历却像一颗种子，在我心里生根发芽。我更加深刻地体会到了亲情的力量，它不仅仅是血脉相连的纽带，更是心灵深处的依靠。

在接下来准备右眼手术的日子里，我更加细心地照顾父亲。每天早晨，我会为他准备一杯温热的牛奶，搭配几片新鲜的面包和煎蛋，确保有足够的营养和能量。午餐和晚餐，我会尽量做一些清淡可口的菜肴，每次看着他吃得津津有味，我的心里就充满力量。为了让他少用眼，我总是安排一日四次的滴眼药水时间为他读报，并且在饭后陪他散散步，聊聊家常……随着时间的推移，父亲的视力逐渐恢复，他开始能够自己阅读报纸，甚至开始尝试着做一些简单的家务，比如浇花、整理书架。

　　一个月后的第二次手术依然顺利，而后经复查，两眼裸眼视力都达到1.0。"哇，你视力可比我和妈妈好多了！"我调侃道。父亲笑了，点点头："多亏有你，谢谢！"其实，父母子女之间何必言谢呢？那是血浓于水的亲情，温暖彼此。

一碗人间烟火

"白露收残月,清风散晓霞。"未承想,在这寻常的日子里,我竟也踏入了千万陪读妈妈的行列,在那略显逼仄的出租屋内,悄然开启了谋算着三餐四季的烟火生活。

一个普通的周六夜晚,在岛外住校的儿子归来。晚饭后的闲聊中,他提及因学校拆分整合宿舍,近期都要到凌晨一两点方能入睡。望着儿子满脸的疲惫,我心中甚是疼惜。然而,租房这一决定,无疑意味着要打破当下的生活模式,经济压力也会随之陡然增加。面对这突如其来且必须做出的选择与改变,我辗转一夜,难以入眠。

次日清晨,我赶忙联系朋友咨询房源,可当听到租金时,不禁倒吸一口凉气,那价格竟比市场价高出许多。下午送儿子上学时,顺道花了五分钟看房,儿子似乎对这房子颇为满意,已然开始兴致勃勃地计划着房间的用途。房子虽小,但装修的色调和风格大体上符合我们的审美。归家的途中,我心中忧虑重重,人这一辈子,总是在不断地抉择,无不是想在舍得之间寻得相对的平衡。

又是一夜的辗转反侧后,我婉拒了朋友介绍的其他房源,毅然决然地直接交了订金。签合同的那一刻,仿佛心中一块巨石落地,如释重负,终于可以安安稳稳地睡个好觉了。拿到钥匙的瞬间,我便决定放下内心的忐忑和忧思,微笑着去开启全新的生活。

入住的第一步,先是认真做好保洁工作,迁移宽带,而后安装书桌,添置各类杂物,精心布置房间,就连厨房我都贴上了新壁纸。甚至因为我实在无法接受缺少花、书、茶和小动物的生活，又急忙冲回岛内，费力地扛来了厚厚一大摞书和画具，还精心挑选了鱼缸，买了鱼虾螺蟹和鲜花。对此，朋友们深感不解，认为我在出租房上耗费如此多的时间和金钱实在是毫无意义之举。

可究竟什么才是意义呢？在我心中，家的主体是人而非房屋，人在何处，家便在何处。若无心，家不过是冰冷的旅馆；若有心，出租屋亦能成为温馨的家。在自己力所能及的范围内让自己拥有一份好心情，或许这便是意义的所在吧！接下来的生活，虽说难免会有些许小插曲，但也顺带解锁了不少新技能。在那个狭小得只能容纳两个人的厨房里，我学会了更多的菜式，终是深刻体会到汪曾祺先生所言之"四方食事，不过一碗人间烟火"的真谛。

一个多月悄然过去，我在这出租屋里度过了白露、秋分、寒露和霜降。此时，窗外已然是秋意阑珊，一片萧瑟之景，而窗内却春意盎然，阳光如瀑般倾泻而下，铺满了那小小的阳台。刚入住时，几盆花草都已枯萎，房东本想清走，却被我拦下了，我始终坚信，它们坐拥泥土、阳光、清风和雨露，就一定还能再次绽放生命的光彩。如今，阳台上的植物们不仅生机勃勃，更是花开得欢喜烂漫，它们虽翻不开人间的字典，可那花红叶绿的美好景象，已然胜过千言万语。

曾经的不安与焦虑渐渐消散。每日，我望着朝霞轻声说早安，向着星空默默道晚安，陪伴着儿子共同成长，伴着花草迎接新生，快乐得如同一个孩子。原来，换个环境、换种心情、换类模式，不过是人生中一场小小的修行。感恩自然用和风细雨滋养着万物，感谢儿子用灿烂笑容温暖了岁月年华，希望我们在未来的悠悠岁月里，彼此都能成为更好的自己，轻煮岁月慢煮茶，静静品味生活的美好。

素心如兰

  月光如水，我的记忆落在了西滨社老屋的天台——还记得那个夜晚，奶奶送我一个望远镜，她蹲下来一手扶我，一手指着夜空，温柔地告诉我天上有牛郎织女星，广寒宫里有嫦娥、玉兔和桂花树……那声音仿佛带着魔力，将我引入了一个充满奇幻色彩的星空世界。

  四年后，我读小学一年级，天台成了奶奶的"观察哨"。下午放学后，卖豆花或卖冰棍的铃声在家附近响起，奶奶会从口袋里掏出几分钱给我，我抓起搪瓷罐就往外跑。妈妈回来了，奶奶会迅速上天台大声喊："凰啊，回来了，今天累不累啊？"听到奶奶的声音，我便飞一般地跑回家，藏起"战利品"，若无其事地写作业，实则心急火燎。"凰啊，你先去洗澡，我给你拿好衣服了！"奶奶将衣物往母亲手里一塞，我长舒了口气，转头三下五除二解决了"战利品"。

  这样的好日子没维持多久，奶奶搬到斗西路大伯父家住了。我很失落，但天赐良机，我被市里的羽毛球队选中，每天下午放学后都要去人民体育场训练。奶奶听说，主动"承包"了我的点心——训练结束，我老远便能看见奶奶提着点心在窗口张望的身影。训练的日子是艰苦的，但也是快乐的，只可惜小伙伴发生的意外让母亲如同惊弓之鸟，背着我找到教练提出退队。我舍不得，号啕大哭，奶奶抱着我，轻轻拍着我的背，为我擦干眼泪："当个兴趣就挺好，还能换你母亲一份心安。"

  自从上中学后，我可支配的时间少了，再加上年少爱美的我将自己的胖归结为奶奶的投喂，故而探望奶奶更是来也匆匆去也匆匆。直到有一天，我返回取忘带的东西，才发现她依然伫立在窗口，看见我往回走，她朝我使劲招手，落寞的眼神突然亮了。

大学毕业后，我与奶奶的第一次相见竟是在老屋——叶落归根，她终于回到了那个满是回忆的院子。她寡居半生，独自将三个儿子拉扯大。桌上的台历，她舍不得撕，折角的那页便是子孙们探望她的日子，望着抚摸得发亮的窗框，我的心一阵抽痛，无数个日夜她定是这么倚窗而望。此后，只要我有空，便去陪她。

周末的清晨我总会买上奶奶爱吃的糕点，给奶奶沏杯茶，坐在老屋的客厅里，看着那些陈旧的家具，回忆着曾经的点点滴滴。有时候，我们什么也不说，只是静静地坐在一起，享受着那份宁静与温馨。午饭后，我还会陪着奶奶在小院里散步，阳光洒在我们身上，暖暖的。奶奶慢慢地给我讲述她过去的故事，那些岁月里的酸甜苦辣。下午，我帮奶奶打扫房间和整理衣物、侍弄花草，奶奶总是在一旁微笑地看着我，眼神中充满了慈爱和欣慰。如此的时光，真是美好！

2006年奶奶离世，享年九十二岁。翻看无数张老照片，我仿佛看见奶奶正倚窗而望，日历在风中翻动，花草相顾无言。我的奶奶名唤素兰，素心如兰。

天窗

　　小时候，家中有间小屋，搭盖在门前角落的空地上，常年上锁。唯一的侧窗极高，踮起脚伸手都够不着，但透过侧窗能看到天窗，从窗中窗看天，颇有意思。有一回，我逮了没人注意的时候，偷偷拖了张大椅子，再拿上小板凳，垫高了站上去往里看。里面有个黑漆面的柜子，柜子旁横七竖八摆放了些旧家具、破旧的红木箱子和已经生锈的工具，像是个杂物间。可杂物间为何需要上锁呢？

　　有一天，我意外发现了钥匙的藏匿之处，原来奶奶将它放在了厨房米缸的下面，这发现可把我乐坏了，我悄悄抽出钥匙。"你不能去，有老鼠。"奶奶追着我跑，一不小心踩上了松动的石头，摔了个嘴啃泥。我害怕得扔下钥匙一溜烟跑了，全然忘了地上的奶奶，再回来时，母亲黑着张脸，如同包公似的盯着我。"你别打她，我好着呢。"奶奶拉过母亲，挡在了我的身前，她的门牙少了一颗。

　　孩子嘛，总是记吃不记打的。小屋如同一条巨型馋虫时刻勾引着我，只可惜钥匙换了地方，挂在了奶奶的腰间。那段日子，我似乎只琢磨一件事，那就是如何"偷"得那把钥匙。功夫不负有心人，有一天，奶奶洗澡前把钥匙落在了床上，我眼尖瞄准了它，钥匙到手，仿佛宝藏就在眼前。

　　我悄悄出了门，扭头来到小屋前，将钥匙插入锁孔。门，吱吱呀呀地打开了，露出一个陌生而神秘的空间，阳光穿透天窗，灰尘飞舞，洒落在地面上。这声"巨响"成功地将奶奶吸引了过来。"哎，你就是好奇心重。里面又没什么，都是些杂物，你从天窗不是都看到了吗?"我愣住了,原来,她一直知道。

小屋很小,角落里除了堆满了各种旧物以外,墙上还挂着奶奶和爷爷唯一的合照,经放大后,模糊而失真。看着照片,奶奶开始回忆起那个我从未见面的爷爷。她打开一个古老的皮箱,掏出了一本厚重的日记,递给我。我小心翼翼地翻开,原来那是爷爷的日记,记载着他与奶奶的初相遇……在那个父母之命、媒妁之言的年代,他们也曾有过独特的浪漫。接着,奶奶向我介绍起各种物件的来历和故事,我仿佛被拉进了一个时间的旋涡,这个神秘的小屋深深吸引了我。

见我那么喜欢这个小屋,奶奶偷偷把它打扫干净,并配了把钥匙给我。从此,那里成了我的密室、童年的避风港。烦闷时,我躲进小屋,关上门,躺在咿咿呀呀的竹椅子上盯着天窗看。透过这个小窗口可以看到美丽的风景,大树、星星和闪烁的夜空。周末,我一待便是数个小时,沉浸在无限的幻想之中。天窗仿佛是通往神奇冒险的门,让我迷失在幻想中。

"你就不能出来看吗?外面看得多清楚。"有一天,我的秘密被母亲发现了,她走了进来,好奇我为何总爱将自己困在这巴掌大的地方,盯着火柴盒大小的天窗发呆。随着年龄的增长,天窗似乎变得越来越小,它逃避着我的视线,变得越来越难以触及,不能再容纳我的好奇心和梦想。原来,我成长了,人一旦视野开阔,便想探索更大的世界。

多年后的一天,强台风来袭。狂风中,路边的树枝断裂,一根沉重的树枝压到了天窗。窗户破碎,小屋内的杂物纷纷被雨水淋透。奶奶和我花了好几天来清理,但有些东西已经无法挽回,它们湿透了,变得破败不堪。奶奶坐在一堆湿漉漉的物品旁边,眼中充满了失落,那是我第一次看到她哭。我搂紧她,她擦擦眼泪,呆坐了一个晚上。

虽然父亲在第一时刻重装了天窗,但有些东西注定是短暂的，就像童年的幻想一样。不久后因道路规划的需要，小屋被迫拆除。那刻，奶奶和我的心仿佛被抽空了似的，我郁郁寡欢了几天，奶奶则是真病了，高烧不退，呓语不断。那刻我才知道她并不是舍不得失去那些物品，而是舍不得年少的记忆和逝去的岁月。小屋不仅是一个贮藏杂物的地方，更是一个存储记忆的宝库，那些被时间沉淀的回忆和故事最为珍贵。

汤汤水水了几个月后，就在我们以为药石无灵时，奶奶竟然奇迹般地康复了，她变得开朗起来，只是她的记忆似乎被封存或者清零了。她不再絮絮叨叨，已然忘记了那间曾经的小屋，只是重复着一句话——"家和万事兴"。

虽然小屋已不复存在，但我依然怀念那段珍贵的时光，以及那个曾经陪伴我的神奇天窗。虽然奶奶已经离我们远去，但我心中天窗始终是我与奶奶之间珍贵的纽带，连接着过去的回忆和未来的希望，它教会我，无论时间如何流逝，家庭的温馨和亲情永远不会减弱；无论是物质的还是精神的，都会在时间的流逝中演绎成美丽的故事。

首日封中的春天

过了腊八便是年，龙年春节将至。迎春扫尘时，我在抽屉里翻到了一本1988年的日历，里面夹着三张龙票（龙邮币）首日封，那是邮电部于1988年1月5日发行的第一枚生肖龙票（首日封）。信封上一龙腾飞、双龙戏珠、巨龙舞动，似乎预示着未来的辉煌。它们开启时光隧道，将我带回三十六年前。

"来北京过年，看看雪吧！"那是我与堂姨第一次在北京相见，也是迄今为止我唯一一次在北京过年。出于对首都的向往以及对雪的痴迷，我"不惧严寒"，包裹得像一只大熊，"滚"到了北京。

雪漫京城是我的初印象。到达的第二天，我与堂姨漫步在雪花纷飞的故宫，脚下咯吱作响的声音是冬日的交响曲。皇家红墙，巍峨挺拔，在雪的映衬下，显得更加肃穆庄严，宛若一座银白色的宝匣，将千年辉煌凝聚其中。我贪婪地趴在雪地中，偷偷尝了尝味道，逗得堂姨哈哈大笑。笑声惊扰到飞檐上的鸽子，它抖抖身上的雪，飞向远方，我的心却已留下。

走出故宫，我和堂姨踏着积雪辗转到了香山东侧的卧佛寺，不为进香，只为寻梅。穿过寺庙大门，石板路被雪覆盖得白茫茫一片。庙宇的琉璃瓦在雪光的映照下闪烁着晶莹剔透的光芒，宛如一座银白的宝塔。庭院中，一株株梅花傲然绽放，如同冰美人翩翩起舞。走近梅树下，淡淡的花香迎面而来，雪飘落在梅花上，窃窃私语。"梅须逊雪三分白，雪却输梅一段香"，雪将城市变成了童话的城堡。

那是我第一次逛庙会。红红的灯笼挂满了整个广场，传统手工艺品、年画、剪纸、零食等各类年货琳琅满目。热气腾腾的小吃摊勾引着我的馋虫，堂姨牵着我的手，请我吃了饺子、炸酱面、糖葫芦、豆汁和老酸奶，我打着饱嗝，摸摸圆鼓鼓的肚子，羞得低下了头，尽管如此，我还是举着糖画欢天喜地离开了。回去的路上，雪花落在我们的肩头，胡同口的邻居们，手持小火盆，聚在一起说笑，和我们打着招呼，聊着家常，他们的笑容温暖了我年少的心。

一周的名胜古迹探寻之旅转瞬即逝，我已然深爱上这座古城。离京前，堂姨带我去参观了北京大学与清华大学，漫步在未名湖畔、博雅塔下，水木清华中，我在心里画了一个春天。堂姨变戏法似的掏出三张龙票首日封和一本日历送与我。"预祝你鱼跃龙门，五年后相会北京！"那年，她刚而立，而今，她已古稀。

五年后，我未能如堂姨所期待的那般到北京求学。生活的轨迹总是充满了变数，梦想的道路也并非一帆风顺。但我还是前往北京赴五年之约。我们相约在一家古色古香的茶馆见面。走进茶馆，那清幽的环境、淡淡的茶香，仿佛将外界的喧嚣都隔绝开来。我一眼便看到了堂姨，岁月未曾在她的脸上留下痕迹，她的眼神依旧明亮，笑容依旧温暖。堂姨起身向我走来，眼中满是欣喜，我们紧紧相拥，那一刻，所有的思念都化作了一个无声的拥抱。接着，我们聊起了这五年间的点点滴滴。堂姨跟我讲述着北京的变化，那些新修建的建筑、新开的店铺，还有她生活中的趣事。我则向堂姨分享着我求学期间难忘的事以及家乡亲人们的故事。

说着说着，堂姨突然想起了什么，她从包里拿出了一个精致的盒子递给我，里面是一本相册，藏着我五年前在北京的各种瞬间。回忆过去，畅想未来，虽然五年的时光让彼此改变了不少，但亲情却越发深厚。离开茶馆时，夕阳的余晖洒在街道上，给这座古老的城市增添了一抹金色的光辉。我和堂姨手挽手走在街上，我忍不住将头靠了过去……

又一个龙年即将到来,那段在北京过年的经历深深烙在我的心底。亲情成为我生活中最坚实的支柱,古建筑激发了我对历史和文化的热爱,此生我便以笔为墨,以梦为马。日历锁住时光,龙票贮藏亲情。在龙年到来之际,遥祝堂姨平安喜乐,万事顺遂;祖国风调雨顺、国泰民安。

文学灯塔

在文学这片广袤而深邃的天地里，我宛如一颗执着的种子，奋力破土而出，努力向着阳光生长。在这充满挑战与希望的旅程中，我无比幸运地邂逅了众多如明灯般照亮我前行道路的良师益友。

首先，衷心感谢市作协原秘书长王永盛老师。当我心怀期待与不安地带着我的第一本小说初稿去拜访他、请他作序时，他肯定与鼓励的话语像温暖的阳光瞬间驱散了我内心的忐忑。序中，他给予作品的评价让我坚信自己的文字具有独特价值，他也懂得我愿用爱去点燃特殊人群的希望。

因文字结缘，此后，王老师屡次在我创作遇到瓶颈时给予耐心的指导。从整体结构布局，到每一个人物形象的精心塑造，再到情节的巧妙设置以及语言的细致锤炼，他都毫无保留地将自己丰富的经验传授给我，他说："人物应更加立体丰满一些，你要深入他的内心世界，去探寻他的情感、动机和梦想。一个真正好的人物形象，应当是有血有肉的，能够深深触动读者的心灵，让他们产生强烈的共鸣。"于是，我按照王老师的指导，重新深入挖掘人物的内心世界，增添了许多细腻的情感和独特的经历。最终，人物在小说中焕发出了鲜活的生命力。王永盛老师的悉心教诲和鼓励如同明亮的灯塔，为我在文学的茫茫大海中照亮了启程的航路，引领我勇敢地迈出了文学创作的第一步。

原作协副主席吴尔芬老师也是我在文学道路上不可或缺的引路人。尤其是在长篇小说创作这一充满挑战的领域，他如同一位经验丰富、智慧超群的航海家，为我在茫茫的创作海洋中指明了前行的方向。他倾囊相授写作长篇的技巧，他说要在长篇小说中展现出广阔的社会画卷、深刻洞察人性的复杂以及设计跌宕起伏的故事情节,就必须构建一个清晰的架构和严谨的逻辑。他详细地为我讲解如何巧妙地设计故事的主线和支线,如何让各个情节之间相互呼应、层层递进,如何塑造出性格鲜明、令人过目难忘的人物形象。这让我深刻明白长篇小说绝非简单的字数堆砌,而是一个庞大而复杂世界的精心构建。

在吴老师的悉心指导下,我逐渐学会了从宏观的视角去把握整个故事的脉络,不再仅仅局限于局部的细节,而是将目光投向整个作品的完整性和连贯性。有一次开团队创作例会,我的故事陷入了僵局,不知该如何推动情节继续向前发展,吴老师建议在故事中引入一个崭新的人物,这个人物的出现将会打破原有的平衡,引发一系列新的矛盾和冲突,从而自然而然地推动情节的发展。我怀着半信半疑的态度进行了尝试,结果故事果然变得生动有趣起来,情节也如同潺潺流水般自然而流畅地向前推进。吴尔芬老师的教导和鼓励,让我坚定地踏上这趟充满梦想与挑战的文学之旅。

写作自然会投稿,报社的记者和杂志报纸的编辑老师们则如同无声的春雨,默默地滋润着我文学的心田。在与他们的每一次交流和互动中,我都能深切感受到他们对文学的那份真挚热爱以及对作者的关怀备至。他们的点拨总是那么恰到好处,让我如沐春风。我喜欢唯美的文字,难免有时过度追求华丽的辞藻,却在不经意间忽略了情感的真实表达。海鹰老师就在电邮回信中写道:"文字的美丽固然重要,但更关键的是要让读者真切地感受到你内心深处的情感。不要让华丽的辞藻掩盖了你真实的声音,要学会运用简洁而有力的语言去打动读者的心灵。文字本身就很美!"她的话犹如一记警钟,在我耳边敲响,让我瞬间如梦初醒。我开始重新审视自己的写作风格,更加注重情感的自然流露和文字的简洁明了。

他们对待文学的严谨态度和敬业精神，更是深深地感染着我。他们用实际行动向我诠释了什么是对文学的真正热爱和尊重，让我深刻明白文学不仅仅是一种个人的爱好，更是一份沉甸甸的责任和担当。"文学创作是一场永无止境的旅程，每一个作家都应当在这条道路上不断探索、勇于创新，只有这样，才能创作出富有生命力和独特魅力的作品。"他们的话时刻激励着我在文学创作的道路上不断追求进步，不断挑战自我。

"读万卷书，行万里路。"各种活动的主办方是我文学道路上的重要桥梁和纽带，为我提供了广阔的发展空间和丰富的资源，让我有机会结识了众多优秀的文友，极大地拓宽了我的视野，进一步坚定了我在文学领域不断探索和追求的信心。他们精心组织的每一次文学活动，都是一场盛大而精彩的文学盛宴，让我如痴如醉地沉浸其中，尽情汲取着文学的丰富养分。在那些丰富多彩的活动中，我有幸聆听了许多著名作家的精彩讲座和深刻分享。通过积极参与各种文学交流活动，我结识了来自四面八方、志同道合的文友们，在相互交流和学习的过程中，彼此启发，共同进步。这些文友就如同一面面明亮的镜子，让我清晰地看到了自己的优点和不足，也让我深切感受到了文学大家庭的温暖和力量。

在这漫长而又充满挑战的文学道路上，我是如此地幸运和幸福。这些可敬可亲的师友，是我文学道路上最璀璨的星辰，照亮了我前行的每一步；他们是我文学创作的源泉活水，滋润着我干涸的心灵，激发了我的创作灵感；他们是我文学梦想的坚强后盾，给予了我无尽的力量和勇气，让我在面对困难和挫折时，始终能够坚定信念，勇往直前。

我将怀着一颗感恩的心，继续在文学的道路上砥砺前行，用文字传递温暖，用故事照亮人生，用自己的笔触描绘出这个丰富多彩的世界。

那一眼便是星河万年

走过半生，我从不信世间会有此等女子，既可若"空谷幽兰"，亦可"人淡如菊"；更不相信世间有女子能令我这般一见如故，直到她翩然出现在我面前。三生有幸，让我在不惑之年与她相遇、相识、相知、相惜，我的世界又亮了……

缘，妙不可言。素来喜静的我极少参加文友活动，那日却忝为作者报名了《厦门日报》副刊组织的讲座活动。我因恐名不正言不顺而犹豫不决，姗姗来迟，到场时只剩三个位于前场的连排座位，其中两个座位已放有名牌：何况老师、海鹰编辑，无奈我只能在一旁坐下。三分钟后何况老师与海鹰编辑谈笑走来，我点头向何况老师致意，望着他身边的海鹰编辑，眉目之间似曾相识。

何况老师有理有据有情地讲完后，轮到作者交流分享和点名提问环节。作者们热情高涨，纷纷点名请教，身旁海鹰编辑优雅从容的姿态、认真专注的神情令人动容；回答诚恳、无一虚言、满满干货更是让所有作者感受到了她的平易近人、真诚与敬业。记忆最深的是有个作者问及如何走捷径且希望编辑们能定期在作者群里点评投稿作品，对此，海鹰编辑给出了礼貌且合适的答复。我直感叹她的善良与正直。须知作品自有作品的标准，作者唯一能做的就是提高自己作品的质量，无须攀附，更不必妄自菲薄。凡事应先内省而勿外求，与其凭空给编辑增加负担，不如静下心来多阅读名著以此夯实自己的写作基础，多读多写。在我看来，无论何时何地，做好自己，功不唐捐，花开自有时。

问答还在继续，她突然说出一个我经常说的词——"敬畏文字"。是啊，若世人对文字、对自然、对生命多些敬畏之心，那世界便能澄澈透明了。她的理念与我的竟惊人一致，我抬头多看了她一眼，谁承想，一眼万年。我携淡淡忧伤而来，带盈盈笑意而返。于我而言，世间若没有了文字，我必将心无所依，身无所栖，所幸有了文字，心安处便是吾乡。

  第二天晨起走至阳台，天已放晴，一缕阳光照在枝叶上。这场雨淅淅沥沥下了大半个月，花儿枯萎的枯萎，凋谢的凋谢，满目苍凉。就在我感慨之时，却惊喜地发现大丽菊那孱弱的枝干上已露新芽，即将嫩芽吐蕊，甚至已有了一个花苞。我眼前一片模糊，仿佛这个花苞就是她，我拿起剪刀，为旁边早已凋零的香水玫瑰修剪枝干。那一刻，我选择相信生命的力量，它既然坐拥泥土、阳光、清风和雨露，又有何惧呢？是生命，总会绽放，何妨从头再来？半小时后，我完成了一篇千字文，几番修改后第一次投稿《厦门日报》副刊。没过多久，我收到了海鹰编辑的回信，通过几封短短邮件的交流，我欣喜异常。欣喜，不仅因为我正式成为副刊作者，更因为从她身上我照见了自己，感知到世间难得的美好。

  接下来的时光中，我们切磋文字、品鉴文学、评点人生……在她的点拨下，我意外找到母亲五十七年前的照片，第一次饱含深情歌颂母亲；在她的指导下，我第一次参加征文并获得三等奖，成全了我对嘉庚先生的孺慕之情。正是她不厌其烦的指点和我孜孜以求的修改让我本已空无一物的心田再次万物生长，重拾"旧爱"，收获快乐。原来我的志向一直在那里，年少的意气风发亦不曾走远，只是过往的忙乱将它们掩盖起来。忙让我无暇顾及其他，身体失去了感受的能力，心灵迷失了最初的方向。当我不自觉与他人做比较而懊恼当初的选择时，她说："每个人都有自己的使命，也有各自的活法，各有悲喜，无须比较。"是啊，无须比较，只要永葆初心，让今日的自己优于昨日的自己，就足够了。人终其一生不过是与自我和解，与时间和解，与生命和解。不求生如夏花之绚烂，亦不求死如秋叶之静美，只愿守住本心、做好当下、无所畏惧，俯仰无愧天地。

人间何处不江湖？文坛亦是江湖，美丑兼具，善恶并存。所幸，这个江湖还有点点星光，虽微弱，却给出了温暖与光明。看着作者们在群里表达着对她的感激与赞美，我由衷欣慰，世间不乏良善之人，但将善意和温暖毫无保留地给予一个又一个陌生人的少之又少。作者们感激她凭一己之力照亮了许多人前行的路，世间难寻，珍贵至极；赞美她代表着真心、正义、无畏和同情，世界因她而美好。世间总有人会让我们热泪盈眶，她就是浊世中难得的一股清流。人淡如菊，素心如简，恬淡从容，无出其右，得友若此，幸甚至哉！

世间一切，都是遇见，就像冷遇见暖，就有了雨；春遇到冬，有了岁月；天遇见地，有了永恒；人遇见了人，有了生命。知音难寻、知己难觅，良师益友更是可遇而不可求，相信我们是彼此生命中美丽的遇见，感恩遇见！祈愿：平安健康喜乐！也愿她永葆初心，记住珍贵，坚信珍贵，哪里有阳光就朝向哪里。愿我们都做阳光且有正能量的人。

得师若此，夫复何求

夏光武老师是我最敬重的老师，他称学生为"孩子们"，学生则唤他"夏老哥"。

遥想当年，我在厦大求学时，夏老师是我们班西方现代文学和比较文学两门课程的老师。他出现在课堂时，总是满脸微笑，真是"谦谦君子，温润如玉"。

记得第一堂课，自我介绍后，夏老师并没有翻开课本，而是先在黑板上写下一句名言："在那些不属于自然的赠予，却是人类自己的心灵创造出来的许多世界中，书的世界是最伟大的一个。"他鼓励我们多阅读、多思考、多写文；接着夏老师侃侃而谈，历数不同时期的作家和作品，精辟而深刻；最后，夏老师说出他的愿望："把书教好，把学问做好，把学生带好。"而他对我们的期望是："把书读好，把知识学好，把人生走好。"一下课，同学们便冲进图书馆，扫荡他刚提及的名家名作，恨不得尽收囊中。

夏老师精力充沛，像个孩子，开心处，他手舞足蹈，悲伤处，他眼眶微红，一堂课轻松幽默却干货满满。同学们偶尔不在状态时，夏老师便分享他的生活趣事和幸福密码。从他的分享中，我们得知了他的过去：到厦大任教前，他曾任职香港《读者文摘》中文图书部主任编辑，亦曾任教于台北实践大学应用外语系……顿时，他收获了一堆"迷弟"和"迷妹"。

在绝大多数学生的眼里，学习是枯燥的，考试是痛苦的，但夏老师认为学习本应是纯粹而快乐的，他说："读书的目的就是让大家更快乐地生活，课堂的宗旨就是通过文学来抚慰心灵、收获成长。"就这样，在他的引领下，我们快乐地徜徉于文学的世界，从文字中得到慰藉与力量。

源于第一堂课的名言，我果断选择作者黑塞的作品《荒原狼》作为毕业论文的选题，夏老师顺理成章成了我的导师。从此，他一次次带我走进黑塞的文学与精神世界。在那里，我知道了黑塞为何被称为"德国浪漫派最后一个骑士"，更知道了"追逐光明，不如化身为光"。有了夏老师的倾囊相授，我在毕业论文答辩上终于取得了"优秀"的等级。

我们的毕业典礼恰逢父亲节，校园里弥漫着喜庆的气息。我穿上学士服，将一束鲜花和一个写着"夏老师，父亲节快乐"的蛋糕送给夏老师，感恩他一路的关心与扶持。他双手合十，我们相视一笑，笑中含泪。

"师者，所以传道授业解惑也。"夏老师不但在学术上惠我极多，更成为我人生的引路人。毕业数年之后，当我想考研又纠结于大龄时，他笑着说："我相信你的能力，我当年考博时已四十岁了，你又有什么好顾虑的呢？"在他的鼓励下，我考研成功。

若干年后，我又想跨考历史学博士，他只说了一句："去吧，孩子，做你喜欢做的事吧！我一直都在！"我瞬间泪目，这份"在"是何等珍贵，成了我披荆斩棘的力量，照亮我前行的路。当我爆冷通过初试时，夏老师的喜悦溢于言表，并承诺复试成功后请吃大餐。虽然我最终惜败，但他还是请我吃了大餐，并笑着安慰道："人生嘛，既然决定来了，就要坚定地走下去！"

得师若此，夫复何求？感谢夏老师曾经给予我家人般的关爱，亦师亦父地温暖了我的求学之路。校园的时光虽已远去，但师恩永远铭记！

在

在岁月的长河中，总有一些人，如璀璨星辰，照亮我们前行的道路；总有一些情，似温暖春风，抚慰我们疲惫的心灵。孙巧稚老师于我而言，便是这样的存在，她亦师亦友，在过去十年的时光里，她就像一颗星星，以一种独特的方式，默默地守护着我。她的"在"非身处近处的相伴，而是像润物细无声的春雨，在我需要的时刻，如影随形，给予我力量和支持，那是一种精神上的永恒"在"场。

十一年前，我头脑一热，决定再入校园攻读我一直喜欢但年少时却未能选择的美术。初入校园，期待而又忐忑，周边大多是稚气的面孔……她就是在这个时候作为班主任走进了我的生活。我至今仍清晰记得她第一次站在讲台上的样子，一袭简约的连衣裙，笑容和蔼可亲，眼神中透露出智慧与温暖。那堂课，她生动有趣、妙语连珠地将枯燥的《艺术设计专业英语》讲"活"了。

犹记得，非科班出身的我难免在绘画上遭遇挫折，为此，我心情低落至极，总觉得自己付出很多努力却没能得到应有的回报，甚至开始怀疑自己的能力。孙老师察觉到了我的异样，借机把我叫到了办公室，那是一个阳光温暖的午后，办公室里弥漫着淡淡的咖啡香。她微笑着看我，说："你知道吗，很多同学都很敬佩你的勇气和坚持，挫折只是一个成长的机会，一块未来成功的基石，只要不放弃，继续努力，总会迎来属于你的绽放。"她的话语如同一股清泉，流淌进我干涸的心田，让我那颗沮丧的心重新燃起了希望的火焰。

从那天起，我开始尝试喝咖啡，并慢慢爱上那香醇的味道。

渐渐地，同龄人的我们成了无话不谈的朋友，我会和她分享我的喜怒哀乐，她也会跟我讲述她的人生经历和感悟。在我遇到困难时，她总似穿过任意门的"哆啦A梦"般出现在我身边，给我鼓励和建议；在我取得好成绩时，她会为我欢欣雀跃，喜悦溢于言表。

毕业后，在她的"怂恿"下，我决定用55天备战考研。在职备考，我每天都沉浸在紧张的复习中，几乎到了崩溃的边缘。孙老师只要从朋友圈窥出一二后，便会找我聊天，帮我缓解压力。考前的一天，我收到了孙老师的一条微信，她用温暖的文字鼓励我要相信自己，发挥出自己的最佳水平。她写道："我相信你一定能够取得好成绩。无论结果如何，你都要知道，你已经努力了，这就足够了。在这个过程中，你收获的不仅仅是知识，更是一种坚韧不拔的精神。我会一直在你身边，为你加油助威。"看着那条微信，我的眼眶湿润了。孙老师的鼓励就像一股强大的力量，支撑着我度过了三天带病考试的艰难时光。最终，我脱颖而出，成了报考学院中唯一过了国家线的学生。当我第一时刻告知孙老师喜讯时，她连说了三遍："我就知道你可以的。"

人到中年，裸辞读研尤为艰难，学业的繁忙、生活的琐事和经济的压力让我时常感到疲惫和迷茫。遇到难以解决的问题时，我总会找她聊聊天，她耐心倾听并给出一些中肯的建议。她告诉我要学会适应社会的变化，不断提升自己的能力；要保持积极乐观的心态，面对困难不要轻易放弃。在她的鼓励下，我顺利完成了学业，开启了新的事业。

然而，人生并非总是一帆风顺。研究生毕业后的一段时间，我在工作中遇到了很大的困难，同时家庭也出现了一些问题，陷入了前所未有的困境，孤立无援，身无可依，心无可栖。在我最绝望的时候，孙老师又一次出现在了我身边，她拍拍我的背，说："别怕，有我在呢！"那一刻，泪流满面的我感受到了一种无比的温暖和安心。她陪我度过了那段风雨飘摇的日子，帮我一起分析问题，寻找解决办法。在她的陪伴和鼓励下，我逐渐走出了阴影，重拾生活的信心。

十年的时光，如白驹过隙，转瞬即逝。在过去的十年里，孙巧稚老师一直"在"我身边，从未离开。她的存在，就像一束光，照亮了我人生的每一个角落；她的关爱，就像一股暖流，流淌在我心间，让我感受到了无尽的温暖。我们之间的感情，早已超越了师生之情，升华为一种深厚的友谊。很幸运，我们一起走进了第二个"十年"，我知道，无论未来的路有多么漫长和崎岖，只要孙老师"在"，我就有勇气和力量去面对一切。

在这个纷繁复杂的世界里，有一种感情，它不需要时刻相伴，却能在最需要的时候给予最温暖的关怀；有一种人，她不需要过多的言语，却能用行动诠释什么是真正的友谊和关爱。孙老师的"在"是我人生中宝贵的财富，她也将永远"在"我心中。未来的日子里，我将一如既往用自己的力量去温暖和帮助他人，将这份爱传递下去，因为"在"的力量是无穷的，它可以让一个人在黑暗中找到光明，在困境中看到希望，在迷茫中找到方向。

常回"家"看看

世间，总有人让我们想起时热泪盈眶，感谢上天将他们请进了我们的生命中。在我的心中，恩师如同暗夜的灯塔，照亮我前行的航线，为我的成长保驾护航。每当回想起那段布满荆棘的求学之路，我总是心怀感恩，感恩他给予我那么多温暖。

也许是近"乡"情怯，每当从集美大学美术与设计学院的门口走过时，我总是习惯性地回头看看，然后悄悄离去，仿佛我已进去过。

那天中午，经过学院大门时，我意外发现学院门口立着一块宣传牌，原来这几日正举办张葆冬教授的国画作品展。我正犹豫着要不要进去看看，身后突然传来一个熟悉的声音，转头一看，陈其端院长正朝我走来，他开玩笑道："怎么？想学大禹三过家门而不入吗？那么多年没回来，也不知道进来坐坐……"我有些局促不安，好多话不知从何说起。他似乎看出了我的犹豫，说："进来看看展览，或者我请你出去吃饭。"我点点头，眼泪差点儿不争气地夺眶而出。

再次走进学院，我极力想从那一砖一瓦中觅得时光的印记……陈院长领着我参观画展，结束后，他笑着对我说："走，先带你去看件宝贝，我们再去吃饭。"说完，我们走出校园，穿过小巷，来到学院后的岑东一号创新创业园。打开漆线雕展馆门的那一刻，我百感交集，再次重逢，竟已是三年之后。我望着留在学院里的十几幅漆线雕作品，不禁想起了三年前参加国家艺术基金资助项目"厦门漆线雕手工技艺传承与创新人才培训"时的情景，无数个日夜不眠不休，终换得硕果累累。

正当我沉浸在回忆中，陈院长指了指角落旁的一件作品说："当年，每个学员按要求上交三到五件作品，你是交得最多的，交了十二件，其中有一件私人作品，我一直帮你收着，就等着你来取呢。"陈院长俯下身，小心翼翼地打开外包装，他头上的白发似乎更多了，"来，完璧归赵。"我双手接过作品，哽咽地说："太感谢您了。"

吃完饭后，我和陈院长挥手告别，他笑着说："记得，常回'家'看看。"这句话让我突然泪湿眼眶，当我再次回头时，我发现他还立在原处……读研时的一个个画面在脑海中浮现：图书馆中，他与我合力查找文献；漆画室内，他指导我调漆上色；考察途中，他细心教导、耐心解读……谢谢您，陈院长，有您在，回学院便是回"家"。时光会远去，但您永远是我心中的楷模，祈愿恩师一切安好！

一张特殊的课程表

整理书柜，总能寻得宝藏，唤起已经休眠的记忆。书中掉落的一张纸如同时光机开启了穿梭隧道带我回到那一年那一日。

我刚上完选修课回宿舍，两位同学围住我，叽叽喳喳问起校外导师的安排。"听院长说你选了上初中时任教的老师，真的吗？明日师生再续前缘，你猜她见到你时会是什么表情呢？""惊还是喜？说不定吓一跳呢！"说完后，她们一哄而散，留下若有所思的我。

世人皆道人生有三喜：金榜题名时，洞房花烛夜，他乡遇故知。谁承想，我们再次重逢是在一所学校中，多年后，我又成了她的学生。那一刻，我们四目相对，我躲闪，害怕她的细问；她惊喜，从未想铁了心选她的人竟然曾是自己的学生。"怎么是你啊！""怎么不是我？没想到吧！"我们只是含笑相望，没有相拥，但我的眼角已然湿润，我没有告诉她，我努力了十年，也许只为了此刻。

我从书包里掏出那张纸，那是1999年红五月艺术节，我回母校探望杨剑清老师时，她送我的课程表。"这纸你还留着？那时你开玩笑说想再当我学生，想做美术老师，我就顺手送你留念，没想到……"我们终于相拥了，那刻我强忍着眼泪。曾预演了无数次的场景，告诉自己要稳住，终究还是在众目睽睽之下破防了。她拍拍我的后背，别过身去。身后，校内导师程老师笑言道："这还是我第一次看她像个孩子似的。"

从此，我又名正言顺成了杨老师的学生。此后的日子里，她带我听课、教我写教案、指导我上课、指点我作画。两年的时光虽短，但似乎也成全了我当年的一句"戏言"。毕业后，我在她的引荐下到学校开设漆线雕课堂，主讲高中美术选修课《立体构成》……

程老师的理念和素养为我奠定了深厚的专业思想，杨老师的教学经验和一线体验让我羽翼渐丰，我结合自己热爱的文学做了跨学科教学。当我向杨老师请教和探讨时，她的笑容和鼓励给了我莫大的动力，让我一次次深入研究，永不言弃。

当文学与艺术相遇时，不仅是文字与色彩的简单拼接，更多的是无言的诗与有言的画，最后我以跨学科教学的研究连续三届站上了世界华人美术教育大会的演讲台，与志同道合的美术教育者分享教学浅见、收获前沿理念，还结识了许多美术教育界大佬并得到指点。每每在回厦后，我都会送上鲜花表示感谢，杨老师总是淡淡一笑道："你的成绩已是最好的礼物，继续努力吧！"

虽已毕业多年，但如今凝视着这张纸，再看着书架上的漆线雕作品、陶艺作品、教案本……我不禁感慨道：人生的际遇谁又说得清呢？杨老师，感谢有您，让我做了更好的自己，遇见了更美的明天！

糖诗如画

再次穿行在那条充满人间烟火气的百家村路，斑驳的树影下，童年最甜美的记忆又鲜活起来。

那不是放学回家的必经之路，我却总是蹦跳着绕道而去。宋叔叔的糖画摊，隐蔽在拐角处的屋檐下，转盘如同充满魔力的钓鱼玩具，飞禽走兽、花鸟虫鱼的图案像是一条条大鱼等待孩子们去垂钓。宋叔叔的手虽粗糙却灵巧无比，翻转间像极了魔法棒，只需一把长柄勺和一把小铲子，小动物们便从转盘中"走"了出来。他不仅能用糖浆在大理石板上画出各种平面图案，立体的手提花篮、宫灯、自行车等也是信手拈来。

放学后，宋叔叔的摊前总是聚集着一群孩子，叽叽喳喳像小麻雀，买的少，看热闹的多，可他一点儿都不恼，还经常变出些糖豆让大家解解馋。当孩子转动转盘时，宋叔叔将小锅一架，糖加热后冒着泡化成浓稠的糖浆。指针停下，他瞄了一眼便拿起长柄勺舀起糖浆，迅速在石板上"作画"——瞬间，糖浆在大理石板上冷却成坚固的糖画，接着只需用竹签粘上，手起铲子落，糖画就"活"了起来。

有那么一段时间，我天天去，只为转到活灵活现的龙飞凤舞。可我一次又一次转动转盘，花光所有的零花钱，都没能得偿所愿。宋叔叔见我一脸失落，主动把我转到的"鸡"做了个升级版，当我接过"凤"的那一刻，仿佛握住了全世界的幸福，真是"拿在手里怕坏了，含在嘴里怕化了"。我高举着糖画转了几圈，旋转间，凤的长尾巴断了，掉在地上。宋叔叔"无视"我的请求，坚持让我自己动手补个尾巴。结果可想而知，奇丑无比，那一刻，我明白了何为"狗尾续貂"。

就这样，我爱上了糖画。三年级的"六一"儿童节，"幸福"突如其来，宋叔叔终于同意教我做糖画。可过程远比我想象的困难，糖浆温度难以控制，图案绘制需要技巧，冷却速度也至关重要。在一次次失败后，我终于制作出第一幅"完整"的糖画——一只头大身子小的断尾猫。

学了一个暑假后，在我的软磨硬泡下，宋叔叔终于开始教我做立体糖画。从花篮入手，由小及大，一个接一个，我做花篮入了迷，宋叔叔夸我做的是何仙姑的花篮。只可惜没过多久，他就为了照顾母亲回了老家，我大哭，他安慰道："我从遂宁百家村来，辗转到了百家村路，又认识了你们，这是缘分。"从此，我记住了他家乡的名字——四川遂宁。

后来，我曾数次到过四川，漫步于杜甫草堂，流连于都江堰，却找不到一个理由前往遂宁，茫茫人海中该如何找寻"宋叔叔"呢？机缘说来就来——去年深秋，我起心动念前往唐朝著名诗人陈子昂的故乡射洪，射洪属于遂宁，徜徉在子昂故里，我感慨万千，终于来到我心心念念数十年的远方，我仿佛看到了诗人的少年时光，乐善好施、好气任侠、尚武好剑……

行走在市集中，我邂逅了久违的糖画摊。在与摊主雷师傅的闲聊中，我意外得知他的老师姓宋，年轻时曾在福建生活过一段时间。那一刻，我激动不已，暗自祈祷能"他乡遇故知"。我说想见见他的老师，他便打了电话。我在摊位上从天亮等到天黑，宋老师终于来了。他头发花白，黑瘦的脸庞刻着岁月沧桑，而我也早不是当年那个肆意欢笑的小女孩了，归于人海中，我们必定擦肩而过……四目相对时，我如同对暗号般说出"百家村"三字，他先是一愣，我说了当年的情况，他终是认出我来！随后，他对雷师傅开起玩笑："真论起来，她是我的开门弟子，你可是小师弟了。"

缘，妙不可言——宋叔叔的老家就在射洪百家村，他与陈子昂是老乡！"原来你是为'糖画祖师爷'而来的啊！"见我满脸惊讶，宋叔叔给我讲起了故事：相传，陈子昂酷爱黄糖，吃法独特，总是先将糖熔化，在桌面上"画"成各种图案，等凝固后边赏玩边食用。后来，他到长安游学求官，在集市消遣时巧遇小太子，被召入宫表演，获赞得了升迁……

归家后，我再次来到百家村路。落英纷飞中，我仿佛看到了童年的自己，守着转盘、手举糖画；也仿佛看到了少年的陈子昂，以糖为笔，绣口一吐——唐诗亦是糖诗，糖诗如画。

她，就是我的"小太阳"

　　品下午茶，逛花鸟市场，撸羊逗狗，刚发完朋友圈，便有朋友问："又和你的'天下第一好'去玩啦？"我大笑——"天下第一好"是熟悉我的朋友为霖婷起的名字。世间总会有那么几个人让我想起时心头暖流涌动，霖婷便是其中之一，就连仅有一面之缘的朋友也会将她唤作"小太阳"。

　　初见霖婷是在两年前，当时我正与好友春燕在工作室闲话家常，她的弟媳妇霖婷一手捧着一大束紫色睡莲，一手提着一大袋龙眼和茶点，按响了门铃。我迎了上去，只见她满头大汗，笑容灿烂："这是我家种的龙眼，可甜了，你们尝尝！"

　　进门后，她就忙着醒花，然后又开始帮我们泡茶。喝茶时，我听她对植物如数家珍，看着她手机相册里庭院的照片，不禁心生艳羡，百来盆花卉，十多棵果树，还有竹子。她笑着说："我不过是附庸风雅而已，欢迎有空去我家里坐坐。"还未等我登门拜访，我的工作室已被她送的花堆满了。薰衣草、紫罗兰、紫丁香、葡萄风信子、鸢尾花、蕾丝金露花、勿忘我、绣球花、郁金香……花随时节变换，但无一不是紫色——她始终记得我钟爱紫色。我很不好意思，她却说："各花入各眼，花儿让你心生欢喜，你也呵护它们，这难道不是缘分与圆满吗？"

　　在霖婷数次热情相邀下，我带上一大堆零食登门拜访了。"总算把你盼来了！"霖婷端着一盆水果朝我走来。看着这一盆大杂烩我傻了眼，春燕解释道："知道你要来，霖婷屋前屋后绕了好几圈，给你摘了芒果、木瓜、柠檬、番石榴……"霖婷拿起番石榴递给我，笑着说："可惜你爱吃的龙眼还没熟，记得半个月后再来。"

我们围坐在院中的石桌旁,三只小狗围了过来,站着的、端坐的、四仰八叉躺着的,甚是有趣。虽然嘴里塞着东西,但并不妨碍我聊减肥——海阔天空的话题又回到了原点。就在我吐槽她们的建议对我无用之时,春燕说:"你少吃点儿零食,平时像霖婷一样每天打扫院子和做家务就能减肥了!对了,或者帮婶婶放羊也行。"

"放羊?你家居然有羊?"我一听,两眼发光。霖婷将我带到了羊圈——天啊,五十几只羊,颜色大小都不相同。我开心得跳起来,伸手便想撸羊,羊儿一哄而散。霖婷见我嘟着嘴,伸手摘了龙眼树叶,羊儿们便围了过来,让我成功撸上了羊。而后,我戴着草帽、穿上防晒衣,赶着羊群出发了!

放眼望去,出了羊圈约 50 米就是满山坡的草,就在我得意距离将近时,羊群四散了。我赶了东边的,跑了西边的,没一会儿我已满头大汗,真是应了那句闽南俗语"抓龟走鳖"。霖婷走过来要帮忙,被我倔强地拒绝了,不是说"方法总比困难多"吗?事实证明这句话并不完全正确,我费尽心思把兵法都用上,可山坡上的羊群依然呈现"四分五裂"状态——不,是"三国鼎立",三群羊怎么也聚不到一起。唉,到底是人放羊,还是羊放人啊?!

"减肥屡战屡败,放羊难道也是这样吗?"就在我气喘吁吁地自言自语时,神兵从天而降。"这是牧羊犬吗?看着像一只土狗。"只见它一个箭步冲向一只大羊,明白了,那肯定是只领头羊。接着我看着它在开阔的草地上迅速奔跑和转向,一边吠叫一边追赶,将羊群聚集在一起。

"如此说来,我还不如一只狗?"我对着眼前的烧烤炉陷入沉思。突然,一颗果子砸到我的头上,天上没掉馅饼,掉了颗葡萄,低头一看,还是未熟的。头顶上的葡萄架遮天蔽日,原来罪魁祸首是只小鸟,见我看它,飞走了,我顿悟:"凡事都应讲究方法、遵循本源不是吗?"我起身熄灭烧烤炉上的炭火,转身去往后院,摘来了各种蔬菜……

以花为媒,我们的交流渐多,插花、赏景、品茶、看书,大家三观一致,温暖彼此。

又是一个夏天,我们意外地在医院相遇了,我刚拿完体检单出门,便看见她提着两份快餐匆匆往住院大楼赶,一问才知道是她先生的奶奶住院了,她主动送饭陪床。我买了果篮随她回病房看望老人,才知道,她买的那两份快餐是给同病房的一对母女带的。她们告诉我:"霖婷真是好人啊,看我们吃不惯医院食堂的餐食,就主动帮我们买饭,还不肯收钱。她善良、热情,就像是一束光,能给周围的人带来温暖和正能量。"霖婷害羞地说:"你们快吃饭吧!我哪有你们说的那么好……"

走出医院,霖婷便邀我去她家里采摘芭乐和火龙果。正值她家的羊妈妈生了小羊,我童心未泯地尝试放羊,看着六七十只羊漫山遍野自由自在地奔跑,我回头问了句:"如果有来生,你想做什么?"她毫不迟疑地回答:"若可以,就做一棵树;若不能,便做一株草。""什么草?""狗尾巴草。""不对,是薰衣草!"我突然抱住了她,她值得世间所有的美好。

寒来暑往,岁月如歌,"阳春布德泽"是她,"润物细无声"亦是她。我感恩上天,让我有这样的好朋友,她,就是我的"小太阳"!

赴一场荷花宴

六月末,骄阳似火,空气中弥漫着炽热的气息,我满心期待着借荷花之名,与友人共赴一场诗意的聚会。然而,好友李婷家后院的那池荷花,却似羞涩的少女,紧紧裹着自己的芬芳,迟迟未展笑颜。我每日都盼望着能收到李婷关于荷花盛开的消息,可日子一天天过去,那荷花依旧静悄悄地躲在花苞里,我的心中不禁涌起一丝失落。

时光缓缓流淌,终于,在立秋之夜,我收到了好友李婷热情洋溢的邀请,我们将共赴一场以荷花为主题的梦幻盛宴。怀揣激动的心情,我踏入了好友家的后院。刹那间,眼前的景象如同一幅绝美的画卷徐徐展开。

各色荷花已然竞相绽放,它们宛如一群身着彩衣的仙子,亭亭玉立于碧波之上。粉色的荷花娇艳欲滴,如同少女娇羞的脸颊;白色的荷花纯净如雪,散发着圣洁的光辉。荷叶层层叠叠,那浓郁的绿意仿佛是大自然用最醇厚的颜料涂抹而成,洋溢着勃勃生机。微风轻轻拂来,携带着荷花的缕缕清香,那香气清新淡雅,若有若无,在夜幕之下穿梭,为这美好的夜晚披上了一袭充满诗意的轻柔纱衣。大家都迫不及待地拿起手机,试图捕捉这份美好瞬间,将之永远定格下来。有人蹲在荷花池边,专注地调整着拍摄角度,想拍下荷花婀娜的身姿;有人则站在远处,将整个荷花池和背后的月色一同纳入镜头。

李婷兴致勃勃地侃侃而谈,她的眼神中闪烁着光芒,分享着她种植荷花的点点滴滴。她讲述着每一次浇水、施肥的细心呵护,每一次看到荷花花苞时的满心期待。那份对园艺的热爱与执着,恰似荷花一般,清雅而又不失坚韧。

当暮色渐渐四合,天边染上了一抹绚丽的晚霞,荷花宴缓缓拉开了序幕。桌上的美食佳肴琳琅满目,每一道菜都仿佛是一件精美的艺术品,皆以荷花为灵感源泉,真可谓是匠心独运。

盛放在莲叶状瓷盘上的荷花酥,宛如荷花宴的动人序曲。那酥皮层次分明,恰似初绽的荷花般娇艳,每一层酥皮都薄如蝉翼,在灯光下闪烁着诱人的光泽。轻轻咬上一口,酥皮在口中瞬间散开,发出清脆的声响,内中藏着的甜蜜荷花花瓣酱如同一股暖流流淌在舌尖,满口皆是芬芳四溢,甜香中还带着一丝淡淡的花香,让人回味无穷。

紧随其后的莲子与莲藕甜汤,以小巧精致的陶瓷绿盅盛装。莲子圆润饱满,每一颗都像是晶莹剔透的珍珠,散发着淡淡的光泽。藕片软糯甘甜,入口即化,清甜的滋味直入心田,为我们带来一抹不可多得的清凉慰藉。喝上一口甜汤,立刻感受到夏日里荷花池的清凉,心中的燥热也悄然消散。

荷叶糯米鸡,别有一番独特风味。糯米与鸡肉被荷叶紧紧包裹,荷叶的脉络清晰可见。在蒸煮的过程中,荷叶的清香与食材的鲜美相互交融渗透,打开包裹的瞬间,香气扑鼻而来。糯米粒粒饱满,吸收了鸡肉的鲜美和荷叶的清香,变得软糯而有嚼劲。鸡肉鲜嫩多汁裹着荷叶的香气,浅尝一口,唇齿留香。

"荷塘月色"作为荷花宴的大菜,更是别具匠心。它以莲子、莜面、鸡蛋等食材调成面糊,面糊细腻光滑,如同一池平静的湖水。而后倒入抹了油的碗中,上面再撒上几颗莲子,宛如夜空中闪烁的星星点缀在荷塘之上。蒸制十五分钟后取出扣入盘中,那造型宛如一轮明月倒映在荷塘之中,寓意着"享清芳之气,得稼穑之味"。入口时,莜面的筋道、鸡蛋的嫩滑和莲子的清甜完美融合,给人带来一种丰富而又美妙的口感体验。

为消解宴席的油腻之感,荷花花瓣沙拉与荷花茶适时登场。

荷花花瓣沙拉色彩斑斓，粉色的荷花花瓣、绿色的蔬菜、红色的水果相互搭配，宛如一幅绚丽的油画。口感清新宜人，荷花花瓣的娇嫩、蔬菜的清爽和水果的甜美在口中交织，给味蕾带来一场清新的盛宴。荷花茶清香扑鼻，沁人心脾。透明的茶壶中，荷花花瓣在热水的冲泡下缓缓舒展，如同在水中翩翩起舞的仙子。轻抿一口茶水，那淡淡的花香在口中散开，让人感到身心舒畅，仿佛所有的疲惫都被一扫而空。

品过花茶，荷花形状的果冻、冰激凌等甜品，为这场荷花宴画上了一个完美的句号。荷花形状的果冻晶莹剔透，里面还镶嵌着几朵小小的荷花花瓣，宛如一件精美的水晶工艺品。轻轻晃动，果冻微微颤动，仿佛荷花在微风中摇曳生姿。冰激凌则是粉色的，上面还点缀着一些金色的糖粒，如同荷花在阳光下闪烁着光芒。吃上一口，冰凉爽口，甜而不腻，为整个荷花宴带来了一丝甜蜜的清凉。

"荷"其有幸，我们得以相聚于此，共享这份由荷花编织而成的美好时光。荷花宴，不仅让我们领略了自然之美，更使友情在美食与美景中得以升华。在这个美好的夜晚，我们与美食欣然相遇、与友情温暖相拥，感受着时令的悄然变迁与自然的慷慨恩赐，让心灵得到了惬意的休憩。我不禁感慨，唯有这样的时光才有温暖的温度和深刻的意义，值得我们细细品味，久久珍藏。

轻煮时光慢煮茶

　　人，总会有"至暗时刻"，那时我不慎陷入如浓稠迷雾般的阴霾，心灵的苍穹被灰暗重重遮蔽，寻不见一丝能给予慰藉的明亮曙光。生活的压力似千斤重担，压得我喘不过气，工作的挫折如荆棘丛生，前行的道路被阻挡，我疲惫不堪地在这困境中挣扎，心情也随之如坠深渊，陷入了无尽的焦虑与迷茫。那时的我仿佛是一艘在茫茫黑暗中迷失方向的孤舟，漂泊无依，不知该驶向何方，内心被无助与困惑填满。就在我深感绝望，仿佛被世界遗忘的时刻，友人颖卉一次次如同一束耀眼的希望之光出现在我身旁。

　　当她从朋友圈中敏锐地察觉到了我的低落时，并未选择用空洞的言语来安慰我，而是舍弃难得的周末约我外出。"你就该出去多走走，我带你去一个地方。"她拉着我的手，将我带到东坪山一处宁静而又充满生机的小院，那是她朋友的茶坊。

　　小院里，繁花似锦，绿草如茵，还有我最喜欢的秋千。秋千右侧摆放着一套古朴而典雅的茶具，旁边是一个小巧的火炉，炉火正微微燃烧着，红色的火苗跳跃闪烁，是我最爱的围炉煮茶。我静静地坐在一旁，目光紧紧地追随着她的身影，清洗、烧水、泡茶，她的动作轻盈而优雅，每一个步骤都充满了仪式感，我心中的烦躁如同被春风拂过的湖面，渐渐恢复了平静。不一会儿，一股淡淡的茶香弥漫在空气中，颖卉为我斟上一杯茶，递到我面前，眼中满是期待地说："尝尝，这是我最喜欢的茶，有安神之效。"我接过茶杯，轻抿一口，清香瞬间在口中散开，先是一丝淡淡的苦涩，而后是悠长的甘甜。仿佛在这一刻，时间都为这杯茶而停留，世间的喧嚣与烦恼都被远远地抛在了脑后。

　　我们就这样静静地坐在院子里，沉浸在茶香与宁静的氛围中，感受着时光如同潺潺流水般缓缓流淌。颖卉开始和我聊天，她巧妙地避开了我那些沉重的烦恼和挫折，而是和我分享起她生活中的点点滴滴。当然了，她所讲述的也是经过挑挑拣拣后的美好时光，力图让我看到一个充满生机与美好的世界。"人间值得，好好活着！"她开玩笑地说，顺手递给我一杯奶茶，"为你特调的，绝对健康有机。"

随着时光的悄然流逝，我渐渐地被颖卉的乐观和积极所感染，心中的阴霾也如同晨雾在阳光的照耀下，一点点消散。我开始和她一起欣赏院子里的花草，感受着微风轻轻拂过脸颊的温柔，聆听着鸟儿欢快歌唱的旋律。那一刻，我突然深刻地意识到，生活原来如此美好，只是我一直被阴霾蒙蔽了双眼，困在自己的情绪中。

"有空多出来走走，生命在于运动。"这是那段时间里，颖卉说得最多的一句话了。她还带我去打卡一段段健康步道。一路上，我们看到了许多晨练的人，有的在跑步，有的在打太极，他们的脸上都洋溢着健康与活力。她笑着对我说："你看，生活其实充满了生机，我们要像他们一样，积极地面对生活。"我点了点头，心中涌起一股莫名的感动。

视界决定世界，颖卉还喜欢带我去爬山。仙岳山虽不高，但有段山路崎岖，我们一步一步地向上攀登，汗水湿透了衣衫，但我们还是一鼓作气往上爬，登顶的那一刻，连绵起伏的山峦尽收眼底，云雾缭绕在山间。颖卉兴奋地指着远方说："看，生活中的困难就像一座座山，只要我们坚持不懈，就一定能登上山顶，看到最美的风景。"其实，道理我都懂，只是囿于当下，阻碍了前行的心。

在颖卉的陪伴下，我渐渐步入正轨，找回了原来的自己：我不再抱怨生活的不公，不再为那些琐事而烦恼，而是在忙碌的生活中寻找片刻的宁静、在挫折面前保持乐观的心态、用一颗感恩的心去对待生活中的一切……

轻煮时光慢煮茶，让我们在岁月的流转中，保持一颗宁静的心，去感受生活的美好，去珍惜身边的人。让我们如同那杯中的茶叶，在时光的沸水中慢慢舒展，释放出自己的芬芳……

别样"流水席"

我刚准备出门，门铃骤然响起，十有八九是那心急的小琴。果不其然，她一把拉住我，说道："走，跟我去吃'流水席'。"随后，我们一同走进电梯。我细细端详她，今日的她竟梳着精致"凤髻"，身着改良汉服，背着一圆形古风小包，脚上还穿着一双绣花鞋。瞧她这一身装扮，我着实有些不习惯，心中暗自嘀咕：穿成这样去吃流水席，难道不会显得另类吗？

坐上汽车，我的思绪不禁飘回到第一次吃流水席的场景。那年我八岁，跟随父亲前去赴宴。刚进入村庄，便听到那此起彼伏、震耳欲聋的鞭炮声，满地皆是红纸屑，从村口一直绵延至主人家门口。走近一瞧，蒸笼高耸过人，几口大锅热气腾腾，各类食材摆满了长长的案板，客人随到随吃。印象最为深刻的并非那"堆山积海"的佳肴和络绎不绝的宾客，而是吃到一半时，突然下起了瓢泼大雨。大人们依旧淡定地吃喝闲聊，孩子们又怎舍得放弃如此绝佳的戏水时刻，纷纷放下碗筷，跑去踩着水坑玩耍，尽情享受着这名副其实的"流水席"。

汽车在蜿蜒曲折的山路上行驶，经过了十八道弯，最终的目的地竟是一座古朴的书院，名为"半亩方塘"。就在我满心诧异之时，小琴将我引入后院。只见竹林作为围墙，小池划分界限，古乐萦绕耳畔。我瞬间眼前一亮，原来这就是她说的"流水席"，此流水非彼流水，实则是"曲水宴"。曲水流觞自古以来便是文人雅客的赏心乐事，一水蜿蜒流淌，仿佛穿越了古今，恰似那群贤毕至的兰亭雅集。

与主人颔首施礼后，我们落了座。木制的桌子上点缀着石头，桌子中间特意开凿出一条"小河"，蓄水成流，末端还设有排水口，水中散落着花瓣，缓缓流过的有果酒、桂花糕、荷花酥……尽管天气炎热，但看着身旁身着汉服的女子，我仿佛误闯入了"三月三日天气新，长安水边多丽人"的风雅之地。在一群仪态优雅的佳丽之中，衣着随便的我反倒成了另类，所幸那古乐与檀香让我稍稍镇定了一些。

品酒闲聊，渐入佳境，方才知晓此地乃是那些热衷汉服和喜爱诗词的妙人所设，主人自号"半隐"。酒至半酣，听闻此号，便觉得是同道中人，彼此间的距离一下子拉近了，我们开始谈古论今，吟诗品词。主人的女儿年方及笄，她提议大家一起玩"酒"字"飞花令"："把酒祝东风，且共从容。""千里莺啼绿映红，水村山郭酒旗风。""明月楼高休独倚，酒入愁肠，化作相思泪。""白日放歌须纵酒，青春作伴好还乡。""拟把疏狂图一醉，对酒当歌，强乐还无味。"……小琴在一旁，弹起了古琴曲《声声慢》。此时温婉的她与平日大相径庭，巧笑倩兮，美目盼兮，果然诗书礼乐最是滋养人。

繁星满天，谢别主人，隔墙犹唱——"诗酒趁年华"。

三五好友，三不五时

  金秋时节，既没有夏日那滚滚的热浪，让人燥热难耐；亦没有冬日那嗖嗖的冷风，使人瑟瑟发抖。早晚时分，那微微的凉意，如同轻柔的丝带，裹挟着麦香、果香与花香，悠悠地扑面而来，沁人心脾。

  厦门，这座美丽的海滨城市，向来处处皆是美景，因着时节的更迭，美景亦是各具风姿。今年初秋，我尤钟爱山海健康步道林海线东山环廊的那片落羽杉。

  好友陈姐，是个十足的摄影迷，对她而言，拍出令人惊艳的"大片"便是人生唯一的追求。那日，她看到我在朋友圈分享的落羽杉美景后，立刻兴致勃勃、风尘仆仆地赶来。当她置身于这片美景之中时，不禁瞪大了眼睛，连连大呼"不虚此行"。只见那湛蓝如宝石的天空中，飘浮着洁白如雪的云朵，东坪山水在阳光的映照下波光粼粼，落羽杉的树叶红黄相间、橙绿相接，仿佛一幅绚丽多彩的画卷，每一处景色皆是"大片"的绝佳素材。

  与此同时，还有三五好友，也从这个城市的四面八方赶来。她们一见到我，便佯装嗔怪道："你呀，可真不够意思，竟独自享受这般美景，丝毫不懂得'独乐乐不如众乐乐'的道理呢！"

  放眼望去，那渐渐泛红的树叶，犹如轻盈的羽毛，在枝头随风摇曳，与周围的山水相映成趣。树叶的色彩渐变有致，层次分明，就连它们在水中的倒影，亦是美不胜收，仿佛走进了童话世界。陈姐兴奋不已，赶忙调遣她的无人机出动，想要从不同的角度捕捉这绝美的画面。朋友们也纷纷取出各自艳丽的丝巾，摆出各种优美的姿势，以求留下美好瞬间。一时间，摄影达人们专注于寻找最佳拍摄角度，自拍狂魔们则尽情展现自己的风采，在这美景中各取所需，"大片"立等可取。

户外品茗赏景，实乃人生一大乐事。我悄悄拿出茶具，寻了个角落，独自享受这片刻的宁静。所幸她们都沉浸在那如诗如画的美景之中，无暇顾及我已悄然离场。就在我望着眼前的美景，心中略有遗憾未携带画具时，她们却缓缓向我走来。看到我眼前那精致的一壶一杯的旅行茶具，她们立刻瞪大眼睛："你这人可真不厚道，又在独自享用好茶呢！"我满脸无辜地回道："你们有谁说要出来泡茶的吗？"其实呀，我早有准备。只见我像变戏法一般，从包中掏出几个一次性杯子和一堆茶配，她们见状，瞬间笑容满面。陈姐笑着说："以后我们都听你的，你就是我们的总指挥，这样行了吧？"

茶香袅袅，弥漫在空气中，与周围的美景相得益彰。在这美好的时光里，我们何不偷得浮生半日闲呢？三五好友，三不五时相约于此，共享这惬意的时光，实在是人生一大幸事。

忽然，一缕轻柔的秋风拂来，轻轻吹皱了那倒映着五彩斑斓景色的一池秋水。我们常常喜欢追求诗和远方，总是感叹"身边没有风景"。然而，此刻静下心来细细找寻，才发觉诗意和美景其实就在我们身边，只要我们拥有一颗善于发现的心，生活处处皆美好。

"五分钟"导游

我一直很向往西北的辽阔与苍茫。甘、青是两颗镶嵌在中国西北高原的明珠,是壮美与苍凉的交织,是历史与现实的交融,我决定去看看。

登上前往兰州的班机,我拿出地图再次领略一二,邻座的女孩凑过来,问道:"姐,你们也是跟团兰州游吗?"我点点头。女孩翻出行程表,我们竟然是同一个旅行团的,她嘟囔着:"不知道这次的导游怎么样,我上一个旅程的体验不太好,可甘青大环线三千二百多公里,不跟团也不行呢!"见我没打断她,女孩又说,"西北人应该很朴实吧!"我回她:"既来之则安之,说不定有惊喜呢?"

刚下飞机,我们就收到了导游的短信,时间、地点、行程和注意事项等列得清晰明了。人未见面,已在心中加了分。登上大巴的那刻,本以为看到的会是一个黝黑的汉子,没想到是个略为腼腆的男孩。"我姓吴,名雄,来自大熊猫的故乡。"说到这,他略作停顿,车厢内有人开始议论,说他的外貌怎么不像四川人。"我的家乡在陇南,那里不仅有五个大熊猫自然保护区,而且全国百分之十的野生大熊猫在那里生活。所以父亲为我取了个谐音的名字,大家可以叫我阿雄。"见我们一脸疑惑,他自我介绍起来。谁知,他刚说完,我后座的大姐突然冒出一句:"阿宝,我没带厚衣服,去哪里买?"众人听后哈哈大笑。大姐自知叫错名字,低下头,阿雄笑着解围道:"没事,没事,熊猫本来就是国宝嘛!"

六天超三千二百公里的"甘青大环线"行程,注定一直在赶路中，且正值旅游高峰期，更是游客如织，处处排队。正当十一个家庭为集合问题而担忧时，阿雄给出了第一个"五分钟"妙招：我们前往大巴停车场前，他早下车五分钟到售票处买票；我们每个家庭早起五分钟、早返程五分钟。果不其然，六天的旅程中，我们花在等待上的时间极少，每次集合无一家庭迟到，团队和谐而美好。

第二个"五分钟"良策则运用在了游览中。每到一个景区前，阿雄先在车上分享历史、文化和地理知识，紧接着在每个景点现场讲解五分钟后自由行，让我们用心感受大好河山。随着旅游地海拔的不断升高，阿雄来了第三个"五分钟"温馨提示，他建议老幼们在车上稍缓五分钟，等其他人下车后再下，而后缓步慢行。大家依计行事，全程无一"高反"，平安往返。

离团告别的那一刻，阿雄借用诗句祝福大家，听着他吟诵"春有百花秋有月，夏有凉风冬有雪。若无闲事挂心头，便是人间好时节。"我瞬间热泪盈眶。眼神交会处，我调侃道："劝君更尽一杯酒，西出阳关有故人。"

一方水土养一方人，大西北的浪漫，无处不在。阿雄不仅是旅途的引导者、知识的传递者，更是文化交流的桥梁，他的付出让整个旅程充满了温情和回忆。

一见如故

  人生，宛如一场绚丽多彩的旅程，在这漫长的旅途中，我们不断邂逅形形色色的美好。每一次的相遇，都似是命运精心谱写的乐章，奏响着动人的旋律。相遇如同一缕温暖的阳光，穿透岁月的云层，洒落在我们心灵的每一个角落。

  "与君初相识，犹如故人归。"这句话，用来形容亲情，竟是如此的贴切。从我们呱呱坠地那一刻起，便与亲人结下了这一世的羁绊。那一双双温暖如春的手，轻轻抚过我们的脸颊；那一张张慈爱如山的面庞，虽初次相见，却仿佛早已相识千年。在他们的怀抱里，我们感受到了无尽的爱与呵护，仿佛找到了生命中最坚实的依靠。

  第一次在镜中与自己相遇，小小的人，睁着好奇的眼睛，望着镜子里同样的自己，那是一种对自我的初识，却仿佛在灵魂深处有着某种共鸣。看着镜中的自己，仿佛看到了一个熟悉的伙伴，一个将与自己一同走过漫长岁月的存在。从那一刻起，我们开始认识自己，了解自己，与这个特殊的"伙伴"一同成长。

  刚上小学，走进新的教室，目光偶然交会，一瞬间，如同星辰碰撞。一个灿烂的笑容，一声友好的问候，我和秋燕一见如故。我们一起在课间嬉戏打闹，笑声回荡在走廊；共同为一道难题绞尽脑汁，而后相视一笑，是心有灵犀的默契。运动会上，我们为彼此加油助威，那鼓励的眼神，传递着无尽的力量。当遇到挫折时，一个轻轻的拍肩，一句"别灰心，我们一起"，便如暖流涌上心头。紧接着，无数个"秋燕"的出现是青春画卷中最绚丽的色彩，是成长路上最动听的乐章，陪伴我走过求学的时光。

在茫茫人海中，一个不经意的转身，一次偶然的相遇，便邂逅了一生的挚友。那初见时的交谈，如同打开了一扇通往彼此内心世界的大门，瞬间便有一种相见恨晚的感觉。大家一起分享生活的喜怒哀乐，无论是成功时的喜悦，还是失败时的沮丧，都有对方陪伴在身旁。在寂静的夜晚，促膝长谈，倾诉着心中的梦想与烦恼，仿佛彼此是世界上最懂对方的人。走过繁华的街道，穿过幽静的小巷，留下的是一串串美好的回忆。与朋友的一见如故，是灵魂的相互吸引，是情感的深度契合，如同夜空中最亮的两颗星，相互照耀，共同璀璨。

在时光的长河中，那一个特别的瞬间，目光交会，心跳加速，便遇见了一生的挚爱。那是一种无法言喻的感觉，前世的缘分在今生延续，一眼万年。一个温柔的微笑，便能融化心中的冰雪；一次轻轻的牵手，便传递出无尽的爱意。在相处的日子里，彼此理解，相互包容，共同经历生活的风风雨雨。一起看日出日落，感受岁月的静好；一起面对困难挫折，不离不弃……

每一次的"一见如故"都成了我们人生中最宝贵的财富。这些美好的相遇，如同春风拂面，滋养着我们的心灵，它们是命运馈赠的礼物，让我们在人生的道路上告别孤单，充满力量前行。

一见如故，再见倾心，三生有幸，四季有你，一路同行！

第三辑

星河璀璨

最美的孤独

2023年岁末，我决定来一场旅游跨年，打卡"中国最孤独的图书馆"，邂逅"天下第一关"的日出。

飞越两千多公里后，我来到了秦皇岛昌黎县的三联书店海边公益图书馆。沿海岸线漫步，远远便能看到一栋两层的混凝土建筑，它如同一块灰色礁石天然地"杵"在沙滩上，简单而且纯粹。我将自己扔进沙滩，彻底与之拥抱，耳边只剩海浪的声音，偶尔夹杂几声海鸥的鸣叫。

行至图书馆前，环顾四周，广袤无垠的沙滩上，海天一色，图书馆就这么孤零零地守在这里，以天为盖以地为庐。这时，一缕阳光倾泻而下，海子的诗句萦绕在耳边——"我有一所房子，面朝大海，春暖花开……"凭预约码，我推开了图书馆的大门。一层朝向大海的一面，有巨大的玻璃窗户，阳光自由涌入，大海的波澜壮阔尽收眼底。二层的玻璃砖和屋顶天窗提供了充足而又柔和的自然光，映照着书架上摆满的各种各样的书籍。看窗外，浪起云涌；览窗内，书卷墨香，这里没有外界的喧嚣，只有字句间的思想碰撞。与大自然相融，与文字共舞，那一刻，我感受着孤独与自由的交织，找到了与自己对话的机会，欢愉油然而生。

太阳慢慢西沉，余晖洒在海滩上，我走出了图书馆，抬头，海天相接的地方，是一片靛蓝。海鸥在空中自由翱翔，海浪拥着礁石，发出沉稳的低吟。夜幕降临，渐行渐远的脚步声告诉我，明天依然会有人来，坐在窗前，观海看书……这真是座神奇的建筑，它像是心灵的庇护所，创造出一片远离尘嚣的天地，让人们思考与欣赏孤独和自由的美妙共存。

告别图书馆，启程前往跨年之地。"山一程，水一程，身向榆关那畔行，夜深千帐灯。"我站在山海关城楼下，时间仿佛在那一刻凝固了。观宏伟城墙上无数风云变幻的印记，听历史的呢喃低语。一夜相守之后，我张开双臂，站在山海关城楼上，拥抱新年的第一缕曙光。城楼不远处，长城如练，雄关似锁，我俯瞰苍茫大海，心潮澎湃，孤独感却更甚。

心之所向，情之所至，我临时起意西行，遍访万里长城十三关。长城，是中华民族的长卷史诗。穿越一道道关口，如同翻开历史的一页页篇章，每一关都沉淀着古老的文明和坚韧的民族魂。雄关漫道，好似一条铁脊，将历史的岁月串联成永恒。长城之上，岁月沧桑，烽火台的烟雾早已被风吹散。关关难过，关关过。我犹如穿越时光的行者，感受着雄关所传达的孤独。此处的孤独，是对历史深刻的敬畏，也是对过往英雄的致敬。

西出阳关，无故人。夕阳余晖中，关口巍峨如塔，矗立在沙海之边。行走在黄昏的曲径上，脚下的沙土升腾。我孤单的影子在黄昏的大地上拉长，寂寞的我在沙漠的寥廓中漂泊。我渺小如斯，孤独，如同一把锋利的刀，割裂了心灵的种种羁绊。

沙漠深处，玉门关静默屹立。望夕阳西下，大漠孤烟直。那刻，广袤无垠的沙漠，孤独得只剩阳光和沙粒的碰撞声。渐渐地，日落月升，繁星满天，在沙漠的怀抱里，我找到了一种古老而深刻的孤独，它好像一首悠扬的沙漠之歌，吟唱着五千年的文明。这是一种与世隔绝却又与时光相通的孤独。

"春风不度玉门关"，是孤独的尽头。在黄昏的阳关和沉默的玉门关之间，孤独如同漫天的星辰，照亮了我心灵的深处，让我找寻到了与世界对话的方式。它是对时间的豁达，让我们摆脱了时间的束缚，在当下感知生命的丰富；它是创造力的源泉，让我们在孤独中找到了灵感的火花，发掘新思想、新艺术和新概念；它是内在的力量，让我们更好地认识自己，在平衡中体验深层次的美。

　　原来，最美的孤独并非与世隔绝，而是一次超越自我的修行，一场寻找灵魂栖息地的朝圣。它根植于内心，孤独者的思想和灵魂是自由的。愿你我都能在最美的孤独中，感受到宇宙的浩渺与生命的伟大！

从"诗空间"到"三味书屋"

　　人，终其一生，有两个意义非凡的故乡，其一，是赋予我们生命的原乡，它如同根基，稳稳地扎根在脚下的土地；其二，是心灵得以栖息的港湾，它仿若星辰，闪耀在远方的天际。

　　犹记得2022年的金秋十月，我第十八次奔赴一个魂牵梦绕的远方，那里承载着我数十年来近乎于病的乡愁。遥想当年，十岁的我初次踏入那片神奇的土地，那里古老的一砖一瓦仿佛都拥有着生命，它们静静地诉说着千百年的悠悠往事，就在那一刻，博大精深的中华文化便如同涓涓细流，悄然融入我的血脉之中，深深刻进我的骨子里。

　　在这次充满期待的特别旅程中，我怀揣着对书籍的热爱，奔赴一个又一个书店。从古老的街角书店到现代化的大型书城，每一处都有独特的魅力。书店里的时间是静止的，只有书页翻动的声音和淡淡的书香。

　　因我酷爱诗词，故而首先选择打卡位于西城区的"模范书局·诗空间"。店名"模范"并非标榜自己为业内的楷模，而是两个同义的语素的组合，活字为"模"，盛器为"范"，它们都是书籍印刷的器具，以此还原古代活字印刷术的流程，致敬古印刷术与中华文明。书店内特设"中国传统木版水印"体验项目，一把刻刀、一块木头，配合颜料与宣纸，通过"一勾二刻三印"便能把名画再现，这不仅是古老的印刷技艺，更是传统艺术的当代之光。体验后，我坐在窗前，抿一口咖啡，翻开手中的书，时间仿佛停滞了。这是一个能让人忘却城市喧嚣、专注阅读和思考的天堂，它以独特的方式引领人们在时空与物件中找到自己的心灵寄托。

走出"模范书局·诗空间",径直往前约五百米处便是北京第一家民营书店——"三味书屋"。这是一栋临街而立的老北京民居,为纪念店主父辈与鲁迅先生的友谊渊源而取名"三味书屋",这让人不禁想起鲁迅先生的"百草园"和宋人李淑所言之三味:"诗书味之太羹,史为折俎,子为醯醢,是为书三味。"

"三味书屋"迄今已有三十五年的历史,被称为长安街上的"世外桃源"。半二层的古朴建筑内含乾坤,推门而入,映入眼帘的是"德不孤必有邻"的书法横匾,下有满墙书友们留下的便签以及书屋举办过的数百场周末讲座的主题展板。20世纪80年代,这里可谓群星闪耀,众多文化名人都曾先后在这里开设讲座,诗人冯亦代和作家黄宗英的婚礼也是在这里举办的,堪称文化界公共空间的先驱者。从密密麻麻的名字中足可窥见书屋当年的叱咤风云。

往里走,推开第二道门,只见檐下有两层,下两级台阶至底层,便可观几个巨型书架环绕,密密麻麻的书多以古今中外文史类为主,似乎没有畅销书,但时间留下的经典足以抵岁月漫长,表达着"书是为了被束缚的思想而存在"的理念。二楼是个老式茶馆,喝着绿茶透过窗户仰望天空,偶有落叶飘下,鸟儿飞过,午后的阳光斜着挤进来,无数微尘在光柱中飞舞,飘逸着浪漫的迷惘,半睡半醒中,我宛若一只眯缝着眼睛的懒猫。两道门将城市喧嚣挡在外面……

在书中小站片刻,意犹未尽的我再次出发。沿路打卡了拥有"至美书店"美誉的钟书阁、又名"砖读空间"的北京主题书店正阳书局和由红楼影院改造而成的红楼藏书阁。它们如同一本本散文诗,吟咏智慧,传承文化,为每一个走进它们的人,带去思索与温馨,将每一个瞬间都镶嵌在城市的灵魂深处。两千多家实体书店如同一朵朵文化之花,绽放在这座城市的每一个角落,散发出独特的魅力。

　　北京，这座千年古城，亦是一本厚重的书，其浓墨重彩的历史篇章在每一个古迹和胡同中都得以生动演绎。城墙如书的封面，沧桑的纹理记录着岁月的流转，作为城市的守护者，镇守着千百年的故事。

一身梅花

三十多年后,我第二次到北京过年,依旧寒风呼啸,雪漫京城,一片银装素裹。故地重游,期待中带着忐忑,第一站该奔赴何方呢?是故宫、长城、天坛、国博,抑或是……我纠结片刻,决定再次踏雪寻梅。

这次,我有备而来,盛装出席,只为做一个美丽的开场。发髻上斜插一支梅花步摇簪,细雪纷飞,洁白的雪花落在簪上,雪落成梅,在发间闪烁着微光。梅花汉服的领口、袖口和裙摆都装饰着精美的梅花图案,绣工精湛,栩栩如生。裙摆上点缀的绣花和珠片,轻拂地面,宛若梅花落雪。

再次踏入香山附近的一座古老庭院,眼前的景象比之当年更令我震撼,一树树梅花盛开,如白雪一般纯洁,如碧玉一般晶莹。梅花瓣沾满了雪花,宛如天地间的精灵簇拥在一起,绽放出灿烂的笑容,为这个寒冷的季节增添了一丝幽香与生机。它不愧为十二花神之首。

忽然,耳边传来古筝曲,细听之下,原来是《惊鸿醉》:"一纸相思寄南北,叹人间惊鸿醉,含情一笑的美,回眸间春风来作陪。"才刚凝神,只见翻手间,《凉州曲》起:"醉卧沙场君莫笑,古来征战几人回!"金戈风霜之意尽显,这令我想起了铁血将帅彭玉麟,他横刀立马,沙场上建功立业,但临池不废,寄予万幅梅花叙情缘。他的"兵家梅花"与郑板桥的"墨竹"合称为清代画坛的"双绝"。

曲罢,抚琴女子回眸一笑。她身着大红梅花补服、外套白色斗篷,头梳飞仙髻,插玉簪,手戴青丝镯,化着梅花妆,及笄佳人如梅花。四目相对的那刻,我仿佛梦回明洪武年间,一瞬间,北京似乎成了北平。大雪纷飞,梅花凛然不惧严寒,傲然绽放,醉人心扉。我们一袭梅花汉服,身披绛霞,步履间,如行云流水。寻一枝横空寒梅,心驰神往,倚窗凭栏,抚慰岁月流转,细数时光美好,只愿与梅花为伴,期待着与它共舞。

"曾为梅花醉不归,佳人挽袖乞新词。"她抚琴,我行飞花令。"不经一番寒彻骨,怎得梅花扑鼻香。""梅须逊雪三分白,雪却输梅一段香。""墙角数枝梅,凌寒独自开。""江南几度梅花发,人在天涯鬓已斑。"……夕阳西下,天空渐渐染上了一抹橙红色,时光静好,相谈甚欢。琴音与诗韵在空气中交织,映衬着梅园中的景色,勾勒出一幅绝美的画面。

兴尽而归,她起身,款款而来,在我耳边轻声道:"来日绮窗前,寒梅著花未。"原来,我们竟是同乡。目送她,仿佛目送年少的自己……仰头处,寒梅飘落,"零落成泥碾作尘,只有香如故"。一身梅花,一身傲骨。

游子归乡

世界犹如一个巨大的博物馆，它涵盖了各国丰富多彩的文化瑰宝。从享誉世界的中国青铜器，以其精湛的工艺和深厚的历史底蕴令人赞叹，到充满艺术魅力的希腊雕塑，以其优美的线条和独特的造型展现着西方文明的光辉；从神秘雄伟的埃及金字塔，承载着千年的古老智慧和法老的传奇，到充满奇幻色彩的墨西哥玛雅遗迹，散发着独特而神秘的气息……

然而，令人惋惜的是，在这个广袤且多元的"博物馆世界"里，有这样一些珍贵的文物，它们因历史上的种种不幸遭遇，被迫远离了自己的故土。战乱硝烟弥漫，使得它们在动荡中流离失所；盗窃者和掠夺者的贪婪之手，无情地将它们从原本的栖息之所夺走，让它们背井离乡。如今，这些文物置身于陌生的展厅之中，尽管周围有华丽的灯光和众多的目光注视，但它们的内心却始终在思念着故乡，那里的一草一木和土地都承载着它们的记忆和根源。它们无时无刻不在渴望着，有朝一日能够跨越千山万水，重新回到自己所属的国度，与自己的文化根源再次相拥。

在风云变幻的 19 世纪，古老的中国大地上曾屹立着一处堪称奇迹的存在。那便是汇聚了江南旖旎胜景之神韵、西方建筑风格之魅力以及中华民族无尽智慧结晶的圆明园。然而，战争的硝烟肆意弥漫，曾经美轮美奂的"万园之园"最终只留下了触目惊心的残垣断壁，无数珍贵的文物瑰宝如同失去家园的孩子，流散在世界的各个角落。

时光悠悠，时隔一百六十三年之后，令人欣慰的是，圆明园西洋楼的七根汉白玉石柱历经沧桑，终于回归，五兽首也在岁月的长河中辗转重聚，这些珍贵的文物如同漂泊许久的游子，终于回到了它们魂牵梦绕的母体——圆明园。

2023年10月13日我飞往北京，只为赴一场百年之约。那日，位于正觉寺内的圆明园博物馆正式揭牌，"传承·守望——圆明园文物保护成果展"同期举行，展览分"漂洋过海""回归之路"和"石柱真容"三部分。其实，早在十年前，2013年12月，中坤集团、北京大学和科德博物馆经协商，就已签署了圆明园石柱回归的三方合作协议，可回家之路何其艰难！寂寞石柱上久远的雕刻和古老的字迹，在异国他乡默默等待，一等便是十年。

站在七根错落有致的石柱前，我满心欢喜却又眼中含泪，十年很短，十年却也很长。它们曾远离故土，被迫踏上漫漫旅程，承受异乡的寂寞，无惧岁月洗礼、历史变迁。如今，它们再次闪耀在人们的视野中，带着往昔满身荣光，夹杂淡淡乡愁，重新融入中国大家庭。

10月18日，"五首重聚·故园新语"圆明园兽首铜像展如期举行。圆明园十二生肖兽首铜像是清乾隆年间的红铜铸像，原为圆明园海晏堂外喷泉的一部分，曾因以水报时而闻名世界。这次牛首、虎首、猴首、猪首和马首幸得"五首重聚"，悄然诉说着"回家"的艰辛与喜悦。它们的窃窃私语化作一缕缕故园芬芳，如微风拂面，唤醒了世纪间的记忆。

曙光破晓，拂照文物容颜，古老的故事若幽梦般涌现。看，似有还无的泪珠在铜像上轻滑，那不是悲伤，而是呼唤百年后久别重逢的喜极而泣，历史的回声在空中飘荡。文物如同古老诗篇，沉淀岁月痕迹，承载文明荣光，是国家文化永不磨灭的印记，是历史永恒的见证者。

在全球两百多家博物馆里，存放着至少一百六十四万件中国文物，仅在大英博物馆里，便有着两万三千多件中国文物。它们本是尊贵无比，但在那里大多连名字都不曾拥有，编号成了它们的烙印。观展本应心情愉悦，可没有一个中国人能笑着走出大英博物馆。面对文物，他们痛彻心扉，叶落归根是所有物种共同的信念——"如果文物会说话，如果思念有声音，那句'回家'一定是大英博物馆里的中国文物共同的呼唤"。

从往年大手笔"买回"文物，到如今一些文物流入国主动"送回"文物，这不仅是文物返还和文化回归，更是国际合作与民族文化自信的力量。它们无言地教导我们——勿忘历史，勿丢文化，民族之根基不能动摇，文化兴则国运兴。正如马首展览的结语中所述：一次次归来，一次次梦圆，激扬自信，凝聚力量，书写着中华民族走向伟大复兴的时代华章。

文物回家，是文化的传承，如同一条永不断裂的文化脉络，连接着过去与未来，让文明火炬在历史的长河中得以传递。文物回家，是魂魄的拥抱，古老呼唤与当代回应宛如一曲美妙的交响乐，奏响文化赞歌，让人类文明在世界舞台上璀璨绽放。文物回归让我们有机会重新寻找曾经失落的记忆，弥补历史的缺憾，文明的车轮重新滚动了。

流失海外的文物"游子"们，你们一定知道回家的路，你们终将回家，我们一直在等待。文物当归故里，故乡月明永相随！

逐梦之旅，希望之光

2023年的时光之车缓缓行至终点，回首这一年，有欢笑与泪水的交融，有拼搏与挫折的相随。然而，无论历经了多少风雨的洗礼，我们始终心怀对未来的美好向往，渴盼着新的一年能携来更多的惊喜与可能。因孩子选择上海这座魅力之城作为继续求学的起点，我决定在元旦这个特殊的日子，来到他的身旁，一同参与"2024滴水湖迎新跑"，以奔跑之姿开启元气满溢的新岁。

上海，这座平素就以其繁华为世所瞩目的城市，在元旦前夕更是盛装披身，大街小巷华灯璀璨，街头巷尾皆氤氲着浓郁的节日氛围，每一处角落皆弥漫着别样的期冀与欢悦。跨年的钟声敲响后，我和儿子相视一笑，各自回房休息养精蓄锐。

元旦清晨，天色尚暗，城市仍在沉睡之中，我与儿子已打车抵达了图灵广场。此时的广场人声鼎沸，大家身着运动装从四面八方如潮水般涌至此处。他们或是三两好友结伴而行，或是全家齐出动，朝气蓬勃，蓄势待发，携带着对新一年的无尽期许，目中闪烁着坚毅的光芒。

五点半，发令枪准时响起。瞬间，人群如汹涌的洪流般向前奔涌而去，沿着环湖一路、小桉路一路挺进。脚步声、喘息声、欢呼声相互交织，打破了清晨的静谧，为城市奏响新年伊始最为激昂的乐章。

八公里的行程对于专业跑者不过是热身，谈笑间就能抵达，而对于我这种"菜鸟"，纯属应景顺心之举。我和儿子迈着笃定的步伐，奔跑于风景如画的路途之上，清新的空气沁人心脾，令人心旷神怡。晨曦微现，街道两旁的树木在微风中轻轻摇曳，枝叶相互交织成一道绿色的长廊。早起的鸟儿欢快鸣唱,那清脆悦耳的啼声似乎在为我们加油助阵。远处的高楼大厦在朦胧的晨雾中若隐若现,彰显出一种神秘而迷人的魅力。湖水在微风的轻抚下泛起层层涟漪。一路上,儿子放慢脚步,与我同频而行。

在那浩浩荡荡的队伍之中,我们偶遇了一位年逾古稀的老者,他精神矍铄,微笑着说自己已然虚岁八十,半马全马对他而言有些力不从心,而八公里的距离却是刚刚好,他将此视为迎接新年的一种独特方式。还有一对年轻的情侣,他们手牵着手,笑言这次迎新跑是他们新婚后迎来的首个新年,参与象征着在未来的漫漫岁月里携手并肩,不离不弃。再看那众多参与"亲子跑"的家庭,或是父母一人带着一个孩子,或是父母两人带着一个孩子,他们在奔跑中感受着亲情的温暖和坚持的意义,享受这独特的亲子时光。

终于,我们随着人群跑到了终点——南汇嘴观海公园,工作人员为大家颁发设计精美的奖牌,上面刻着滴水湖迎新跑的标志和年份。我和儿子一手拿着奖牌,一手举着小国旗,请跑友帮忙拍了张合影。当雄壮的国歌声响起,庄严的升旗仪式开始了,鲜艳的五星红旗在晨风中徐徐升起,我们面向国旗,行注目礼,祈愿风调雨顺、国泰民安。

临时起意再去外滩闲逛,我们继续慢跑,穿过繁华的商业街,路过古老的弄堂,早餐店里飘出阵阵香气,狭窄的巷子里弥漫着淡淡的烟火气息,城市苏醒的气息里充斥着生活的味道。偶有行人匆匆忙忙地赶着路,他们的身影是城市奋斗精神的写照。

黄浦江面映照在晨光下,江水缓缓流淌,带着一丝静谧与安详。万国建筑博览群此刻也披上了一层柔和的光辉,古老的钟楼静静矗立,时针在晨曦中缓缓移动,发出的钟声回荡在整个外滩上空。江对岸,陆家嘴的高楼大厦在晨雾中若隐若现,高耸入云的建筑轮廓被勾勒出一层淡淡的金色光晕,宛如神秘的天际城堡。

　　此次迎新跑让我更深入地领略了上海这座城市的魅力，它不单有繁华的都市景象，还有着温暖的人文关怀；不单有快节奏的生活，还有着让人放松身心的美丽风景。这是无数人梦想的起点和心灵的归依，它融合了创新与传统，一个个平凡而又动人的故事，织就了上海这座城市独特的画卷，它充满了生机与活力，充满了希望与梦想。

　　上海以它的开放包容，让来自不同背景的人们都能在这片土地上寻得自己的舞台；以它的追求卓越，激励着每一个人在生活中不断挑战自我，追寻更高的目标；以它的大气谦和，让人们在竞争与合作中维系着和谐与友善；以它独特的魅力吸引着无数的人前来追逐梦想，让每一个努力的灵魂都能在此找到属于自己的光芒。

　　离开上海时，我回望这座城市，心中满是慨叹。我坚信，在新的一年里，上海会持续绽放其光彩，书写其辉煌。而我和儿子，也会在各自的人生道路上，勇敢奋进，追逐属于我们的那片阳光，传承这座城市的精神，用坚持和努力去缔造美好的未来。

麦田里"长出"博物馆

"晴日暖风生麦气,绿阴幽草胜花时。"初夏,我开启了一场千里之外的奔赴。中原熟,天下足,麦子将熟。

放眼望去,视觉的震撼直抵心间:一百亩麦田和长三百二十八米、高十五米的夯土墙映入眼帘,青黄相接的麦浪混合着泥土气息携风而来。眼前一望无际的麦田令人臣服,我情不自禁跪在中原的这片土地上,如同朝圣,丝毫不在意旁人的目光。轻轻抚摸着麦穗上那尖细的麦芒,颗颗饱满,麦香四溢,阳光在麦穗上跳了个舞,落在手上,熠熠生辉。

麦穗如同魔法棒,轻轻一挥,博物馆从麦田里长出来了。这是一座特殊的博物馆——麦田里的博物馆,它巍然屹立在黄河之滨,书写了一部麦田和文明的史诗。麦田与黄河孕育出的文化遗存,在这片广袤天地相逢,所有的相逢恨晚都是恰逢其时。

三千年看西安,五千年看河南。炎帝建都商丘,黄帝建都郑州,炎黄子孙以此为中心绵延;第一个国家"夏"出现,"中国"就成了国家的称谓。中华文明的历史有多远,河南的历史就有多远,它坐拥"地下文物排第一,地上文物排第二"的美名。

"麦田里的博物馆"共展出河南省十二家博物馆三十九件馆藏珍品文物的仿制品,分为"礼城""鼎立""绵延"三个篇章,年代横跨新石器时代、商周、春秋直至宋元,数千年韶华凝聚于此。

"夫天地者,万物之逆旅也。"看似漫长而又遥不可及的千万年在这些文物面前只是刹那。我怀着虔诚之心,跟随讲解员的脚步,走近文物,穿越时空,来到了远古。在这里,讲解员是导演，文物是演员，它们粉墨登场，娓娓道出了数千年的诗书礼乐与金戈铁马。

展品中最古老的当数九千年前的贾湖骨笛，它用鹤的尺骨制成，器型完整、质若美玉，被专家认定为世界上最早的可吹奏乐器，堪称史前神器。神器一现，四海惊艳，它吹响了华夏初音和文明号角，它与人类共呼吸。贾湖骨笛与战国编钟在麦穗的俯仰之间相遇了，它们奏响清越的中原雅乐，中国礼乐制度从此生根。

诗酒趁年华，好酒须配好酒器，且看妇好鸮尊和莲鹤方壶。商代妇好鸮尊是迄今发现最早的鸟形酒尊，它将精巧繁复的纹饰和新颖实用的造型巧妙结合，独具商代铜器之庄重肃穆与悠然神韵。春秋莲鹤方壶延续前朝精湛的青铜制造工艺，花纹浓重奇诡，结构设计复杂、铸造技法多样。"晴空一鹤排云上，便引诗情到碧霄"，壶中没有一滴酒，却盛着几千年的时光。

鼎被中国视为团结、统一和权威的象征，鼎文化更是中华文化不可或缺的一部分。杜岭方鼎是目前出土年代最早、体量最大、铸造最完美、保存最完整的青铜重器，鼎四壁上的饕餮纹和乳钉纹凸显王者风范。它是人类青铜制造的里程碑与文明的纪念碑，也是时代更迭岁月变迁的见证者。

不知不觉夜幕降临，讲解已结束，抬头仰望星空，意犹未尽，恍若隔世。三十九件展品讲述的不仅是河南的历史文明，更是自然关系与文化传承。感谢麦田里"长"出的博物馆，让我们从"新物种"和厚重文化的碰撞中读懂了土地与传承、麦子与文明、历史与我们的故事，让我们重新认识河南这片古老的土地以及在创新中传承的中原文化。

文物讲述着只言片语的真相，记录着千年之外的光阴。在这里我们通过文物与历史相遇，与先祖对话，原来，文物是活的，先祖亦不曾死去，他们的精神绵延了一代又一代，游走于我们身上。文明将种子播撒在人们心中，生生不息。

在这里，麦田亦是文物，它代表了生命的力量与文明的韧性。前人播下种子，后人享受福泽。我们脚下的这一片养育了十几亿人的土地，它哺育繁衍后代，见证文明辉煌。人不能忘本，有了本，我们才能追寻源头，才能知道自己身处何处，该往何方。

张开双臂，拥抱夯土墙，感受古城墙、宫室乃至长城的心跳，文物如同血液流淌在麦田中。黄河哺育炎黄子孙，麦穗延续华夏苍生，文物见证中华历史。文物来自田野，又重归田野，这便是传承的意义。

文字江河万古流

文字如水，刚柔并济。它蕴藏浪漫，可穿越时空，超然生死；它富含力量，可直面困境，勇往直前。江山热血写就历史大剧，文人挥笔见证沧海桑田。

世界上曾有四种最古老的文字：象形文字、楔形文字、玛雅文字和中国汉字，可叹前三种文字均已在史海钩沉中渐渐消失，唯有汉字是没有断层并延续至今的文字。汉字因其亘古弥新的魅力与内涵，在中国文明发展的长河中拥有举足轻重的地位。

中国文化博大精深，文字作为其载体更是大放异彩。中国文字起源于何地？中国文字又经历了何种发展及演变？欲知文字事，请随我前往甲骨文的故乡——河南省安阳市的中国文字博物馆，去揭晓五千年文字背后的神秘故事吧！

中国文字博物馆是首座以文字为主题的博物馆，馆藏四千一百二十三件文物，以中国文字为背景，中国文化史为主线，少数民族文字为组成部分，全方位展示了中国文字产生和演变的历程。

博物馆整体建筑由字坊、主体馆、科普馆和研究中心等组成。广场上，"中国文字博物馆"匾额后的两只造型奇特而夸张的金色玄鸟雕像形同护馆神兽。玄鸟雕像后是一座高约十九米、宽十米的高大字坊，为庞大金文"字"的造型。字坊两侧竖立着二十八片由青铜制作而成的甲骨片，二十八片代表着二十八星宿，象征人与自然的和谐共处。与字坊遥相呼应的便是极具殷商宫殿"四阿重屋"建筑效果的主体馆，浮雕金顶、金碧辉煌，隐含了传统文化中天圆地方的理念与人文自然的内涵，寓意着商王朝为华夏文明史做出的两大重要贡献。

　　商王朝是一个伟大的朝代，它是中国历史上第二个朝代，也是中国第一个有直接文字记载的朝代。试想，古往今来，若没有了文字，我们又如何能得知朝代更迭，文化起落呢？更遑论以史为鉴知兴替了。文字，是我们探索文明和与历史对话的入场券。

　　博物馆共有九个展厅，序厅的四面浮雕分别展示了中国文字载体发展史、中国书法发展史，一片甲骨惊天下和少数民族语言文字。最精彩的当数讲述传说和远古刻画符号的"字法自然"了。仓颉造字虽然只是一个古代神话传说，但毋庸置疑，仓颉将流传于先民中的文字加以搜集、整理、规范和使用，传承了中华民族的文明，被后人尊为"造字圣人"。遥想当年，仓颉在凤凰衔书台上作书，何等惊天动地："天雨粟，鬼夜哭。"

　　四千多件展品让我目不暇接，五件镇馆之宝更是不容错过：贾伯壶、龟腹甲刻符"八"、朱书玉璋、全幅佛经《大乘无量寿宗要经》和隶书精品《子游残碑》。甲骨上的裂纹诉说着汉字起源与王朝兴衰，还原了商王朝时的政治、军事、文化、信仰和祭祀等。青铜器上的金文上承甲骨文，下启秦代小篆，字里行间记录着先人对世界和人生的认知。

　　我徜徉在文字的海洋中，仿佛穿越到了远古，那些有生命的文字似波澜壮阔的海水将我包围。除了震撼与感叹外，更多的是对文字的敬畏与膜拜，它们不仅是人类沟通的工具，更使历史鲜活起来，先人智慧的光芒映照在文字上源远流长。文字打破蒙昧开启心灵，将文化之灵与生命之魂尽数注入，中国文字的根脉和灵魂尽在此处。

　　给我一日，还你千年，头顶文化，脚踏历史，相信你眼中的千载春秋定胜过山川无数！一馆藏尽中国字，字里行间叙古今。

山光水色别有天

　　山水，最喜相依相随，宛若天地间的神仙眷侣。山，是大地的脊梁，力量的象征，将大地与苍穹连接在一起。水，是生命的源泉，柔情的化身，为大地万物注入生机。

　　在山的怀抱中，水从高处跌落，成为瀑布飞流直下，激起千层浪花。山脉之间，溪水潺潺，细如发丝，清澈见底，如同一条银色的项链，勾勒出山脉的柔美线条。山映入水，水拥抱山，山靠水而有生气，水依山而有动力，它们不言不语，它们相依相守，共同谱写着大自然的诗篇。山水之间，人们感受到了大自然的力量和温柔，也找到了心灵的栖息地。

　　山水不只在江南。在大西北，在漫漫黄沙之中，有一处山水令人动容。那是大自然的鬼斧神工，承载千年历史和深厚文化底蕴，同时也散发出沙漠的苍凉和月光的浪漫，那就是鸣沙山与月牙泉。

　　鸣沙山是大自然的奇迹之一，也是地质学和生态学的宝库。大漠黄沙，苍凉而广袤，那是岁月的积淀。这里的沙丘是由风力长期作用而成的，沙粒细腻，金黄如金，每一粒沙子都是岁月的见证。沙丘是风的艺术品，形态不断变化，有时如波涛翻滚，有时如山峰耸立。沙丘起伏，无尽的沙粒在风的吹拂下如潮水一般起伏，发出沙漠低沉的呢喃声。

　　当我伫立于沙山之巅，仰望苍穹，耳边似有千年前商旅的脚步声，他们在这里相遇、休憩、交流，共同铸就了文明的瑰宝。闭上双眼，聆听微风的吹拂声，感受阳光的温暖，我与大自然融为一体。

漫步于沙漠，只见天际和大地相接，一片干涸之中唯一的希望莫过于远处泉水微弱的身影。晶莹剔透的泉水宛若仙女掉落的一滴泪珠，它因形似弦月而得名，被誉为"沙漠之眼"，为这片干旱的土地带来了生机。月牙泉水源来自鸣沙山下的一条地下河，它穿越千百年来积累的细沙，最终涌现在沙丘之上。泉水四周被沙山环抱，千百年里，风起沙落，却都绕泉而过。

在阳光的抚摸下，泉水闪烁着银色的光芒，如同一颗宝石镶嵌在金黄色的沙漠之中。当微风拂过月牙泉，泉水微微起伏，发出低低的哗哗声，如同一首动人的小曲，诉说着大自然的心跳，它的永恒和流动引人遐想。这是大自然对这片沙漠最为浪漫的眷顾。

许久之后，夕阳的余晖将泉水染成了橙红色，夜幕渐渐降临，皓月升起，星星点点的星光照亮了鸣沙山，泉水闪烁出神秘的光芒，那是世界之初的梦境。沙漠的苍凉与月牙泉的浪漫在这一刻交织在一起，天地间最美的邂逅构成了一幅令人陶醉的画面。

泉水边，有一座古老的亭子，名叫"月牙亭"，它建于明代，是一座典型的中国古代亭台楼阁。夜晚宁静而安详，我闲坐亭子中，一边品茶，一边俯瞰全景，不知不觉间与宇宙相连，与自然一体，与历史产生了奇妙的共鸣。

如果说敦煌是丝路的魂，那鸣沙山、月牙泉便是丝路的灵。这方水土，是信仰的圣地，流淌着世纪的记忆，承载着深邃的文明，千年传承的生命之泉永不枯竭。

泰山独游记

  泰山，自远古时期便以其雄伟的身姿屹立于东方大地，见证了华夏文明的起源与发展，巍峨如波澜壮阔的历史画卷，又似雄浑深沉的文化史诗。

  当我踏上这片古老的土地，历史的回声在山间回荡。它是帝王们封禅祭天的圣地，曾被赋予了至高无上的荣耀。从秦始皇登封泰山，开启封禅大典的先河，到汉武帝、唐高宗、唐玄宗等帝王的相继登临，他们怀着对天地的敬畏、对江山的责任，来到泰山之巅，举行盛大的封禅仪式，祈求国泰民安、江山永固。

  泰山的历史文化，不仅体现在帝王的封禅之中，更融进文人墨客的诗词歌赋里。古往今来，无数文人雅士被泰山的雄伟壮丽所折服，纷纷挥毫泼墨，留下了一篇篇传世佳作。杜甫一句"会当凌绝顶，一览众山小"，以豪迈的笔触展现了泰山的磅礴气势和宏大胸怀，壮志豪情跃然纸上；李白诗中"天门一长啸，万里清风来"，则以奔放的风格描绘出泰山的神奇与壮美；王安石曾云："遨游半在江湖里，始觉今朝眼界开。"他以独特的视角，在泰山的景致中感悟到了一种开阔与豁达。

  初至岱庙，朱红色的墙壁，古朴的建筑，庄严而肃穆。沿着泰山的石阶缓缓而上，巨大的山石层层叠叠，古老的石刻遍布山间，那苍劲有力的字诉说着山河远阔。

  初行时脚步轻快，绿树成荫，鸟鸣婉转，山间的微风轻拂着脸庞，带来丝丝凉意，沿途的美景让我陶醉不已。然而，天公不作美，天空渐渐阴沉下来，细雨淅淅沥沥地飘落。我没有买登山杖，雨水打湿衣衫，脚下的路也变得泥泞，我只能小心翼翼地抓住路旁的树枝，艰难前行。山峦被云雾笼罩，若隐若现，古老的松柏在雨中依然挺拔，翠绿的枝叶上挂着晶莹的水珠，山间的溪流潺潺流淌，奏出悦耳的乐章，雨中的泰山别有一番韵味。

行走间，雨渐微，十八盘如期而至。抬眼望去，八百米长一千六百级陡峭的台阶仿佛直插云霄，盘道两侧崖壁如削，题刻遍布，远望如天梯高悬，让人望而生畏。我深吸一口气，眺望前行的楼梯，回望来时的路，只能向前，一步一步地攀登十八盘，湿滑的楼梯更为艰难，我的双腿渐渐变得沉重起来。

拾级而上，在经历了漫长而又艰辛的攀登后，我终于来到了南天门。那门楼高大而气势磅礴，朱红色的梁柱在云雾缭绕中越发显得庄重，飞檐斗拱犹如展翅欲飞的雄鹰，彰显泰山的威严与神圣。穿过南天门，便是热闹非凡的天街。这里人来人往，店铺林立，云雾在身边缭绕。继续前行，我登上了玉皇顶，看到那座神秘的无字碑，碑身古朴而厚重，虽无一字，却已千言。

就在我沉浸于万千感慨之时，天空突然出现了一道彩虹，如一座绚丽的桥梁横跨在山峦之间。"会当凌绝顶，一览众山小。"站在泰山之巅，俯瞰着周围的山峦，一切都变得渺小。然而，于这渺小之中，亦能感受到人类内心的伟大与坚韧，不断跨越高山峻岭，领略世间绝美风光，体悟到大自然的雄浑与伟大，以及自身的渺小与敬畏。

山不见我，我自见山，远赴人间惊鸿宴，一睹泰山盛世颜。自由在风里，保持热爱，奔赴山海！下一站，泰山日出！

苦水不苦

当西北土地上的玫瑰迎来盛放，这里的人们会用千万片花瓣来抹去荒凉。那一片绚烂的花海，仿佛是大自然赋予这片土地最珍贵的礼物，让原本略显荒芜的西北大地瞬间充满了生机与活力。

在小满这日，怀着满心的期待与憧憬，我从兰州出发，踏上了百公里外的苦水小镇之旅。一路上，我的脑海中不断浮现出那片传说中的玫瑰海洋。车窗外的景色渐渐变得开阔而壮丽起来，独特的地貌，或沟壑纵横，或山峦起伏，与苍茫辽阔的天空相互映衬，别有一种雄浑而壮美的韵味。

终于，苦水小镇隆重登场了。远远望去，一片赤红色的玫瑰在大地上肆意蔓延开去，如同一片燃烧的绚丽火海。我迫不及待地来到了一片玫瑰田边，只见一朵朵娇艳欲滴的玫瑰在温暖的阳光下尽情绽放着。那花瓣层层叠叠，细腻而柔软，每一片花瓣都有着独特的纹理。蜜蜂在花丛中欢快地忙碌飞舞着，辛勤采集着花粉。我忍不住走进花丛中，小心翼翼地触摸着那柔软如丝的花瓣，感受着那细腻的触感和浓郁醉人的花香。

在玫瑰田里，一位朴实而热情的农民伯伯笑容满面地向我介绍苦水小镇悠久的玫瑰种植历史和深厚的文化底蕴。原来，苦水小镇的玫瑰种植已历经数百年的漫长岁月，这里的玫瑰以其独特非凡的品质和浓郁醇厚的花香而闻名于世。尤其是那苦水丹霞，更是独特得令人惊叹。赤红色的花纹如同一幅天然的艺术画卷，层层叠叠的色彩，恰似涌动的热血，充满了活力与激情，花瓣上的每一道纹路仿佛都在轻声诉说着风雨的雕琢和时光的洗礼，它们是岁月的见证者，也是这片土地坚韧生命力的象征。

　　据介绍，每年的小满时节，都是玫瑰丰收的黄金季节。玫瑰在这里不仅仅是一种供人观赏的美丽花卉，更是一种重要经济作物。人们精心种植玫瑰，待其成熟后，便开始忙碌而有序地进行采摘。采摘下来的玫瑰还要经过严格筛选、仔细清洗、耐心烘干等一系列精细的加工处理，最后才能制作成各种令人喜爱的玫瑰制品，如珍贵的玫瑰精油、香醇的玫瑰茶、美味的玫瑰糕点等。

　　谈话间，夕阳如同一位温柔的画师，悄悄地将余晖洒在那片赤红色的玫瑰上。金色的光芒为玫瑰披上了一层梦幻的外衣，整个花海变得更加如梦如幻。我突然想到，在这风沙肆虐的西北大地之上，玫瑰都能如此顽强地长成，绽放出这般绚烂的光彩，更何况我们人呢？苦水小镇的玫瑰在这片看似贫瘠的土地上，凭借着顽强的生命力和坚定的信念，努力地生长着，绽放着属于自己的美丽。它们用自己的行动默默地告诉我们，无论环境多么恶劣，只要我们拥有坚定的信念和不屈不挠的精神，就一定能够克服重重困难，实现自己心中的梦想。

　　苦水小镇，一个充满魅力和传奇的地方，这里的玫瑰如同夜空中的繁星，照亮了西北大地的每一个角落。苦水不苦，那里有玫瑰满路。

江城"樱"你绽放

"乘兴而行,或南或北。"把向往的地方,都变成走过的路,一半文艺一半烟火。因为一首诗我来了这座城,一城花海,两江粉黛,三镇缤纷,樱花满枝,落地成诗,如烟如霞,美到极致。

"借我人间一缕风,填我十万八千梦。"三月的武大,无疑正在举办一场令人心醉的樱花盛宴。刚踏入校园,便能见粉嫩的樱花恰似云朵、仿若霞光,绚烂地绽放在枝头。微风轻柔拂过,花瓣纷纷飘落,下起了一场樱花雨。阳光悄然透过花瓣洒落,斑驳的光影在地面摇曳生姿。武大的古建筑在樱花的映衬下,更显历史的醇厚韵味。学生们在樱花树下,手捧书本,或安静阅读,或交流讨论,或笔走龙蛇……沿着老斋舍108级的台阶拾级而上,站在屋顶平台,俯瞰整个校园,那一片粉色的樱花海尽收眼底。远处的珞珈山郁郁葱葱,与樱花相互辉映,共同绘就出一幅令人惊叹的山水画卷。

以光影为笔,谱写珞珈春日的影像诗,一岸水,几道桥,烟波浩渺,云影纷纷,晴空正好,天光未老。途经一场樱花的盛开,更加懂得春天的浪漫。春风十里,樱花如雨,只为等你。告别武大,我来到黄鹤楼,从崔颢的"昔人已乘黄鹤去,此地空余黄鹤楼",到李白的"故人西辞黄鹤楼,烟花三月下扬州",无数文人墨客在此留下了千古名句。

黄鹤楼傲然屹立在蛇山之巅,宛如一位庄重肃穆的老者,默默守望着这座城市的沧桑变迁。朱红色的楼体在阳光的照耀下熠熠生辉,飞檐斗拱,气势恢宏磅礴。登上黄鹤楼,极目远眺,长江宛如一条巨龙蜿蜒奔腾而过,波涛汹涌澎湃,气势雄浑壮阔。

江面上船只往来穿梭，汽笛声此起彼伏。龟山与蛇山隔江相望，恰似一对深情脉脉的恋人，静静地守护着这片土地。黄鹤楼内陈列着众多珍贵的文物和历史资料，让人深刻地感受到这座古老建筑所蕴含的深厚底蕴。在黄鹤楼脚下，长江之畔，仿佛能够看到古代的诗人凭栏远眺，凝望江面上的船只和远方的山峦。

  黄鹤楼的历史底蕴与武大的浪漫樱花在这座城市中完美地相互交融，形成了一种独特而迷人的诗意。一个代表着悠远的过去，承载着厚重的历史；一个象征着美好的未来，洋溢着青春的活力。告别的那刻，我心中满是不舍，购买了好多文创礼品，带着诗意与浪漫归家。

凤凰未央

  凤凰古城，宛如一位温婉的佳人，静静伫立在湘西这片神奇的土地上，等待有缘人来赴一场烟雨之约。它依傍着沱江的悠悠碧水，白塔高耸，吊脚楼错落有致，在湘西如诗如画的山水之间，熠熠生辉。

  清晨，我满怀期待地踏入这个宁静的小镇，只为目睹那第一缕阳光在沱江面上缓缓升起的绝美瞬间。沱江，宛如一条灵动的碧绿丝带，轻柔地流淌于古城的怀抱之中。江水澄澈见底，倒映着天空的湛蓝和岸边的景致。偶尔，几条小鱼欢快地在水中嬉戏穿梭，为这平静的江水增添了几分生机与活力。古老的红石城墙与脚下历经岁月磨砺的石板路相互映衬，城墙之上，岁月的痕迹清晰地展现在眼前，斑驳的砖石上或粗或细的纹路，也仿佛在默默诉说着时光的故事，以及那些缱绻难忘的回忆。

  沿着江边悠然前行，不多时便来到了闻名遐迩的虹桥。虹桥如一道绚丽的彩虹，横跨在沱江之上，连接着古城的两岸，让人不禁想起沈从文先生笔下那封饱含深情的信："我想牵着你的手，走过这座桥，桥上是绿树红花，桥下是流水人家，桥这头是青丝，桥那头是白发……"行至桥中，凭栏俯瞰桥下的流水人家，一艘艘小船在江面上悠然地轻轻摇曳，船夫们熟练地挥动着手中的桨，桨叶划过，水面泛起层层涟漪，向四周扩散开来。远处的吊脚楼排列在江边，一半悬于江面上，一半靠坚实的柱子支撑着，其外观古朴典雅，内部装饰精美绝伦，处处洋溢着浓郁的民族风情，在阳光的照耀下，吊脚楼更显得古朴而典雅。

  我坐在沱江边上，寻一处静谧之地，泡上一杯凤凰的雪茶，让那淡淡的茶香在口中缓缓弥漫开来，丝丝缕缕，沁人心脾。静静地看着江面上的小船和摆渡的人，望着两岸那古色古香的吊脚楼，此时的江面上笼罩着一层薄薄的雾气，如轻纱般缥缈。远处的山峦在雾气中若隐若现，恰似一幅空灵的水墨画。

夜幕悄然降临，凤凰古城似神秘舞者，瞬间换上另一副绝世容颜。沿江的吊脚楼纷纷亮起了五彩斑斓的灯光，酒吧里传出风格各异的音乐，或激昂，或舒缓，或欢快，或忧伤，演绎着人间的悲欢离合。这些音乐和故事如同沱江的水一般，滔滔不绝，永不停歇。我挑了一家充满古城韵味的民谣酒馆，点上一壶烧酒，静静地聆听那悠扬的歌声。歌手们用他们那富有感染力的嗓音，深情地唱出了生活的酸甜苦辣，唱出了爱情的甜蜜与忧伤，唱出了人们对未来的憧憬与希望。酒馆里的人们，有的轻声交谈，分享彼此的故事；有的静静聆听，沉浸在音乐的世界里；有的随着音乐轻轻摇摆，尽情释放着内心的情感。整个气氛温馨而浪漫，让人陶醉其中，流连忘返。

夜未央，我带着几分醉意走出酒馆，漫步在江边的石板路上。夜晚的微风轻轻拂过脸庞，带来一丝凉意。江面上的小船依然在轻轻摇曳，船夫们的身影在灯光的映照下显得格外宁静而祥和。我望着江面上的倒影，那闪烁的灯光、摇曳的船只以及远处朦胧的山峦交织在一起，人间烟火，一城烟雨，在此刻凝聚。

浪漫无时限

四季看花花不老，一江春月映昆明。昆明的浪漫，宛如一首永恒的诗篇，不分时辰地流淌着独特的魅力。它是一个花的梦幻国度，处处洋溢着借花语人的缱绻浪漫，每一朵花都蕴含着独特的寓意与动人的故事。在这里，浪漫没有时限，每一个瞬间都如刹那芳华，值得深深珍藏；每一处风景皆似灵动诗篇，能够轻轻触动心灵。

因着对汪曾祺《昆明的雨》的喜爱，首日，我率先踏入文林街——此处隐匿着先生笔下那浓郁的烟火气息。漫步在这条古老的青石板街道上，望着街边那历经岁月洗礼的老房子，墙壁斑驳，小巷狭窄，恍惚间，我仿若穿越回那段青衫长衣的悠悠岁月。走进复古而又朝气四溢的橡皮书店，琳琅满目的杂货与各式各样的书籍在货架上奇妙"相遇"。我寻得一本心仪之书，便沉浸于文字的浩瀚世界里，全然忘却了时间的悄然流逝。

而后，搭乘初秋的蓝花楹专列，我一下子迈进了那个如梦如幻的世界。当列车缓缓行驶而过，紫色的花朵与列车相互辉映，共同勾勒出一幅美不胜收的画卷。蓝花楹盛开的季节，整个昆明都被这一抹梦幻般的紫色所轻柔笼罩。街道两旁的蓝花楹树，枝头密密匝匝地挂满了紫色的花朵，犹如一串串紫色的风铃，在微风中悠然摇曳生姿。

傍晚时分，来到海埂大坝投喂秋天的红嘴鸥，顺便感受春城温柔的晚风。红嘴鸥已然成为昆明一道亮丽的风景线，每年秋天，它们都会从遥远的北方飞来，在昆明度过一个温暖惬意的冬天。站在海埂大坝上，望着成群的红嘴鸥在辽阔天空中自由翱翔，尽情感受着大自然的无穷魅力。将手中的面包屑抛向空中，红嘴鸥们便会纷纷振翅飞来，欢快地争抢食物。这一刻，人与动物之间的距离变得如此亲密无间。滇池的水在岸边轻轻拍打，似在喃喃诉说着什么。夕阳渐渐西下，余晖如金纱般洒在湖面上，泛起粼粼金色波光。远处的山峦在晚霞的映照下，显得格外壮美秀丽。吹着春城的晚风，深深感受着这座城市的温柔与浪漫，心也随之沉醉。

次日，我先去往石林，它是世界自然遗产，素有"天下第一奇观"的美誉，由众多的石灰岩柱错落有致地排列组成，形态各异，有的仿若锋利宝剑，有的恰似可爱蘑菇，有的宛如鲜活人物，真可谓令人叹为观止。在石林中悠然漫步，欣赏着这些奇特无比的石灰岩柱，由衷感叹大自然的鬼斧神工。春风有信，花开有时，一个"春"字怎书得尽一座城的风情万种。金马碧鸡，静静伫立，一览古今，这两座古老的牌坊，如同岁月的忠实守望者，见证了昆明的沧桑与历史变迁。

接着，我又去探寻西南联大的往昔故事，那是山河沦落的艰难岁月，却也是群星璀璨的光辉时代。走进西南联大旧址，仿佛瞬间回到了那个战火纷飞的动荡年代。简陋的教室、破旧的桌椅，却承载着无数学子炽热的梦想和殷切的希望。在这里，闻一多、朱自清、沈从文等大师们曾经激昂讲学授课，他们用自己的非凡智慧和卓越才华，为国家的未来默默贡献着力量。"这一生只问敢勇，无问西东。"西南联大的精神如同一座不朽的灯塔，激励着一代又一代的人奋勇前行。

若说唯有爱的土壤才能孕育出万种花的芬芳，那昆明又何止是春城这般简单？它是一座充满爱与浪漫的城市，是人们心中永恒的梦想之地。岁月悠悠漫长，对它的热爱一如既往……

山水自有诗意

贵州，这片充满神奇魅力的土地，似一本精致的书籍，在我的脚下徐徐展开。当我飞奔至此时，立刻被它那如诗如画的山水风光以及浓郁独特的人文风情深深吸引，由此开启了一段令人难以忘怀的旅程。

黄果树瀑布乃是贵州最为闻名遐迩的景点，同时也是世界著名的大瀑布之一。当我在远处眺望那宛如银练悬挂于山间的壮丽景致时，内心满是震撼。走近瀑布，庞大的水流从高处一泻而下，发出震耳欲聋的轰鸣声，强劲的水汽扑面而来，溅起的水花恰似云雾一般弥漫于空中。沿着瀑布周边的栈道悠然漫步，瀑布背后的水帘洞更是令人惊叹连连，洞顶的水珠不断滴落，在灯光的映照之下，闪烁着晶莹剔透的光芒。从洞内向外观望，瀑布似一幅巨大的绚丽画卷展现在眼前。

贵州的喀斯特地貌是大自然赐予这片土地的珍贵礼物。初入荔波，我便被那清新宜人的空气和满眼的葱绿所吸引。四周的山峦连绵起伏，远处的山峰在云雾的笼罩下若隐若现，郁郁葱葱的树木仿佛给大地披上了一层绿色的柔软绒毯。

来到小七孔景区，那古老的小七孔桥静静地横跨在碧绿的河面上。石桥由麻石条砌成，桥身爬满了绿色的藤蔓，河水在阳光的照耀下闪烁着粼粼波光，仿佛一条流动的翡翠带。沿着河边的栈道前行，一路上景色美不胜收。六十八级跌水瀑布层层叠叠，水流如银链般从高处落下，发出悦耳动听的声响。瀑布周围水雾弥漫，在阳光的折射下形成一道道美丽的彩虹。拉雅瀑布则如一条白色的巨龙从山间奔腾而下，气势恢宏磅礴。

走进水上森林，清澈的溪水在林间缓缓流淌，树木的根系盘根错节地生长在水中，形成了独特的水上景观。继续前行，来到卧龙潭。潭水呈现出深邃的蓝色，潭边的瀑布如丝般飘落，在水面上激起层层涟漪。

山水之间有民居，走进西江千户苗寨，吊脚楼依着山势而建，层层叠叠，错落有致。寨中的街道上，身着民族服饰的苗族姑娘们来来往往，银饰的碰撞声清脆动听。在苗寨里，我观看了苗族的歌舞表演。苗族的姑娘们身着华丽的服饰，载歌载舞，芦笙舞、锦鸡舞等传统舞蹈都充满了浓郁的民族特色。

巧遇鼓藏节，那是苗族首批国家级非物质文化遗产，每隔十三年举行一次，祭祀祖先神灵。"鼓"是祖先神灵的象征，所以鼓藏节的仪式活动都以"鼓"为核心来进行。第一年为起鼓年；第二年为跳鼓年；第三年为送鼓年，三年当中以送鼓年最为隆重。作为吃货的我很幸运地喝了"十二道拦门酒"，吃了鼓藏肉，并品尝了长桌宴。桌上餐具精美，有彩色的瓷碗、竹筷和铜质酒壶等，美食更是富于苗族特色，酸汤鱼、苗家腊肉、糯米饭……无不让人垂涎三尺。大家互相敬酒、祝福，分享着生活的点滴和喜悦。

漫步于舞阳河畔的镇远古镇，宁静而悠远。古镇的街道由青石板铺就而成，两旁是古建筑，有明清时期的民居、庙宇、城楼等。古城墙是镇远古镇的标志性建筑之一，高大雄伟，上面还保留着许多古老的炮台和箭楼。舞阳河穿镇而过，河水清澈透明。坐在河边的咖啡馆里，欣赏着河上的美景，感受着古镇的宁静与祥和。夜晚的镇远古镇更是别有一番独特风味，灯光璀璨夺目，河面上倒映着古建筑的身影，如梦如幻。

时光留下，我醉欲眠卿且去，明朝有意抱琴来……

天空之城

在繁华喧嚣的尘世里，人们恰似疲惫的飞鸟，无时无刻不在迫切地寻觅一方纯洁的净土，以期让心灵获得片刻的宁静与慰藉。我特意绕开了那些网红观光地，来到了理塘——一座被盛赞为"天空之城"的神圣之所，一个令人心驰神往、魂牵梦绕的藏地天堂。

当我悠然漫步于仁康古街时，仿佛悄然穿越回那个古老而神秘的年代。街道两旁，古老的建筑静静矗立着，彩色的门窗在阳光的映照下闪烁着斑斓的光芒，雕花的梁柱恰似精美的艺术品，每一处纹路都淋漓尽致地彰显着藏族工匠们的精湛技艺和深厚的文化底蕴。街边的小摊上，琳琅满目地摆满了各种特色商品。近观之，有小巧玲珑的精美手工艺品，宛如大自然的微缩景观；亦有大气磅礴者，仿若历史的宏伟画卷。这些作品虽非大师手笔，然而每一件都凝聚着创作者的心血，散发着温暖的气息。

从古街深处缓缓走出，我来到了仓央嘉措博物馆。这里犹如一座时光的宝库，见证了仓央嘉措多情而又无奈的传奇一生。踏入博物馆的那一刻，诗意与浪漫如同轻盈的雾气在空气中缓缓弥漫开来。展厅里陈列着诗集、手稿和画像等珍贵文物，那泛黄的书页上似乎残留着诗人的温度，透过一个个文字，仿佛能看到诗人奋笔疾书的身影；而那一幅幅画像，更是生动地展现了诗人的风采。

随后，怀着崇敬之情，我登上了长青春科尔寺。这座寺庙傲然屹立于县城的最高点，寺庙内，香烟袅袅升腾，僧人们的诵经声回荡在空气中，让人的心瞬间沉静下来。从这里俯瞰整个县城,蓝天白云之下,远处的山峦连绵起伏,理塘就是一颗璀璨的明珠,精致地镶嵌在广袤无垠的草原之上。

格聂神山是理塘具有代表性的景点之一。远望神山,高耸入云,山顶覆盖着皑皑白雪,圣洁而庄严。沿着蜿蜒曲折的山路前行,一路上风景如画,每一处转角都暗藏惊喜,令人目不暇接。靠近神山时,心中的敬畏之情越发强烈。神山周围,有许多美丽的湖泊和广袤的草原。草原上,繁花盛开,牛羊成群结队,悠闲地吃草,它们的身影与大自然完美融合,构成了一幅和谐的田园画卷。

最后,我去了勒通古镇·千户藏寨旅游景区,那里由十三个藏寨、四千余户藏房集中而成。景区内有距今四百余年历史的仁康古屋,还有网红康巴人"蜡像"微型博物馆、藏戏微博物馆、喜马拉雅之声微博物馆等,典型的藏族建筑风格、民俗文化和生活方式,极具浓厚的藏地风情。

理塘,是天空遗落的仙境,是心灵的归处。理塘的魅力将会永远留在每一个游客的记忆深处,如同永不熄灭的灯火,照亮着人们心灵的归途。

心安处是辋川

辋川镇隶属西安市蓝田县，是秦岭北麓一条风光秀丽的川道，在历史上为"秦楚之要冲，三辅之屏障"，自然、人文景观星罗棋布，素有"终南之秀钟蓝田，茁其英者为辋川"之誉。而提起辋川，怎能少了王维这位风雅之士？

王维的才华与智慧照亮了唐代文坛的天空。他的仕途看似一帆风顺，官至右丞，然而他内心的挣扎与矛盾却如影随形。他渴望陶渊明"采菊东篱下，悠然见南山"的宁静生活，却又因家族责任与世俗牵绊无法彻底归隐。这种内心的矛盾与挣扎，使得他的诗歌与画作充满了对自然的向往与对人生的思考。

四十岁那年，王维选择半官半隐的生活方式，购置了宋之问的"蓝田别墅"，他依据自然形貌，巧妙布局，并在前者基础上将山水之美融入，精心营建了辋川别业。辋川从此成了王维心灵的避风港，每一处景都留下了他心灵的印记。

遥想王维当年，居住于"辋口庄"，便能听到山间溪流的潺潺水声，感受到大自然的呼吸。他定是时常漫步于庄园的小径上，欣赏四季的变换，感受大自然的韵律；徜徉于"鹿柴"，他与林间的鹿群共舞，体验着生命的灵动与和谐，忘却了尘世的烦恼与忧愁；流连于"北宅"，望着远处被云雾缭绕的重峦叠嶂，心中涌动着对自然的敬畏与向往；观景于"欹湖"，得到了内心的平静与安宁，也找到了与大自然对话的方式；修行于"竹里馆"，与竹为伴，感受竹的坚韧与清雅；耕作于"辛夷坞""漆园""椒园"，与土地亲密接触，体会着农耕的艰辛与喜悦。

在辋川，王维不仅找到了内心的宁静与丰盈，还实现了自我超越与升华。他的诗画之作，如《辋川图》和《辋川集》，不仅体现了他对自然之美的热爱与追求，更展现了他与自然的深度融合。他的画作以山水为主，意境深远，笔法独特，被后人誉为"画中有诗"。而他的诗歌，则如同山间清泉，潺潺流淌，诉说着他与自然的私语，"诗中有画"。

在王维的笔下，辋川的山水仿佛有了生命，它们与王维的心灵相互呼应，共同谱写了一曲人与自然和谐共生的赞歌。尽管他曾劳作、生活过的辋川别业已不复存在，但王维所创造的"辋川现象"却对后世产生了深远的影响。历代文人墨客纷纷临摹《辋川图》，再创作相关诗文，以此表达对王维精神的致敬与追随。他们被王维那种与自然和谐共生的生活方式所吸引，被那种追求内心宁静与丰盈的精神所感动。辋川不仅成了一个地理名词，更成了一种文化符号，象征着文人对于自然之美的追求与向往。

"心安处是辋川"，当我们在生活的喧嚣中疲惫不堪时，不妨停下匆忙的脚步，在心中勾勒出那片如诗如画的辋川。让宁静与纯净如清泉般流淌在心灵的每一个角落，在那里，我们可以放下所有的负担与忧虑，找到真正属于自己的安宁之所。无论世界如何变幻，无论风雨如何侵袭，只要我们心中有辋川，便在任何时候都能以平和的心态面对生活的种种，书写属于自己的诗意人生。

诗意满江淮

当我轻轻踏上江淮这片钟灵毓秀的土地，一种别样的情愫在心中悄然蔓延开来。这里有广袤的平原，河流如丝带般蜿蜒流淌，古老的城镇诉说着岁月的故事。

站在巢湖边，微风轻拂，湖面波光粼粼，湖水清澈见底，鱼儿在水中自由自在地游弋，时而跃出水面，溅起一串串晶莹的水花，仿佛是在与我这个远方来客嬉戏。远处的山峦倒映在湖中，与蓝天白云相互映衬。我静静地坐在湖边，望着这无边的美景，心也变得如同湖水一般平静而澄澈。

告别宁静的巢湖，我来到了奔腾不息的淮河之畔。淮河犹如一条巨龙蜿蜒穿过这片土地，它见证了岁月的变迁，承载着江淮人民的希望与梦想。站在岸边，河水气势磅礴，滔滔江水奔腾向前，发出震耳欲聋的轰鸣声，那是生命的力量在涌动。河面上船只穿梭往来，船夫们的吆喝声此起彼伏，交织成一首独特的交响曲。沿着河岸漫步，看着两岸的田野和村庄，我想象着在这片土地上曾经发生过的故事。淮河不仅是一条河流，更是江淮人民的母亲河，它哺育了一代又一代的江淮儿女，孕育了灿烂的江淮文化。

黄山，是大自然赐予江淮的一份珍贵礼物。云雾如梦如幻，缭绕在山间，山峰在云雾中若隐若现，宛如一幅幅水墨画。我沿着山路攀登，松涛阵阵传来，山上的松树形态各异，有的挺拔屹立，像一个个坚强的卫士；有的弯曲盘旋，宛如蛟龙腾空。它们在悬崖峭壁上生长，历经风雨沧桑，却依然郁郁葱葱，展现出顽强的生命力。登上山顶，我俯瞰着脚下的群山，云海在脚下翻腾涌动,阳光洒在上面,泛起金色的光芒,诗意与壮美完美融合。

九华山,这座佛教圣地散发着独特的魅力。走进九华山,庄严肃穆,山上的庙宇殿堂错落有致,香烟袅袅,钟声悠扬。漫步在寺庙中,聆听僧人们的诵经声,时间静止了,一切烦恼都被抛诸脑后。九华山的每一块石头、每一棵树都似乎蕴含着深深的佛理,让人在不经意间领悟到生命的真谛。

宏村是一个充满诗意和古韵的地方。白墙黑瓦的建筑错落有致地排列着,墙壁上布满了岁月的纹路。村里的小巷纵横交错,青石板路在脚下延伸,池塘清澈见底,荷叶田田,荷花盛开,我拿起画笔,试图将这份美丽永远定格在纸上。

西递,与宏村相距不远,却有着别样的风情。牌坊高耸入云,雕刻精美绝伦,每一个图案都蕴含着深刻的寓意,是历史的见证,也是荣耀与坚守的象征。它见证了西递的兴衰荣辱,也承载着先人们的智慧和精神。古老的建筑保存完好,木雕、砖雕、石雕随处可见,精美的雕刻工艺让人赞叹不已。

江淮大地不仅自然风光秀丽,文化底蕴也十分深厚。宣纸便是江淮文化的一张亮丽名片。在宣纸的发源地,我目睹了宣纸的制作过程。工匠们熟练地操作着每一道工序,从原材料的选取到纸张的成型,每一个环节都凝聚着他们的心血和智慧。宣纸之上,墨韵流淌,当毛笔蘸上墨汁,在宣纸上轻轻一挥,山水的神韵便跃然纸上。那细腻的笔触、丰富的层次感,让人仿佛置身于山水之间。

黄梅戏婉转悠扬的唱腔动人心魄。我走进一家剧院,观看了一场精彩的黄梅戏表演。演员们身着华丽的服装,妆容精致,他们用精湛的演技和动人的歌声,演绎着人间古往今来的悲欢离合。那熟悉的旋律,优美的唱腔,让我沉浸其中,如痴如醉。黄梅戏源于民间,它以朴实的语言和生动的表演形式,深受江淮人民的喜爱。它不仅是一种艺术形式,更是江淮人民情感的寄托和表达。

　　江淮是我心中的诗与远方，它不仅是一个地理名词，更是一种文化符号，一种精神象征。江淮的诗意，流淌在山水之间，蕴含在历史文化之中，也体现在江淮儿女的生活里。在行尽江淮的旅程中，我深深地感受到，这片土地的每一个角落都充满了诗意。目光所及皆是诗，无论是自然风光还是人文景观，都让人陶醉其中，流连忘返。

　　每一次呼吸，都饱含着诗意的芬芳，那是大自然的气息，也是文化的韵味。每一个脚印，都印刻着浪漫的诗行，那是我在这片土地上留下的足迹，也是我与江淮大地亲密接触的见证。

晒秋之韵

"一生痴绝处，无梦到徽州。"徽州，是一方被岁月眷顾的土地，承载着千年的历史与文化，宛如一幅徐徐展开的水墨画卷。当晒秋的季节来临，这幅画卷便被染上了最绚烂的色彩，焕发出别样的生机与活力。九月初，我背着画夹，第二次踏入这片古老而神奇的土地，仿佛踏入了一个时光静止的世界。

青石板铺就的小路蜿蜒曲折，连接着一幢幢粉墙黛瓦的古民居。马头墙错落有致地耸立着，高高的墙体，黑白相间的色调，犹如骏马昂首。粉墙在岁月的洗礼下，微微泛黄，却更增添了一份古朴的韵味。黛瓦层层叠叠，如同鱼鳞般整齐排列，在阳光的照耀下闪烁着微微的光芒。

沿着青石板路缓缓前行，小桥流水，是徽州水墨画卷中最为灵动的一笔。古老的石桥横跨在潺潺流淌的溪流之上，岁月在石桥上留下了斑驳的印记。站在桥上，望着桥下清澈的溪水，心中涌起一股莫名的感动。溪水如同一面镜子，倒映着蓝天白云、古老的建筑和岸边的垂柳。垂柳依依，随风摇曳，情话绵延不绝，打破这份依依深情的是溪边村妇的浣衣声、棒槌声此起彼伏……

古村落中的建筑布局精巧，户户相连，巷巷相通。那些狭窄的小巷，两边是斑驳的墙壁，有的还爬满了绿色的藤蔓，给这古老的村落增添了一抹生机与活力。门窗上的雕花精美细腻，木质的门窗虽已陈旧，却依然散发着淡淡的木香，每一处线条都流淌着工匠们的心血，触摸间，历史的温度跳了出来。

秋天，是徽州最美的季节。当第一缕秋风拂过这片古老的土地，晒秋的大幕便缓缓拉开。沿着狭窄的小巷漫步，随处可见村民们忙碌的身影，他们纷纷将自家收获的农作物搬出来，晾晒在屋顶、窗台和院子里。

一串串金黄饱满的玉米被整齐地排列在竹匾里，阳光下闪耀着耀眼的光芒。黄豆如同金色的珍珠，散发着淡淡的豆香。火红的辣椒像燃烧的火焰，传递着村民的温暖与热情。还有南瓜、冬瓜、柿子……那一片片色彩斑斓的农作物，如同大自然的调色板，将整个徽州古村装点得如诗如画。

登上古村的高处，俯瞰整个村落，晒秋的景象更是令人震撼。屋顶上的晒匾如同一片片五彩的云朵，飘浮在古村的上空，各种颜色交织在一起，与粉墙黛瓦的古民居相互映衬，构成了一幅绚丽多彩的丰收画卷。

受邀坐在村民的院子里画画，徽州人的生活画卷一览无余，感受着秋日的阳光洒在身上，心中充满了宁静与祥和。在徽州人的心中，晒秋是对大自然的感恩，是对辛勤劳作的回报。他们用自己的双手，将丰收的喜悦晾晒在阳光下，让这份喜悦在岁月中沉淀，成为永恒的记忆。告别村落的时候，我画下了古老的建筑、清澈的溪流、美丽的花草、纯朴的村民，以及在夕阳的余晖中闪耀着光芒的晒秋之韵。

"一生痴绝处，无梦到徽州。"犹记得上一次——烟雨浸润三街九十九巷，为徽州披上了一层神秘的面纱。细雨如丝，轻轻地洒落在古老的街道上，泛起一层薄薄的水雾……第三次徽州之行，应不会太遥远。

烟雨江南，梦回安昌

　　夜幕低垂，我手持小白兔形状的灯笼，漫步在绍兴安昌古镇古色古香的石板路上，决定沿河来一场秉烛夜游。"微雨燕双飞"，雨不期而至，轻敲水面，宛若古筝弦音，悠扬而缠绵，为这夜色添上了一抹诗意。"烟笼寒水月笼沙"，古镇如一位羞涩的少女，笼着一层神秘的面纱。

　　我躲雨于廊下，目光所及，两岸灯笼高悬，映照在水面上，与偶尔悠然而过的乌篷船交织成一幅动人的画卷。茶肆的老板见我形单影只独享宁静，便热情地邀我围炉煮茶，茶香与雨声交织，温暖了这份孤寂。

　　茶桌上，炉火正旺，茶香四溢，茶点精致诱人。老板与友人正畅谈香道，其中一位身着紫色汉服的彭姓女子，吸引了我的注意。得知她是旁边香铺的主人，对香道有着独到的见解，我便多看了几眼。谈兴正浓，见我一脸期待，彭妹妹盛情引我入店，为我展示了打香篆的奇妙过程。只见她将特制的香粉倒入香炉中，再用香篆模具细心地刻画出繁复的图案。那一刻，世间仿佛只余下香粉与模具间的微妙碰撞，以及空气中渐渐弥漫开来的淡淡香气。

　　在彭妹妹的指导下，我体验了一把，渐入佳境，成就感与喜悦挂上眉梢。见有客人来，我付款后欲离去，谁知，彭妹妹转身拿出一个香囊送与我，说有安神之用。微黄的灯光下，她巧笑倩兮，美目盼兮……

　　雨渐歇，踏着湿润的青石板路，我回到了位于古镇深处的合筑文宿，回望间，古镇灯火依旧灿灿。回房推开窗棂，眼前的景象令我心生情愫——烟雨蒙蒙中的江南，宛如一幅淡雅的水墨画，静静铺展在眼前。虽然没有皎洁的月光，也没有璀璨的星空，但这朦胧的景致却自有一番韵味。我贪婪地深吸一口空气，似乎想以古镇独有的气息来压制心中难以言喻的感动。

夜已深沉，正欲轻合窗扉，下弦月悄然露出云层，洒下柔和的月光。我温一壶月光入酒，枕水而眠，耳边是细雨轻敲水面的天籁，引领我进入甜美的梦境。

次日清晨，鸟鸣与雨声交织成一首欢快的晨曲，唤醒了沉睡中的我。民宿主人潘大姐早已在厨房忙碌起来，为我准备了一顿丰盛的早餐。热气腾腾的馄饨汤、金黄酥脆的煎荷包蛋、香气扑鼻的肉夹馍，还有饭后水果——晶莹剔透的葡萄。每一口食物都充满了家的味道，温暖了我的心房。果然，"人间烟火气，最抚凡人心"。

早饭后，我再次踏上古镇的石板路，临时起意用一种特别的方式来纪念这次师爷故里之行。我穿上汉服，化妆后漫步于古镇，仿佛穿越了千年时光，汉服轻扬，古桥流水，粉墙黛瓦，一幕幕都如诗如画，令人沉醉不已。

摄影师的镜头下，是我与古镇的每一次相遇、每一次对话，每一块石板都镌刻着历史的痕迹，引领我领略着古镇独有的美景与风情。瞬间，我与古镇的每一寸土地、每一砖一瓦都产生了深深的共鸣。

藏在古镇每一个角落的传统文化底蕴如同细雨般无声地滋润着我的心田。那些古老的习俗、传统的工艺、淳朴的民风，都如同珍贵的宝藏，让我心生景仰。期待与古镇的再次相遇。

醉美双沟

"来双沟，不妨醉一回。"双沟，这片充满魅力的土地，宛如一坛陈年老酒，散发着迷人的芬芳，令人心醉神迷。

双沟的醉，首先醉在那旖旎的风光。青山绿水间，峰峦起伏，层叠嶂立，宛如大自然精心雕琢的画卷。那郁郁葱葱的树林，像是大地忠诚的守护者，每一片树叶都在微风中轻轻摇曳，仿佛在低语着岁月的故事。清澈的溪流潺潺流淌，水波荡漾，宛如灵动的音符，奏响着大自然的乐章。溪水清澈见底，鱼儿在水中欢快地游弋，时而跃出水面，溅起朵朵水花。蓝天白云下，广袤无垠的田野里麦浪滚滚，金黄的稻穗在微风中轻轻摇曳，挥舞着丰收的喜悦。漫步在乡间小道上，脚下的泥土散发着淡淡的清香，路旁的野花五彩斑斓，竞相绽放。呼吸着清新的空气，感受着温暖的阳光洒在脸庞，身心都沉浸在这宁静与美好之中，怎能不醉？

双沟的醉，还醉在那古老的建筑。有着三百余年历史的"望淮楼"傲然矗立于此，见证着岁月的变迁。独上高楼，极目远眺，可观水文测天气，亦可望远山览淮河。底层为封闭式，坚固而沉稳，登上那环绕中轴而上的楼梯，便可抵达。上层的六角凉亭，"金钱眼"图案镶嵌其中，精致而独特。敞开式的观望台，承载着人们对美好生活的期盼，寓意着"眺望淮水、风调雨顺、泗州太平、物阜民丰"。这座古老的建筑，不仅仅是砖石与木材的堆砌，更是历史与文化的沉淀，每一块砖石都铭刻着过去的记忆，每一道木纹都蕴含着岁月的故事。

双沟的醉，更醉在那悠久的历史。斑驳的城墙，历经风雨的侵蚀，却依然屹立不倒。它见证了多少金戈铁马的岁月，多少兴衰荣辱的变迁。触摸着那粗糙的墙砖，就能感受到历史的脉搏在跳动。古朴的庙宇，庄严肃穆，香火袅袅，寄托了无数人的信仰与希望，每一次祈祷，每一次供奉，都是人们对美好生活的向往。传统的手工艺在这里传承不息，每一件作品都凝聚着工匠们的智慧和心血，承载着岁月的痕迹，诉说着过去的故事。沉浸在这浓厚的文化氛围中，仿佛穿越时空，与古人对话，心灵怎能不被深深触动，怎能不醉？

双沟的醉，醉在那源远流长的文化。早在一千多万年前，生活于此的古猿人，因吞食了经自然发酵的野果汁液而萌发醉意，嬉笑打闹间肆意狂欢，好不热闹。他们在这片土地上留下了最初的醉意记忆，那是双沟酒文化的遥远源头。后宋代东岳大帝民俗会演期间，机缘巧合，"醉鼓"时兴，激昂的鼓声，充满力量的节奏，让人热血沸腾。又经几百年的演变，终形成双沟醉鼓文化，成为双沟独特的文化符号。"醉鼓"不仅在国内广受赞誉，还走出国门，参加国际巡演，向世界展示了双沟文化的魅力。

双沟的醉，醉在那好客的人民。走进双沟，迎接你的是一张张真诚的笑脸，那亲切的问候，温暖的关怀，让人如沐春风。他们会热情地邀请你品尝自家酿造的美酒，分享生活中的点滴快乐。在他们眼中，客人就是朋友，就是亲人。这里的人们，以善良和热情为底色，用真诚和友爱绘制着生活的画卷。热闹的集市上，人们笑声不断；宁静的村落里，邻里之间相互帮助，亲如一家。在这里，大家传承着祖辈的美德，坚守着这片土地的传统。人与人之间的距离是那么近，心与心的交流是那么真诚。被这份真挚的情谊所包围，怎能不沉醉其中？

双沟的醉，更醉在双沟酒文化旅游区。这里是一幅绚丽多彩的画卷，是一首悠扬动听的歌曲，是一杯让人陶醉的美酒。踏入旅游区，酒不醉人人自醉。古老的酒窖中，弥漫着浓郁的酒香，那是岁月沉淀的味道。酿酒师傅们忙碌的身影,熟练的技艺,让人感受到双沟酒酿造的严谨与精细。展示厅里,陈列着各种各样的酒品,每一瓶都承载着双沟的历史与文化。游客们可以亲身体验酿酒的过程,了解双沟酒的酿造秘诀,感受那份对品质的执着追求。

醉美双沟,醉爱双沟,让我们在双沟的醉意中,感受生活的美好,品味岁月的醇香。

塞外江南

盛夏，我从繁华的都市出发，一路向北，飞向那心中向往已久的内蒙古大地"避暑"。随着距离的拉近，视野逐渐变得开阔起来，城市的高楼大厦渐渐被甩在身后，取而代之的是一望无际的草原和连绵起伏的山脉。

终于，抵达了第一站——呼伦贝尔大草原。一下车，清新的草香和泥土的气息便扑鼻而来，眼前的草原就像一片无边无际的绿色海洋，一直延伸到天边。蓝天白云下，一群群牛羊在悠闲地吃草，骏马在草原上飞驰，它们是大自然赋予这片土地的精灵。

漫步在草原上，脚下的青草柔软而富有弹性，微风拂过，草浪翻滚。远处一条弯弯的河流在草原上蜿蜒流淌，旁边几顶五颜六色的蒙古包错落有致地分布着，热情好客的主人早已准备好了丰盛的美食：手把肉、烤全羊、奶茶、奶豆腐等，让人垂涎欲滴。吃罢美食，如何能不来一场快意驰骋呢？跨上一匹骏马，在草原上飞奔，感受着风在耳边呼啸，随着缰绳的松紧，马儿时而奔跑，时而漫步，"你是风儿我是沙"。

离开呼伦贝尔大草原，继续向北就到了额尔古纳湿地。站在观景台上，俯瞰广袤湿地，各种珍稀的鸟类在自由自在地飞翔，它们时而在水面上嬉戏，时而在草丛中觅食，河流、湖泊、沼泽、草甸相互交织，构成了一幅美丽的生态画卷。

从额尔古纳湿地出发，向西行驶，来到了中俄边境的满洲里，这是座充满异域风情的城市，如欧洲小镇，色彩斑斓，浪漫四溢。夜晚的满洲里别有一番风情，灯火辉煌，霓虹闪烁，整个城市变成了一座不夜城。套娃广场上，巨大的套娃在灯光的照耀下显得格外美丽，吸引了众多游客前来拍照留念。

离开满洲里，向南行驶到一座美丽的小城——阿尔山，这里有茂密的森林、清澈的湖泊和壮观的火山地貌。国家森林公园里树木参天，枝叶繁茂，阳光透过树叶的缝隙洒在地上，形成了一片片光斑。林间的小溪潺潺流淌，清澈见底，溪边的野花在微风中摇曳，散发着阵阵芳香。阿尔山的天池是一个美丽的湖泊，天池周围群山环抱，森林茂密，景色十分壮观。

在阿尔山欣赏完绝美的自然风光后，向东而行，抵达科尔沁草原。我先后参观了孝庄文皇后故居和大青沟国家级自然保护区，并且观看了一场精彩的蒙古族传统歌舞表演，豪迈的舞姿、激昂的音乐透出蒙古族的热情与奔放。

离开科尔沁草原，此次的内蒙古之旅也即将画上句号。回顾这一路的行程，从呼伦贝尔大草原的广袤无垠，到额尔古纳湿地的生态壮美，再到满洲里的异域浪漫，以及阿尔山的自然奇观和科尔沁草原的独特魅力，每一处风景都深深烙印在心中。

种子为媒，山海为证

"偷得浮生半日闲"，游罢天竺山森林公园，沿马銮湾畔闲庭信步，不到半个时辰，误入一个名为"鼎美"的小村庄。桃源深处，一片明代古民居建筑群映入眼帘，客家风格中巧妙地融入闽南特色，相得益彰，令人拍案叫绝。

再往村里走，气势恢宏的胡氏祠堂在晚霞的映照下更显美轮美奂，它又名"敦睦堂"，史称"东南名祠"。堂内上百个匾额见证了胡氏家族的辉煌历史，明代文人何乔远为之题匾"百代瞻依"，世济其美，子孙贤良者无数，鼓浪屿钢琴博物馆、风琴博物馆及管风琴艺术中心的捐赠者胡友义老先生便是宗亲之一。

"妹啊，呷茶，哇嘎尼共啊！"听着熟悉的闽南乡音，实难将这里和客家村落联系在一起，但堂前屋后、点点滴滴，无不留下了客家文化和海丝文化的印记。胡大爷一边泡茶，一边诉说着祖先从永定下洋南行到东孚鼎美肇基的故事，人在鼎美，心在下洋，闽西于老人而言，就是那挥之不去的乡愁，咫尺天涯。

从胡大爷看似波澜不惊的娓娓诉说中，我领略到了那片红土地上缔造出的无数传奇。除永定土楼建筑群是世界文化遗产外，永定还拥有多个省级非遗代表性项目，"永定烟魁习俗"即为其一。永定作为著名的"烤烟之乡"，得乾隆御笔题字"烟魁"，那么，何为"烟魁习俗"呢？

第二天，我带着心中的问号，迫不及待地乘车前往那片丘陵延绵、青山如黛的土地。人在车上坐，车在画中游，一条溪水穿村而过，梯田层层叠叠，郁郁葱葱掩映之下的土楼古朴而又神秘。首站下车处便是胡大爷心心念念的故乡——永定下洋，我造访了初溪村，这里住着大爷的徐姓远房亲戚。徐大妈开玩笑道，初溪村搞的是"五个一"，细问之下，原来是："一种姓、一朝向（坐南朝北）、一道门、一个庆（楼名带庆字）、无一井。"村里有着福建土楼中历史最悠久、结构最特殊的圆土楼"集庆楼"，七十二道楼梯诉说着六百多年的世事变迁。

第二站，我来到胡大爷推荐的洪坑土楼景区，重点参观了"土楼王子"——振成楼，据说这是"一部读不完的百科全书"。振成楼主体为圆楼，外观像一顶古代的官帽，展现了"天地合一、和谐共生"的建筑理念。楼内一方天地，日月其中，但最为吸引我的却是融合了"烟魁"文化和土楼文化的左右厢房。左厢房是加工作坊，为主人走南闯北、发家致富之所；右厢房为私塾，客家人极为重视教育，从大门对联"振纲立纪，成德达材"和楼中最后一副对联"振刷精神担当宇轴，成些事业垂裕后昆"便可知其优良家教家风。

土楼何以成为"世界上独一无二、神话般的山村民居建筑模式"呢？得从几百年前说起：一粒烟草种子从西洋经吕宋岛漂洋过海，跨越千山万水，经闽南到闽西，最后在这片红土地上生根发芽。自明清以来，永定就在烟草种植上占据了"天时、地利、人和"，机缘巧合之下，乾隆帝因条丝烟的色、香、味俱佳而御笔钦赐"烟魁"金匾，并定为朝廷贡品。2021年12月，包含"烟魁传奇、出魁活动、土楼建设和书院建设"的"永定烟魁习俗"成功入选了福建省非遗代表性项目。"烟魁习俗"的主导思想正是中华民族传统文化的精华——爱国爱乡、尊师重教、艰苦创业和诚信敬业。

闽南，向海而生；闽西，越山而进。山海之间，砥砺前行；红土之中，刀耕火种；土楼之内，静卷时光。驻足近观，以山为魂，追逐梦想、勇往直前；以海为魄，创新研发、履践致远。

第四辑 一眼惊鸿

情书匣子

在阳台书桌的幽僻角落里,静静放置着一个小匣子,木质表面有着细微的纹理,时光留下的痕迹如同岁月的年轮记录着几十年前过往的点点滴滴,彩笺虽在,山盟已逝。

轻轻打开匣子,一封封形态各异的情书,有写在淡雅书签上的,有以树叶为纸的,还有用糖果纸精心包裹的,有优美的散文、动人的诗篇,更有诗配画的奇妙组合,每一封情书都像是一个独特的生命。

初中,我迷恋上零食,特别是糖果。不知怎的,我的抽屉里总会散落着几颗不同的糖果,有大白兔、瑞士糖、虾型糖、QQ糖,甚至是口香糖。剥开糖果,甜蜜的味道在口中散开,拿了一颗给后桌的好友分享时,正好看见他笑着瞥了我一眼,他突然说,我的笑容像糖果一样。旁边起哄声起,我夺路而逃,糖果越发多了起来,他为我收集各种各样的糖果纸,并记录下一个个美好瞬间。那些用糖果纸包裹的"情书",每一张都有着不同的故事,那是年少懵懂时快乐时光的见证,更是平凡日子里的小确幸。

中考后,他去了六中,我还留在一中,为了告别,也为了身材,我戒了甜食。高中,我对文学更是痴迷,所有的零花钱都拿来买书了,如同一只囤粮的小松鼠。有书,自然少不了书签,那是一沓边缘已经微微泛黄的书签,但上面的字迹依然清晰可辨。犹记得高一跨年的傍晚,他和我漫步在学校操场边的小道上,斑驳的阳光透过枝叶的缝隙洒在地上,形成一片片金色的光斑,宛如梦幻的拼图。我们谈论着喜欢的书籍、音乐和梦想,笑声在空气中回荡。分别时,他递给我个书签,说每次看到我为他讲题的样子，就像看到了一束光，照亮了他的世界。那一刻，我的心如同被春风拂过的湖面，泛起层层涟漪。这个书签，不仅仅是一张纸，它承载着那个午后的温暖阳光、轻柔微风、摇曳的柳枝以及我们青涩而美好的情感。从那以后，书签越来越多……

真正的浪漫始于大学，看，那是用树叶写成的情书。枫叶如火的秋天，大自然仿佛打翻了调色盘，将整个世界染成了一片绚丽的色彩。我们走进那片绚烂的枫叶林，阳光透过枝叶的缝隙洒下来，宛如金色的丝线将每一片枫叶都照亮得如同燃烧的火焰。地面上铺满了厚厚的枫叶，踩上去发出沙沙的声响，我们在林间奔跑、嬉戏，感受着秋天的美好。他捡起这片枫叶，眼中闪烁着光芒，说枫叶就像我们的爱情，热烈而又美好。于是，他在树叶上写下深情的文字，随着枫叶的脉络在我心中蔓延。正是树叶情书为我普及了植物的物种，甚至有一段时间我痴迷上各种树叶，还报名参加了植物园的义务讲解员。毕业后，虽然我们天各一方，但每当我看到一片片树叶情书，就会想起那个秋天的枫叶林，想起我们在林间度过的快乐时光。

人若坦荡，何惧物件呢？我舍不得丢掉这些情书，并非是因为情难断，而是对那段美好岁月的敬意和怀念。每一封情书都是一个时光的标本，定格了那些美好的瞬间，它们是青春的印记，纯真的感情简单而美好，两颗相互靠近的心懵懵懂懂。

情书匣子默默地守护着那些青葱的岁月。当我年老时，再次打开它，相信我会看到一个充满青春活力的自己，从那些情书中微笑着走来……

青春盲盒

  青春的爱情就像五彩斑斓的盲盒，永远不知道下一刻会抽中什么。我们的故事悄然开始，又在岁月的长河中缓缓落幕。
  十六岁的天空，阳光透过教室的窗户，洒在了你的发梢上，我坐在教室的后排，看着你和同学们谈笑风生的背影，心中涌起一种莫名的情愫。你回头朝我一笑，招呼我一起聊天，那笑容如同阳光一般温暖而耀眼。你是学习委员，我是课代表，我们有了更多的交集，一起讨论数学题、背英语单词、去图书馆借书、在操场上跑步……友谊在不知不觉中慢慢升温，如同春日里的幼苗茁壮成长。
  那是一个阳光明媚的下午，班级聚会结束后，我依然坐在公园的长椅上，手里拿着那本未读完的书，书里有你的批注。你穿着白色 T 恤、蓝色牛仔裤，手拿两瓶饮料朝我走来，满脸笑容，干净而纯粹。树叶在微风中轻轻摇曳，斑驳的光影洒在书上，也洒进了我的心里。
  你坐到我身旁，没有说话，只是把饮料递给我，顺手拿起身旁的杂志。偶尔抬起头，瞬间目光交会，又迅速躲闪开来。我们边喝饮料边聊天，从书籍到音乐，从梦想到未来，话题跳跃而有趣。天色渐晚，你送我到家门口，塞给我一张纸条后迅速跑开，我们的脸都红了。纸条上写着："你知道吗？我好像喜欢上了你。"从那一刻起，我们小心翼翼地踏入了这段朦胧的感情世界中。
  年少的我们热情却也任性，学业的压力以及彼此性格上的差异，逐渐浮出水面。我们开始有了争吵，有了误解。虽然我们试图去解决那些问题，努力沟通和理解对方，但有时问题就像是一团乱麻，越想要解开，越纠缠不清。争吵让我们都感到疲惫不堪，我们开始怀疑自己的选择。

在经历了一系列的挣扎和痛苦后，我们共同做出了一个艰难的决定——给彼此一些空间，因为我们知道，真正的爱情是让对方做更好的自己，而不是成为彼此的负担。那是高二下学期的一个洒满余晖的傍晚，我们在校园的跑道上绕着圈，谁都没有说话。最后，还是你打破了沉默，你微笑着对我说："我希望我们可以是朋友、是知己、是兄妹。"我看着你，眼中闪烁着泪花，点了点头。于是，我们重新将精力投入学习中，有资料总会第一时刻分享给对方。

岁月如白驹过隙，匆匆而过。毕业后，你去了兰州大学，我留在了家乡，我们相隔千山万水，心却在咫尺之间。四年间，我们闲聊生活点滴、倾诉喜怒哀乐，直到你考研去了国外……

如今，每当我回忆起那段高中时光，心中都会涌起一股温暖而又略带苦涩的情感，那是青春的印记，是我们成长的见证。在那段朦胧的爱情里，我学会了成长，学会了放手，学会了珍惜，青春的爱情不仅仅是激情与浪漫，更是一种成长的力量。

二十岁的天空

在青春的绚丽画卷里,我二十岁的天空宛如一幅熠熠生辉的油画,满溢生机、希望、梦想与憧憬。而我和他朦胧的爱情故事,恰似这幅画卷中最为璀璨夺目的一笔,纵然最终逃不开离别的终章,但来过即是缘分,"金风玉露一相逢,便胜却人间无数"。

我是文学社的普通干事,负责编辑和发稿,喜静,存在感极低。他是学校篮球队的队长,阳光帅气的外表下,跳动着一颗炽热且充满活力的心,光芒四射。每当他踏上篮球场,矫健的身姿和高超的球技总能吸引无数人的目光,赢得阵阵掌声。

一次校园活动,宛如命运那只神奇的手在巧妙安排,让我们这两个截然不同的灵魂不期而遇。或许是在熙熙攘攘的人群中,那一次不经意间的目光交会,又或许是某个瞬间,彼此那会心一笑的温暖交融。就在那一刻,我的心如同被春风拂过的湖面,泛起层层涟漪,整个世界都为我们按下了暂停键,周围的喧嚣渐渐消散于无形,天地间只剩下彼此眼中闪烁的光芒。

不知道白天鹅是怎么看上丑小鸭的,从那以后,自习室里,我们经常并肩而坐,他耐心地为我讲解着那些令人头疼的数学难题,我则"小鹿乱撞"地和他分享文学作品中那些动人心弦的美妙篇章,我们的世界如同两条交织的彩带,紧密地缠绕在了一起。

那是一个月光如水的宁静夜晚,他约我到校园的湖边,我们手牵手悠然漫步。金黄的树叶在微风的轻抚下,轻盈地飘落,宛如翩翩起舞的蝴蝶。突然,他站到花丛中,眼神中满是深情,用略带紧张却又充满真挚情感的声音，为我缓缓朗诵动人的诗篇，是我最喜欢的《春江花月夜》。他的声音在静谧的夜空中轻轻回荡，如同天籁，每一个字都仿佛带着魔力，直直地钻进我的心里。他还未读完，我已泪目，他情不自禁地紧紧拥抱我，朗月当空。

只要有空，他的球赛我必打卡，从"运动小白"到能当现场解说，爱屋及乌，只因那里写满他的青春和荣光。那是一场备受瞩目的省际大学生篮球比赛，我通过直播观看，他仿佛一道闪电，带着无尽的力量与速度在球场上穿梭，依然是那么耀眼。就在即将胜利时，意外不经意间降临，争抢篮板时，他为了争夺球权，高高跃起，却不慎和对方球员发生了碰撞，重重地摔倒在地。他躺在地上，汗水不停地从额头滚落，脸上露出痛苦的表情。他没哭，我却对着屏幕，心疼得无法呼吸，泪水在眼眶里打转。当看到他被担架抬出了球场的那刻，我泪流不止，尽管最后他们还是取得了那场球赛的胜利，我却怎么也高兴不起来。

视频里，他强装笑颜，第二天在同学和教练的护送下拄着拐杖回学校了，满脸憔悴。接下来的日子里，我每天为他送餐，帮他做笔记，陪他聊天……很快，他能够自己行走了，脸上的笑容多了起来。我们并肩靠在树下，仰望天空，诉说着各自的希望和憧憬。他渴望走向更广阔的舞台去展现自己的风采，我期待能用文字的力量去温暖更多的人。那段互相扶持的时光，让我们的感情变得更加深厚，也让我们更加珍惜彼此。

然而，毕业季的钟声终究还是无情地敲响了，面对分别的严峻考验，我们虽百般不舍，却依然坚信："蒲苇韧如丝，磐石无转移。"默许下约定，无论未来的路通向何方，无论相隔多远，都要一直相爱下去，为了一份不褪色的爱。

在离别的车站，我们紧紧相拥，泪水在眼眶中打转，却倔强地不肯落下，都想用坚强的外表给对方留下最后的安慰。望着他渐渐远去的身影，模糊却又清晰，火车缓缓启动发出低沉的轰鸣声，似乎是在为我们的离别而叹息。

果不其然，年少纯真的爱情在时间和空间面前都失去了魔力，我们没能像童话故事中那样，携手走过一生。三年的煎熬后，我们败给了远距离和懦弱的自己，情伤难愈却从未后悔，有些人注定只能陪伴一段路，而那段路的风景，已足够美丽。

二十岁的天空，因为有了这段刻骨铭心的爱情，变得格外湛蓝，如同被清水洗净的宝石，散发着迷人的光彩。

对联中的岁月恋歌

在那个网络初行的年代，世界仿佛被一层神秘的面纱笼罩，网络聊天室成了人们交流情感的新奇天地。那时的聊天室里，总是热闹非凡，人来人往，犹如一个喧嚣的集市。搞笑版的聊天室里充满了欢声笑语，各种幽默风趣的话语如烟花般绽放；文艺版的聊天室则弥漫着诗意的氛围，人们用文字编织着梦想与情感的画卷。在众多的聊天室中，有一个取名为"桃花源"的文学聊天室，吸引着一群热爱对联的文学青年，他们大多因为喜欢看《联林奇珍》电视节目而来。

他们相遇在这个充满诗意与才情的空间里，一个叫"肩担日月逐云走"，一个叫"手挽江河伴风行"。他们的初次交锋是在一场激烈的对联较量中，当一方抛出上联"清风拂柳，千丝万缕舞春韵"时，另一方迅速回应"明月照江，一水两山映秋光"；而后是"墨舞云端绘日月，心驰宇宙谱星辰""静水深流藏智慧，高山仰止见德行""古韵新声唱时代，今风旧梦绘江山""梦回故里月如旧，心系天涯云自闲"……一来一往间，文字的火花在屏幕上四溅，不分伯仲，从此，他唤她"风儿"，她呼他"月月"，只要有他俩在，总能霸屏聊天室。许多网友纷纷请教对对联的知识和技巧，他们都毫不吝啬地分享，因此结识了不少志同道合的朋友。

才子佳人在聊天室里迅速走红，聊天室的名字也改成了"风月无边"，他们在对联的世界里越走越近，陪伴彼此度过了一个个漫漫长夜。他们讨论对联的韵律、意境，有时，为了想出一个绝妙的下联，他们绞尽脑汁，搜索各种词汇和意象，灵感乍现的那一刻，喜悦如同烟花般在心中绽放。

聊天室内时常会有各种有趣的活动，其中最引人注目的便是对联擂台赛。这一天，擂台赛正如火如荼地进行着，气氛热烈非凡，风月也在聊天室中观看着这场激烈的角逐。突然，一位名叫"笔扫千军震八方"的陌生网友带着几个同伴登上擂台，号称要"踢馆"。他抛出上联"沧海横流，方显英雄本色"，此联一出，聊天室里顿时一片寂静，大家都在思考应对之策。片刻后，几位网友纷纷尝试应对，但都未能工整。这时，月月挺身而出，敲下键盘："青山屹立，更彰志士情怀"，"笔扫千军震八方"紧接着又出上联："龙腾四海惊天地"，这次，轮到风儿应对："凤舞九霄耀乾坤"。

十几个回合下来，"笔扫千军震八方"意犹未尽，继续抛出一个又一个高难度的上联，大有横扫聊天室的气势。所幸风月两人配合默契，你来我往，凭借着深厚的文学功底和敏捷的思维，一一成功应对。经过一番激烈的较量，"笔扫千军震八方"一方终于认输，风月声名大噪。

在那三年的时光里，他们从未提出见面，亦没有对方的电话号码，他们享受着特殊时空里的陪伴，如春日暖阳，温暖而又持久。他们担心一旦见面，那层神秘的面纱被揭开后，美好的感觉便会如同泡沫般破碎。他们通过文字，在彼此的心中勾勒出一个完美的形象，用想象填补着对方生活中的空白。这种未曾谋面的陪伴，有着一种别样的浪漫。

风儿的生日到了，月月用邮箱发来一个电子版文件，竟是他们三年来应和的数千副对联，并提出想打视频见见风儿。风儿一听，慌了，便躲了起来。月月在聊天室里焦急地等待着风儿出现，不断地发送着私信，却始终没有得到回应。

时间一天天过去，风儿化名宅在聊天室里，看着月月试图通过各种方式寻找她，风儿有些不安和不忍，可是她害怕"见光死"。三个月过去了,月月在聊天室公布停止寻找,他说:"在茫茫的网络世界里,所有寻找都如同大海捞针。相濡以沫,不如相忘于江湖。"她想出来拉住他,但又删除了对话,陷入了深深的痛苦和困惑之中,他们之间的感情就这样无疾而终。

  生活总是要继续,尽管心中充满了伤痛,风儿还是努力地让自己走出来。她开始更加专注于自己的生活,将对他的思念深深地埋在心底。那段日子里,她常常对着电脑屏幕发呆,看着他们曾经一起创作的对联,泪水不由自主地模糊了双眼。她打印出那本厚厚的对联集锦,那成了她回忆过往岁月的珍贵宝藏。

  在后来的日子里,风儿依然热爱文学,依然会在闲暇时光里创作对联,那段在网络聊天室里与"肩担日月逐云走"一起度过的时光,成了她生命中一段独特的经历,让她明白了爱情的美好与无奈,也让她在成长的道路上更加坚强和成熟。

  他们的故事就像一颗流星,虽然短暂,但却在夜空中留下了一道美丽的轨迹。

最爱临风曲

驼铃阵阵,渐行渐远,我一步三回头地挥别月牙泉,走出景区,憧憬着第二天的浪漫沙漠日出。可计划赶不上变化,晚饭后导游的一句日常安排阻断了我的行程。好吧,既然与日出无缘,那就去和夕阳好好告个别吧!

晚上七点半,我带着葡萄美酒和"夜光杯"踩点冲入鸣沙山景区,转身处,大门关闭,此时距离敦煌日落时间只剩一个小时。我费力地在沙漠中行走,手脚并用爬上山顶,期待着"大漠孤烟直,长河落日圆"的景象。

太阳渐渐落下,西边的天空开始染上一抹淡淡的橙红,整片沙漠都笼罩在一种神秘的氛围之中。夕阳的余晖洒在沙丘之上,如同一把魔法之刷,将金黄的细沙刷亮,沙漠在夕阳的渲染下变得分外妖娆。

站在沙丘之巅,世界仿佛在这一刻静止了,只留下我和这片壮丽的风景。观宇宙苍穹,星空浩渺,大自然在默默地诉说着她的故事,而我,只是一个静静的倾听者,感受着时光的流动。

俯视沙丘之下,被誉为"天下第一泉"的月牙泉如同鸣沙山的脉搏,滋养着这片荒凉的土地。泉水在夕阳的映照下泛起金色的涟漪,熠熠生辉。泉畔的植被也在夕阳的柔光下展现出独特的美丽,好似一幅精美的水彩画。

太阳慢慢消失在地平线上,天空渐渐变得深邃。忽然间,一阵歌声将我从日落的魔幻仪式中唤醒。环顾四周,灯光点点。游客们伴着音乐,挥舞着手机一起唱歌,每个人都是主角。现场的呐喊声与合唱声,声声都让鸣沙山和月牙泉更为震撼与迷人。

坐在沙漠上看山环泉,望泉相依,吹着西北的晚风,听着青春的歌,葡萄美酒伴着上弦月,我宛若回到了青春年华。无怪乎有人说,关于浪漫,海占一半,而另一半在这里都能找到。

当我还沉浸在这大西北独有的浪漫时,一阵欢呼声传来,面前突然人头攒动,说是甘肃省文旅厅的工作人员来到了现场。我站起身,看到一面巨大的五星红旗铺在沙面上,现场响起那首振奋人心的歌曲《歌唱祖国》。我边跟唱边往山下走,曲未毕,早已热泪盈眶——愿山河无恙,人间皆安,此生无悔入华夏。

突然,一个熟悉的身影出现,我怔在原地,虽非故地重游,却已故人重逢。因我年少时最爱王翰的《凉州词》,江临风便考取了兰州大学,从此,他守塞北,我在江南。自高考后一别三十年,竟是以这样的形式相见,四目相对时,我们相顾无言,唯余一笑。

我笑着转身离开,心中却已泪千行。浪漫的万人沙漠音乐会仍在继续,踏出景区的那刻,《听闻远方有你》回荡在夜空中——"我吹过你吹过的风,这算不算相拥?我走过你走过的路,这算不算相逢?"

有一种浪漫叫万人星空大合唱,有一种缘分叫千里之外的邂逅。抬头有最美的星空,手里有自己造就的星空,那一刻,我真想醉卧沙漠,肆意地与逝去的青春和自由来个大大的拥抱。回望满山星光熠熠,我发了条视频朋友圈,配上黄庭坚的词:"老子平生,江南江北,最爱临风曲。"

时光胶囊

在生活的棋盘上,他们如两颗偶然相遇的棋子,各自带着过往的故事,在中年的时光里,寻找到了新的落点。她,经历了离婚的沧桑,岁月在脸上留下些许痕迹,但澄澈的眼神中依然透着对生活的热爱;他,承受着丧偶的悲痛,坚强背后隐藏着一颗渴望温暖的心。

一个阳光洒满角落的午后,围棋协会里热闹非凡。他和她在棋盘前相对而坐。棋局展开,黑白棋子在棋盘上交错纵横,他落子沉稳,深思熟虑中布局着一场大战略;她目光专注,但从微微颤动的指尖不难看出身处劣势的紧张,她时而蹙眉思考,迟迟不下,时而眼神一亮,落子果断。很奇怪的是,两人全然不似对手,因他会在她陷入困境时,用眼神给予一些暗示,既有对对手的尊重,也有着一丝不易察觉的关切。那盘棋,他们"手"谈甚欢,不知不觉中,时间悄然流逝,阳光也在棋盘上悄悄移动了位置,十目之差。"你放水了。"她笑着说。

随着"手"谈交流的增多,他们惊喜地发现了另一个共同爱好。于是,他们开始约球。球场上,他高高跃起,手臂用力一挥,羽毛球如白色的闪电划过空中,带着一股凌厉的气势。她则脚步轻盈地快速移动,眼睛紧紧盯着飞来的球,找准时机,手腕一抖,将球稳稳地打了回去,如此释放了生活压力,感受到生命活力,快乐渐渐填满彼此心中曾经的空缺。

一个偶然的机会,球友约他们双打。磨合几次后,两人开始配合默契。休息时刻,他们并肩坐在场边的长椅上,她的脸颊因运动而泛着红晕,几缕发丝贴在额头上。他递过一瓶水,用手帮她拨开头发，笑着说："月月，今天打得很过瘾啊，又赢了。"她接过水，轻轻点头："是啊，好久没有这么畅快了。""嗯，开心最重要！这周末有空吗，我们去爬山？"他试探地问，她开心地点了点头。

周六的清晨，阳光透过淡薄的云层，纷纷扬扬落在窗前，月月穿上运动装，头发扎成一个清爽的马尾。晓风准备好了鼓鼓囊囊的背包，里面装着茶具和一堆小零食。当他接到她的那一刻，心中涌起一股莫名的温暖，她就像一束阳光，照亮了他生活中黯淡的角落。

他驾车带她上天竺山，一路上，车窗半开，微风轻轻拂过，带着淡淡的花香和泥土的气息，他们听着音乐随意聊天，话题天马行空地变换着……不一会儿就到达山脚下。开始爬山了，他们步伐轻快，她不时地停下脚步，俯身去闻花香，去拍美景，他则在一旁微笑地偷拍她的侧影和背影。在一个休息的平台上，他们停下脚步，并肩站在一起俯瞰山下的景色。

"这里真美啊！"月月感叹着，心想：让自己再次活成一束光，走出去，热爱自然，拥抱生活，又有什么不能从头开始呢？

"是啊，和你一起看，更美。我们先在这儿歇会儿吧。"不等月月回应，晓风已从背包里丁零咣啷拿出一大套装备。不一会儿，一杯香气四溢的茶就泡好了，还有各种零食点心，那是月月最喜欢的围炉煮茶，原来，他都记在心里。她的脸颊微微泛红，茶香在口中散开，带着一丝淡淡的回甘。"是不是就像我们的生活，虽然平淡，但也有它的韵味。"晓风说道。

迷恋风景更迷恋茶香，小憩的时间越拉越长。"中午吃什么？"月月突然问了句，晓风这才回过神，回答道："我们收拾一下就走吧，中午我订了农家乐！"他们继续向山顶进发。越往上走，山路越崎岖，他走在她后面，虚空的手总想往前托。终于，他们登上了山顶，俯瞰着四周的壮丽景色，远处的山峦在阳光的照耀下呈现出不同的层次和颜色,他们有了第一张合影。

上山容易下山难,月月最怕下山,一步三停,摇摇晃晃,晓风把手伸了过去拉住她,月月没有挣脱,紧紧地回握住他的手,无须言语,彼此的心意在这一刻已然相通。中午的阳光洒在他们身上,温暖而美好。接着,他们在农家乐里钓鱼、烧烤,愉快地度过了一天。

时间一天天过去,无论是在安静的棋室里,还是在热闹的球场上,抑或是在大自然中,有对方陪伴的日子,都变得格外美好。偶尔,月月会邀请晓风到家里品尝美味可口的佳肴,晓风回请她香浓醇厚的咖啡,苦涩与甘甜交织的味道如同生活有苦有甜,但都无比美好。无论在哪里,他们总会相视一笑,内心充满了幸福和满足。他们珍惜每一个和对方在一起的瞬间,因为谁也不知这些美好的时光是否会在某一天突然结束,在这个纷繁复杂的世界里,能够找到一个懂自己、陪自己的人实属不易。

未来的路,就像一盘尚未下完的棋,充满了变数和可能。他们在这人生的十字路口,继续前行,等待着他们的,或许是更加深厚的情感纽带,或许是各自不同的人生轨迹。但无论结局如何,相伴的日子是专属他们的美好时光胶囊,装载着满满的惬意与宁静。

漆扇流萤

水中点漆色,纸上染山河。漆扇,那美得莫测的物件,悄然舞动生命的旋律。

苏州,一座古老而温婉的城市,粉墙黛瓦,小桥流水,处处散发着诗意的气息。在这个如诗如画的地方,一段以漆扇为媒的故事悄然展开。

她,一个独行的女子,漫步在苏州的街头巷尾,眼神中透着一抹淡淡的忧伤。他,一个同样孤独的旅人,背着行囊,穿梭在苏州的大街小巷。他们在一个古色古香的漆扇店前相遇,橱窗里摆放着一把把精美的漆扇,店内弥漫出一股淡淡的清香。她拿起一把漆扇,轻轻地扇动着,扇面上的图案在微风中若隐若现。他看着她手中的漆扇,眼中闪过一丝惊艳,不知是为人还是为扇。

热情的店主邀他们一起围炉煮茶,大家相谈甚欢,一时间忘了时光的流逝,忘了外面的世界。他们沉浸在漆扇的美丽和彼此的交流中,似乎找到了心灵的寄托,找到了久违的宁静。离开店铺的时候,他们各自制作了一把漆扇,一把名"长安",一把名"长乐"。

他们走出店铺,一前一后漫步在苏州的街头。夕阳西下,满城的余晖洒在他们的身上,仿佛为他们披上了一层金色的外衣。他们走过一座古老的石桥,桥下的河水静静地流淌着,泛起层层涟漪。他们站在桥上,看着远方的风景,心中却满是身边之人。

"满目山河空念远。"她轻声说着。

"何不怜取眼前人?"他附和道。

她回眸一笑,从彼此的眼中看到了一种别样的情愫。他们没有再说话，只是静静地站着，享受着当下美好的时刻。剩下三天的旅程，他们走过古老的园林，漫步在宁静的小巷，坐在湖边的长椅上，看着夕阳渐渐落下……

美好的时光总是短暂的，旅程终会结束，他们不得不回到各自的生活中，这便是无可逃避的现实。他们买了几乎同一时刻发车的火车票，即便心中充满了不舍和无奈，他们依旧没有留下彼此的联系方式。

"莫问归期，爱，有时瞬间即是永恒。"她轻轻地说道。

他看着她，眼中闪过一丝忧伤。"是无奈，还是解脱？"他回应。

他们转身，各自走向不同的方向。他们的身影在夕阳的余晖中渐渐远去，最后消失在人海之中。他们知道，这一次的分别，也许就是永远，有些缘分，注定只是瞬间的美丽。

"轻罗小扇扑流萤"，漆扇之缘，爱如流萤。爱，不一定要拥有，有时候，瞬间的美丽即是永恒。

邂逅之爱

神奇的引力将两颗原本遥远的星辰牵引，交织出一段段绚丽多彩的故事，照亮了两人彼此的世界。我的闺蜜瑛如，便是这样转角遇见了她浪漫的爱情。

那是一个阳光灿烂的日子，城市的街头弥漫着生活的气息。熙熙攘攘的人群中，瑛如正匆匆前行，不经意间，目光被街角花店里的一个身影吸引。他站在花丛边，挑选着鲜花，阳光洒在他的脸上，勾勒出温暖而帅气的轮廓。就在这一瞬间，周围的喧嚣隐去，她的眼里只有他。他转身走出小店，短暂对视犹如一道神奇的电流，比一见如故多些，比一见倾心少些。

谁知，从那喧嚣的街头走出，他们又在宁静的大自然中相遇。周末，瑛如与我漫步在郊外山林，沉醉于微风带来的草木清香和鸟儿欢鸣。在那清澈的湖边，我们静静地坐在石头上，望着湖水发呆，水中突然出现了一个熟悉的倒影，瑛如抬起头，嫣然一笑。他为她驻足，在湖边停歇，他们开始交谈，我成了白天里最耀眼的"电灯泡"。我想，定是在与自然相融的美妙场景中，爱情的种子开始萌动，随着微风摇曳，随着涟漪荡漾。

"怎么不互相留联系方式啊？"我急切地问。"有缘自会相见。"瑛如回答得风轻云淡。果然，命运的安排并未就此停止，充满书香的图书馆也成了他们爱情的舞台。瑛如在书架间徘徊，当手指与他同时触碰到一本书的瞬间，仿佛是命运再次奏响的奇妙音符。他们一起拿着书走到图书馆露天阅读区坐下，轻声交流，思想的火花碰撞，爱情蔓延开来。

经历三次奇妙而美好的邂逅，他们的感情如同一条潺潺流淌的溪流，逐渐汇聚成河，奔腾不息，顺理成章互留了微信。瑛如说每一次的相遇都像是一块拼图，终将完整地拼凑出她想要的爱情。

多年后，他们拼成了一幅"百喜图"，站在鲜花簇拥的教堂中，他们感谢着上天赐予的一次次邂逅。亲朋好友们的祝福声如同一首美妙的交响曲，环绕在他们身边。看着瑛如幸福的模样，我心生艳羡——邂逅之爱如同一场美丽的梦幻之旅带着他们穿越生活的平凡，领略到爱情的神奇与美好。

是啊，在这世间，总有那么一些瞬间，一些人，会不经意地走进我们的生命，改变我们的生活，成为我们一生的挚爱。

爱如繁星

  如果说云南大理的"有风小院"值得追寻，那么在腾冲，有一个名叫"和顺"的小镇，它宁静而美丽，没有大城市的喧嚣与繁华，只有青石板路、古老建筑和潺潺溪水。小镇的人们过着简单而幸福的生活，时间在这里放慢了脚步。

  小镇偏僻处有一家小小的咖啡馆，门面不大，木质招牌上刻着"悦心咖啡馆"五个字，字体古朴而优雅。推开门，一股浓郁的咖啡香气扑面而来，夹杂着淡淡的焦糖味和坚果香，瞬间将人包裹在温暖而醇厚的氛围中。咖啡馆内的布置简约而温馨，木质的桌椅散发着自然的气息，墙壁上挂着一些艺术画作，为整个空间增添了一抹文艺的色彩。柔和的灯光洒下，营造出一种宁静而舒适的氛围，算得上是一方心灵的栖息地。

  咖啡馆的老板是位年轻的女子，名叫林悦。她乌黑亮丽的长发总是随意地扎成一个马尾，脸上带着温暖的笑容，眼神明亮而清澈，像是藏着星辰大海。她热爱咖啡，坚持把每一杯咖啡都当成一件艺术品来精心调制。

  每天清晨，林悦都会早早地来到咖啡馆，打开门，让清新的空气和温暖的阳光涌进店里。她仔细擦拭桌椅，摆放好精致的咖啡杯和餐具，然后开始煮咖啡，听咖啡豆在研磨机里发出沙沙声，心安且幸福。

  有一天，一位名叫苏然的画家来到这个小镇，他背着一个大大的画夹，里面装满画笔和颜料。当他走进林悦的咖啡馆时，瞬间被温馨的氛围所打动。听从内心的召唤，他决定在这里停留一段时间，寻找久违的创作灵感。

林悦看到苏然的那一刻，也被他身上的艺术气息所吸引，他有着深邃的眼神和不羁的长发。她微笑着走过去，轻声问道："你好，请问需要点什么？""一杯拿铁，谢谢。"第一次，他们并没有多说什么，只是在苏然临走前，林悦说了句："你可以去小镇的河边、山上或者古老的建筑里看看，说不定会有很多收获。"苏然笑了笑，背朝她挥了挥手走出门去。

　　从那以后，苏然每天都会来到咖啡馆，点一杯咖啡，然后坐在角落里静静地画画，记录下小镇的美丽风景和人们的生活瞬间。林悦时不时偷看他，"你的画充满了生命力和情感"。渐渐地，两人一起讨论艺术、人生和梦想，分享彼此的故事和经历，发现他们竟有着许多共同的爱好和话题，如音乐、电影和文学。聊着聊着，林悦越发觉得苏然是一个思想很有深度的人，他的话语总能不经意间触动她的心灵，同频共振的感觉真好。

　　在一个星光灿烂的夜晚，苏然邀请林悦一起去看星星。他们来到了小镇的郊外，躺在草地上，看夜空中闪烁的繁星。星星点点的光芒洒在他们身上，林悦嘴角上扬，她从没觉得星空如此美丽。

　　苏然轻轻握住林悦的手，深情地说道："林悦，我喜欢你。从见到你的那一刻起，我就被你身上的温暖和美丽所吸引。你的笑容就像阳光一样，你就是我的星辰大海。"林悦心中涌起一股暖流，她转头看着苏然，眼中泛起泪花。

　　从那以后，苏然特调咖啡专供上线了，等待期间，苏然从不放过捕捉林悦每一瞬间的表情，他们看画、听音乐、聊天，享受着彼此的陪伴。每周一是店休的时间，他们总会相约去小镇的各个地方游玩。他们去河边散步，看着清澈的河水缓缓流淌，感受微风的吹拂；他们去山上看日出日落，看着太阳从地平线上升起，又缓缓落下，把天空染成一片绚丽的色彩；他们去古老的建筑里探索历史的痕迹，感受岁月的沉淀和文化的底蕴。

期间，苏然接到很多邀请，北、上、广、深的大画廊给出不少机会，然而，他全盘婉拒了，这令林悦感动却又心生愧疚。"有合适的难得的机会，你就去吧，我在这儿等你！"在林悦的鼓励下，苏然离开了小镇，走向梦想……

在北京，苏然的作品受到很多人的赞赏和关注，也结识了众多优秀的艺术家，但他心里总想尽快回到小镇，回到林悦的身边。相遇、离别再重逢，那一刻，他们紧紧相拥。从那以后，苏然往返于不同城市和小镇之间，虽然陪伴的时间少了，但心却更近了。他们的故事成了小镇上的一道美丽的风景，让人们相信爱情的力量是无穷的。

斗转星移几度秋，每次当林悦提及关闭咖啡馆时，苏然总是嗔笑道："不行，你是独生女，这里有你热爱的咖啡馆……"岁月悠悠流转，转眼间已到了他们相识的第七个年头，这一年，他们喜结连理。婚礼当天，小镇上的人们都来到了咖啡馆，为他们送上了最美好的祝福，他们手牵着手，在众人的见证下走向了幸福的未来。

洱海之殇

在洱海，这风花雪月之地，阳光柔情四溢，如同金色的纱幔，轻盈而梦幻。岸边的垂柳依依，似多情女子的发丝，随风飘舞，撩动人心。夏日的洱海，湛蓝如宝石，与天空相互映衬，分不清是海在天上，还是天在海中。远处的苍山巍峨耸立，山顶的积雪终年不化，在阳光的照耀下，闪耀着圣洁的光芒。

她与他相遇在花开烂漫的季节，洱海的风带着淡淡的花香，吹过每一个角落。他们漫步在海边，她的笑声如银铃般清脆，在风中飘散。他看着她，眼中满是宠溺，仿佛她是世界上最珍贵的宝贝。自相遇后，他们将旅途一延再延，洱海边的日出日落将他们的身影拉长，交织在一起，那是命运的红线紧紧相连。夜晚，洱海边的草地上，他们仰望星空，互诉衷肠，幸福莫若如此。

长亭更短亭，终有离别之时。接下来，三年的两地守望中，月末"飞鸟式"的相聚为他们留存下一个个美丽的瞬间。只是现实逃无可逃，避无可避，生活的琐碎似细密的网，一点点缠绕上来。距离的遥遥是一道难以跨越的鸿沟，亲情的羁绊更让他在爱情与责任之间痛苦挣扎，他们的心间慢慢筑起了一道高墙，曾经的甜蜜与温暖，也在岁月的无情流逝中逐渐消散，如同风中的烛火，摇曳不定，最终熄灭。

她试图挽回这段感情，给他写了一封又一封饱含深情的信，字里行间都是他们曾经的美好回忆和她对未来的期许。然而，那些信如石沉大海，无回应，无波澜。她无数次拨打他的电话，听到的却总是那冰冷的忙音。她不死心更不甘心，为赴一年一约，再次如期故地重游。

她来到那个充满回忆的海边咖啡馆，坐到常坐的靠窗位置，望着窗外的洱海，期待他的身影能再次出现。她点了他最爱喝的咖啡，熟悉的香气弥漫在空气中，她的心却是苦涩的。一等就是一天，从日出到日落，等了三天，他始终没有出现。她独自站在洱海边，泪水模糊了双眼。这时，一只白色的海鸥从她头顶飞过，发出一声凄厉的鸣叫，望着海鸥远去的身影，悲凉涌上心头。

月光如水，洒在海面上，泛起银色的光芒。她静静地坐在海边的礁石上，倾听着海浪拍打着岸边的声音，那是洱海的呼吸，亦是她心中的叹息，那些美好的承诺却已如泡沫般易碎。远处的小船上传来悠扬的笛声，如泣如诉，海风依旧吹拂着她的发丝，却再也带不来他的气息。她望着远方，秋风萧瑟，吹皱了洱海的平静，北雁南飞的景象让她愈感悲凉。

她在洱海边徘徊了许久，试图寻找那些曾经温暖的痕迹。那熟悉的笑声、宠溺的眼神，都已成为遥远的回忆，消逝在风中，如同天边渐渐远去的雁影。她知道，自己终究无法挽回这段逝去的爱情，那些美好的时光再也回不来了，带着那份求而不得的落寞，她走了，不再回头。

天空中，再现北雁南飞，她哂然一笑，心想：北雁南飞的相遇不过是时间对了，但终将返家。

剑舞惊鸿

在铜陵犁桥古镇的水镇度假村里，有着独具韵味的徽派建筑，与小桥流水、原木文化风貌完美融合，沿街错落有致的古民居以及临水而建的亭台楼榭，无一不是迷人的景致，漫步其间，步步生花。

园区之中，每日皆精心编排了多时段的民俗表演，精彩纷呈，令人目不暇接。独竹漂表演者似闲庭信步，在水面上穿梭自如，展现出一种超凡脱俗的平衡之美；戏曲演员们声腔婉转悠扬，用精湛的唱功和细腻的表演，将古徽州的故事娓娓道来，如丝如缕，余音绕梁不绝于耳；湖面上火光四射，璀璨夺目，铁花如流星般划过夜空，又如星河坠落人间，绚丽多彩，美不胜收。

人群熙熙攘攘，辗转在表演场中，逸尘悠然自得，信步游走。忽然，一阵悠扬悦耳的乐声悠然响起，循声望去，只见舞台之上，一位女子手持长剑，正轻盈地翩翩起舞，旋转时如行云流水，起伏间似波澜起伏，飘逸之态尽显优雅，手中的长剑在她的舞动之下，恰似一道耀眼的银光，时而凌厉如电，时而温柔似水，举手投足间尽显优雅韵味。她身姿轻盈灵动，恰似一朵盛开得正艳的莲花，又仿若一只优雅高贵的鸿雁，将舞蹈的魅力展现得淋漓尽致，让人不禁陶醉其中。

逸尘被这惊鸿剑舞深深吸引，女子的美丽与优雅如同磁石一般，让他心动不已，原来，这就是一眼惊鸿。次日，逸尘怀揣期待再次踏入那充满韵味的园子，只为能再一睹风采。可接连几日，都未能如愿见到心中牵挂之人。他四处打听，原来这名叫绫月的女子供职在大城市的歌舞团，只是偶尔回家乡客串一下。

一错过便是三个月。明知可能是"水中月，镜中花"，逸尘却还是放不下，几近思念成疾。记不起那是第几次前往度假村，终于天不负他，绫月见到逸尘的那一刻，被他眼中的真诚所触动。长谈后，他们彼此留下微信，一段美好的缘分悄然拉开序幕。

闲暇时，逸尘总会陪伴在绫月身旁，为她新创作的舞蹈提出一些独到的建议和新奇的想法。观看表演时，目光相随，充满爱意和欣赏，结束后，为她送上娇艳欲滴的鲜花，依旧满心满眼只有她。

日子如同潺潺流水般缓缓流淌，平静而又美好，古镇古老的青石板路见证他们的爱情。年底，绫月接到一场跨年演出邀请，她满心欢喜踏上了旅程，渴望在这个更为广阔的舞台上绽放出更加耀眼的光芒。

演出当晚，舞台上的绫月光彩照人，惊鸿剑舞一如既往惊艳全场。然而，当绫月做新增的难度动作时，突然脚下一滑，整个人瞬间失去平衡，重重地摔倒在地。现场顿时一片哗然，工作人员迅速将她送往医院，诊断出跟腱断裂，这意味着若无法痊愈，便只能告别心爱的舞台，绫月顿时觉得自己陷入无尽黑暗之中。

得知消息的逸尘心急如焚，他毫不犹豫放下手中的一切事务，冲向陌生的城市照顾绫月。俗话说"伤筋动骨一百天"，在那段艰难的日子里，所幸有了逸尘的陪伴，绫月积极乐观地投入康复训练之中。

日子一天天过去，绫月的不懈努力终于等到了奇迹，她再次登台。尽管动作不如以前那般轻盈流畅，但她眼中的光芒却更加坚定有力。音乐缓缓响起，绫月翩翩起舞，她用自己独特的方式诠释着对舞蹈的执着坚守和对生活的热爱。表演结束后，全场响起了热烈而持久的掌声，绫月眼中闪烁着激动的泪花，这是她战胜自我的喜悦之泪。

台下，他们相拥而泣，逸尘送上一捧99朵玫瑰，单腿跪地，为她戴上了钻戒……

花好月圆亲上加亲

没想到我第一次奔赴新店东园村，竟是为"金童玉女"。我们相约在香山岩寺门口碰头，据说这是张俊琰和李金娣22年前第一次邂逅的地方。

"祝你们花好月圆人团圆。"递上月饼后，我突然不知如何与陌生人开启话题，好友李莉夫妻的临时缺席令我有些手足无措。"梅姐，听堂弟说你想知道我们的故事，还听说你要用上次的稿费请客，听者有份哈！"张俊琰果然是幽默之人，一句话化解了现场的尴尬。李金娣赶紧挽起我的手，说："我们先走走看看吧。"

一边走，一边听着他们的故事，我如沐春风。那是2001年1月2日，张俊琰陪同金门青屿村的族亲张光海先生乘"浯江号"轮船自金门抵达厦门和平码头。金门与厦门，何止是门对门，更是血脉相连，厦门新店东园村的乡亲，其祖先就是五百多年前从金门青屿村迁居而来的。短暂的相见之后，在乡亲们的陪同下，他们去了香山岩寺，感受千年古刹的庄严肃穆和鼎盛香火。就在这里，张俊琰遇到了正随家人上香的李金娣。四目相对时，张俊琰对女孩一见钟情，女孩亦对他一见倾心。

回金门后，张俊琰辗转要到了女孩家的地址，从此二人鸿雁传书，相见恨晚。九个月后的中秋节，张俊琰相思成疾，独自来厦，送给李金娣一块祖传玉佩。李金娣则回赠他一枚纪念银币，那是中国人民银行为了纪念新世纪的第一个中秋节而发行的《花好月圆》银币。自此，两人确定关系，开启了分隔两地的爱情长跑。

这一跑便是八年，在张俊琰日复一日的等待和支持下，李金娣先后完成了研究生和博士的学业，赢得了学业阶段的胜利。毕业入职后，时机给了他们最好的礼物，2009年11月12日，两人在金门榕园风景区参加了以"情系浯洲、永恒真爱"为主题的集体婚礼。

回忆起那日，李金娣心头依然甜蜜无比。"那天，天空飘着雨，他撑着伞，牵着我的手……"张俊琰打趣道："有些人还抱怨天公不作美，但他们却不知'执子之手''风雨同舟'莫过于此，不仅浪漫，还是个好兆头。""是啊，爱情能保鲜的方式就是保持浪漫，他就是一个能将浪漫进行到底的人。"说着说着，他们不约而同牵起对方的手。

我应邀来到他们家中，陈列柜里的照片、书信和物件蕴藏着爱情的时光。李金娣指着陈列柜上方的横幅书法作品"亲上加亲"，说道："这是我们结婚时，金门青屿村族长送的新婚贺礼。"张俊琰点点头，笑着说："当年族长说'两岸一家亲，青屿东园一族亲，亲上加亲'。""是啊，厦金可是越来越亲了，还要打造厦金'同城生活圈'呢。""我们马上要共度第二十三个中秋节了！"二人突然来了个拥抱，不经意间我被喂了满嘴"狗粮"，真是"只羡鸳鸯不羡仙"啊！

龙舟赛为媒，五彩绳为线

2023年6月3日，在第十六届"嘉庚杯""敬贤杯"海峡两岸龙舟赛的比赛现场，我又看到了李莉和张祖昊，一个在水中飞桨逐浪，一个在岸上助威呐喊，他们是我眼中的"神仙眷侣"。

见我到了，李莉递给我一款以台北传统龙舟造型为模板制作的文创纸艺产品。"哇，太好看了，独一无二的吧？"还未等她回复，张祖昊已上了岸，看见我手里的纸艺龙舟，他笑着说："又见面了！这是我们队带给比赛同胞的礼物，希望以此为媒，增进两岸青年的交流。"

得知并非我独有，我一时"吃起醋"来："就他，还青年呢！怎么今年换了个参赛队伍？"一听这话，李莉不高兴地白了我一眼："他今年才三十九岁，怎么不能算是青年？因为我是后溪人，他跟我参加后溪霞城城隍庙庙会时，总会看到台北霞海城隍庙的人去祖庙祭拜，所以就申请加入台北霞海城隍庙男子龙舟队了。"李莉拿出毛巾为张祖昊擦汗，手上的五彩绳在阳光的照射下发出耀眼的光芒。

盯着那五彩绳，我想到了他们十七年前的相遇。我调侃李莉："那年你三十岁，待字闺中。随队参赛时，因对金门学院女队施以援手，他对你一见钟情，再见倾心，魂不守舍，两岸相望……""行了，别整那么多肉麻的四字词语了。"李莉打断我的话，轻描淡写道："那是2006年5月28日上午9点，第一届海峡两岸龙舟赛，参赛队伍五十一支，运动员一千五百多名。比赛激烈也就算了，天上还下着倾盆大雨，大家淋得跟落汤鸡似的。不过，我们集美大学体育学院队获得女子组总决赛第一名，首次捧得'敬贤杯'。"

一听这话，张祖昊眼中发光："是啊，那一年你可威风了。那时，因龙舟形制不同，我们金门学院女队的舵手都无法正确掌舵，害怕翻船，是你自告奋勇助她们掌舵，女生们才下船训练。""你也很好啊！因龙舟形制不同，你们金门学院男队和金门农校队临时合并一艘船，你作为掌舵毫不畏惧。比赛时，全队奋力划桨，龙舟似箭，号子叫得震天响，虽然最后没得奖，但虽败犹荣！那年你才是个大四的学生。"

看着眼前的他们，望着手里的纸艺龙舟，我不禁感叹：缘，妙不可言！2006年，龙舟赛为媒，他们相遇了。他为她编织了寓意平安健康的五彩绳；她为他缝制了端午香囊，拴着五色丝线。本以为相差八岁的姐弟恋加上异地恋注定会无疾而终，不承想，一眼定终身，五年后，他们排除万难，喜结连理。

龙舟赛为媒，五彩绳为线，如今他们已成婚十二载，喜乐有分享，共度日月长。此时，他们站在龙舟池畔的短桥上，五彩绳在微风中摇曳，香囊内裹藏着夏日芬芳……

迟来半个世纪的婚礼

生活永远比剧本精彩。高考后我外出求学，入学还不到一个月，突然接到父亲的电话，让我中秋假期回家，父亲的理由让我瞠目结舌，我那七十一岁高龄的姑婆居然要办婚礼，点名让我回去主持，还特地为我买了件公主裙。我是在中秋节前夜到家的，爸爸给我讲述了姑婆的故事。

1942年，二十二岁的姑丈公参军抗日，留下刚成亲三个月已怀有身孕的姑婆。在收到姑丈公寄来的一封夹有军装照片的信后，姑婆便没了姑丈公的音信。八个月后，姑婆生下儿子，可半年后孩子夭折了，姑婆像得了失语症一般，变得力大如牛，只劳作不说话，她把粮食收成的百分之九十送到孀居的大嫂（也就是我奶奶）家里。奶奶想把她接来家中一起住，可姑婆始终不肯离开她和姑丈公共同生活过三个月的小屋。奶奶拗不过她，只好搬到乡下，姑嫂二人过起了"日出而作，日落而息"的农耕生活。两年后，我的伯父和父亲都到了读书的年纪，姑婆为了孩子们，只能和奶奶一起搬回城里，高中毕业的姑婆还当上了小学老师。

姑婆始终不相信姑丈公已死，她拒绝了一个又一个说媒的人。几年后，姑婆听人说，姑丈公被抓去了台湾，她更坚定了信念。儿时，我常见姑婆翻看随身携带的手绢包，里三层外三层，不知道的人还以为是什么金银细软，其实，手绢包着的是姑丈公唯一的一张照片——那张他寄给姑婆的穿军装的照片。

奶奶和姑婆相依为命半个世纪后，姑婆的人生突然来了个急转弯——在我到上海读书后没多久，家里就收到了一封来自台湾的信件。信封上面贴着一沓厚厚的改寄签条，写满"查无此人""地址不详"。这封辗转无数的信,让姑婆哭得撕心裂肺,信中,姑丈公告知姑婆,自己仍孑然一身,未曾再娶,只是在战乱中收养了一名孤儿,并有了一对孙子孙女。

那年中秋节,十八岁的我穿上了华丽的公主裙,在华侨大酒店宴客厅为这对古稀老人主持了婚礼。当姑丈公颤巍巍地为姑婆戴上戒指时,宴客厅响起了雷鸣般的掌声,两位老人含泪相拥——所幸,婚礼只是迟来了半个世纪,并未"缺席"。三年后,姑丈公在姑婆的怀中走完了一生。

"从前车马很慢,书信很远,一生只够爱一个人。"他们彼此半生的等待已超越了所有的海誓山盟,这也许就是爱情应有的模样。今年的中秋节恰逢教师节,百岁的姑婆如今四世同堂,终得人生圆满。

当原有的浪漫有了遗憾

当原有的浪漫有了遗憾,那曾经如烟花般绚烂的爱情,也仿佛蒙上了一层淡淡的忧伤。

他们相识在一场热闹的音乐节上。她身着一袭白色连衣裙,及腰长发随风飘动,明眸善睐,手指在琴键上轻盈地舞动,每一个音符都带着柔情。情不知所起,一往情深,他被她的美丽和纯真所吸引,不由自主地向她靠近。当最后一个音符落下,掌声如潮水般涌起,他们的目光交会。"我叫林翔,是这场音乐节的总策划之一,请问能加个微信吗?"她摇了摇头,笑着走出人群。

从那天起,林翔便发了疯似的爱上一个陌生人,不知何名何姓,更不知身在何地。他辗转各个音乐节,找寻那个身影,莫名其妙坚持了三年。也许是精诚所至,终于在发小吴俊辉的婚礼上,身为伴郎的他与身为伴娘的她,目光再次交会。林翔眼眶湿润,心跳加速,他的秘密在那刻浮上水面,众人起哄欢腾……

所有的相见恨晚也许不过是恰逢其时,此时林翔的事业到达了一个顶峰,殷茵也结束了三年的外派。三个月后,他们开始频繁见面,漫步在古老街道上,海边看日出日落,因一本喜欢的书畅谈感想,为一道美食四处寻觅……每一个瞬间都充满了浪漫和温馨。

本以为他们会这样一直幸福下去,然而命运弄人,林翔的事业陷入了困境,为了工作,他不得不加班加点,频繁出差,压力骤增,人也变得越来越烦躁,对殷茵的关心和耐心几乎为零。她试图理解他,支持他,但心中的孤独和失落却越来越强烈。在一次激烈的争吵后,他们陷入冷战,她独自躲在房间里哭泣,回忆着他们曾经的点点滴滴。那些美好的瞬间如同电影般在她脑海中回放，让她心如刀绞。他则试图用工作来麻痹自己，但心中的痛苦始终无法消散。

日子一天天过去，他们之间的裂痕越来越深。她开始怀疑他们的爱情是否还能继续，他也在迷茫中不知该如何挽回。他们试图沟通，但每次都以争吵结束。那些曾经的浪漫，只剩下回忆的碎片，刺痛他们的心。无数个夜晚，她独自躺在床上，泪水浸湿了枕头。她回忆着他们曾经的点点滴滴，心中充满了不舍。但她也明白，爱情不是一厢情愿，当两个人的心不再靠近，勉强在一起只会带来更多的痛苦。

她看着他的眼神，不再有曾经的炽热，取而代之的是一种无法言说的疲惫。他同样在痛苦中挣扎。他看着她的背影，心中充满了愧疚和悔恨。他知道自己曾经的错误已经无法挽回，他也不想再让她受到伤害。他想放手，让她去寻找属于自己的幸福，但又害怕失去她后，自己的世界会变得一片黑暗。

也就是在这时，一场突如其来的意外发生了。殷茵在一次外出中遭遇车祸，生命垂危。林翔得知消息后，第一时刻赶到医院。看着躺在病床上的她，他紧握住她的手，祈祷她赶紧醒过来。在她昏迷的日子里，他放下所有出差计划，日夜守在她的身边，悉心照顾她。

一个个漆黑的夜晚，冰冷的仪器和嘀嗒的"心跳音"让他心烦意乱，他发誓如果她能够醒来，他愿再用三年重新追求她。也许是他的真诚感动了上天，她终于在一个清晨醒来。看着他疲惫的面容和充满爱意的眼神，她的心中充满了感动，但她却也异常清醒，这场爱情里已经有了太多的遗憾，无法再回到从前。

殷茵康复后，他们约在曾经一起去过无数次的咖啡店见面。熟悉的环境，陌生的对方，他们相对而坐，坦诚地面对彼此的问题和感受。最后，林翔满眼期待却又忐忑地问道："能再给我一次机会吗？"事与愿违，殷茵摇了摇头，眼中闪烁泪光："放手吧，你一定能找到属于自己的幸福。"

他们走出咖啡店，阳光洒在身上，却无法温暖心中的寒冷。那金色的光芒只是一种虚幻的慰藉，无法穿透内心深处的阴霾。他们静静地站在店门口，目光交会的瞬间，有千言万语涌上心头，却又无从说起。微风轻轻拂过，吹乱了她的发丝，他下意识地伸出手，却在半空中停住，然后缓缓收回。

放手，是如此艰难，却又如此无奈。转身的那一刻，泪水模糊了双眼，心中的疼痛如潮水般涌来。他们朝着相反的方向走去，每一步都沉重而决绝，身影渐行渐远。

千里之外，或许有新的开始，或许有未知的风景，但此刻，他们只留下了一段刻骨铭心的回忆，在时光的长河中静静流淌。

那场表白大戏

请不要怀疑，这是一个真实的故事，一个发生在"七夕"的真实故事。那年，我十八岁，她二十岁，而她暗恋的他二十二岁，就在最青葱的年华里，这个故事发生了。

在这场故事里，我是策划者和见证者。她，是我儿时最好的邻家姐姐，名字叫丁香，人如其名，清秀典雅又带着点儿淡淡的忧伤。丁香就读于厦门大学中文系，对于师兄严子陵的感情，起于迎新报到之时。在自家门口上大学本应是轻装上阵，谁能想到，她却带了三个行李箱外加四个蛇皮袋的东西，同学们都以为她把家搬来了。就在迎新的学长们不知如何是好时，身高一米八二的严子陵出现了。据说，出场当天他戴着一副眼镜，身穿白色T恤和蓝色牛仔裤，纤瘦，不苟言笑。正是这不苟言笑的全力以赴，击中了丁香的"死穴"。

丁香在暗恋中度过了极为煎熬的两年，彼时的我正备战高考，奋力在题海里遨游，她的诉说成了我生活的调味剂。我高考后的那个暑假，丁香终于熬不住要表白了，因为严子陵马上要毕业了。她竟请我出谋划策，要让表白大戏上场。

这场大戏，我安排在"七夕"，有牛郎织女的美丽爱情传说"加持"，"天时"便有了。丁香穿着一袭白色长裙，长发及腰，珍珠镶嵌的发箍闪闪发光，手捧一本《诗经》笑盈盈地走进"某年某月"咖啡馆，那是严子陵勤工俭学的地方，这是"地利"。

没想到的是，丁香的到来对严子陵而言，不是惊喜而是惊吓，但他没有躲闪，而是露出礼貌的微笑为我们领路、点单。我们是专门挑他快下班的时候到的，点了三杯咖啡，借庆祝他毕业邀他入座小叙。严子陵有些不自然，但碍于身旁顾客们的目光，还是摘下围裙落座了。

长时间的静默无语后，丁香把《诗经》推向严子陵，开始了她的表白："一见倾心若'野有蔓草，零露漙兮。有美一人，清扬婉兮。邂逅相遇，适我愿兮'；绵长相思如'青青子衿，悠悠我心。纵我不往，子宁不嗣音'；爱慕赞美是'彼其之子，美无度'；悠然相伴像'宜言饮酒，与子偕老。琴瑟在御，莫不静好'；期待相守'死生契阔，与子成说。执子之手，与子偕老'……"

丁香羞涩的表情，引经据典的表白，这一幕很唯美，但却只是独角戏。在丁香缓缓念出"金风玉露一相逢，便胜却人间无数"时，严子陵打断了她的话，将《诗经》推还给她，淡然一笑说道："牵牛出河西，织女处其东。万古永相望，七夕谁见同。"说完，他绝尘而去。如此看来，这场大戏缺少了至关重要的"人和"。

丁香打落《诗经》后，哭着离开了，我捡起来冲了出去。三天后，严子陵离开了厦门，毅然决然地回到了那个生他养他的故乡，当上了一名乡村中学教师。

两年后，丁香毕业了，很快结婚，还生下一子。丈夫待她极好，体贴周到。几年后，"某年某月"咖啡馆不复存在，丁香开了一间茶馆，取名为"此时此刻"。

想到丁香的故事，我百感交集，也许"相濡以沫，不如相忘于江湖"吧！近日，我听说，严子陵已成为当地文旅局的局长，且他的儿子刚收到北京大学的录取通知书，我很是开心。毕竟，伤心只是一时的，放下，就会得到幸福！

等待，一场爱的邂逅

生活中，有着太多的等待时刻。等待天光云影乍现眼眸，那一抹澄澈，如诗如画，令人心醉；等待戏幕起落，百转千回，每一次转折，皆似命运之手悄然拨动的心弦；等待时光不老，英雄常在，怀揣对永恒的憧憬，即便历经沧桑，亦初心不改；等待青葱岁月如歌如梦，那一段段青春的旋律，在记忆的长河中久久回荡。

等待，着实奇妙。它让我们发现美、遇见美、爱上美，更让我们邂逅爱情、拥抱幸福、找到终生信仰。在等待的时光里，我们的目光越发敏锐，心灵更加柔软。

爱情，是一种难以言喻的美妙感觉。当我们遇见那个对的人时，心中仿佛有一朵花悄然绽放，散发出迷人的芬芳。那一刻，时间仿若静止，整个世界都变得格外美好。我们会为了对方的一个微笑而心动不已，为了对方的一句话而深深感动。我们在茫茫人海中徘徊寻觅，只为找到那个与自己灵魂相契的人。

幸福，乃是一种内心的满足。当我们与爱人携手走过人生的每一个阶段，共同经历风雨，一同分享喜悦，那种幸福的感觉难以用言语表达。幸福是心灵的契合，是生活中的点滴温暖，恰似一杯香醇的咖啡，令人回味无穷。

而终生信仰，则是爱情的升华。当我们与爱人相互扶持，共同走过岁月的长河，我们的爱情便成了一种信仰。这种信仰，让我们在面对困难和挫折时，始终坚定如磐。我们坚信，无论前方有多少风雨，我们都能够携手共度。我们相信，爱情的力量无穷无尽，它能够战胜一切艰难险阻。终生信仰，是我们对爱情的郑重承诺，是我们对未来的美好期许。

在等待爱情的漫长过程中，我们难免会经历许多挫折和磨难。有时候，我们会遇到错误的人，会经历痛苦和分手。然而，每一次挫折，都是一次成长的机遇。我们要从失败中汲取教训，不断完善自我。只有这样，当爱情来临时，我们才能紧紧抓住它，不让它轻易溜走。

等待，是一场心灵的修行。它让我们有机会停下匆忙的脚步，去倾听自己内心的声音。在等待爱情的过程中，我们学会了珍惜，懂得了感恩，明白了如何去爱。我们不再盲目追求表面的浮华，而是更加注重内心的感受，更深刻地领悟爱情的真谛。等待，是一种美丽的坚持。要相信，只要我们保持一颗积极乐观的心，不断提升自己，读万卷书，行万里路，让自己变得更加有魅力，那个对的人一定会在合适的时间悄然出现。

爱情，是一场美丽的邂逅。让我们在等待中期待爱情的降临，在爱情中感受幸福的滋味，在幸福中坚守终生的信仰。让我们用一颗真诚的心去等待、去爱、去生活，让我们的人生因爱情而绽放更加绚烂的光彩。

情为何物

半生已过，见过了春的繁花似锦，夏的热烈奔放，秋的萧瑟寂寥，冬的银装素裹。回首往昔，那曾经在生命中交织的情，如丝丝缕缕的线，编织成了一幅绚丽多彩又饱含沧桑的画卷。问世间情为何物？这个古老而又永恒的谜题，在半生的阅历中，渐渐有了些模糊却又深刻的答案。

情，是成长路上真挚深厚的友情。如同夏日里郁郁葱葱的大树，为我们遮风挡雨。那些和朋友们一起度过的日子，是生命中最宝贵的财富。还记得在那个狭小的宿舍里，我们一起谈天说地，分享着彼此的梦想和心事。在遇到困难时，朋友们伸出的援手，如同黑暗中的明灯，照亮了前行的道路。一起熬夜备考的日子，一起为了一场比赛而努力拼搏的日子，都成了记忆中最珍贵的片段。情，是在你失落时，朋友那一个温暖的拥抱；是在你迷茫时，他们那一句真诚的鼓励。友情，让我在这个纷繁复杂的世界里，不再孤单，不再害怕。它是一种力量，支撑着我走过风雨，迎接阳光。

情，是年少时青涩懵懂的心动。宛如春日里悄然绽放的第一朵樱花，娇嫩而纯真。记得校园的操场上，阳光洒满了每一个角落，那个穿着白色衬衫的少年，在篮球场上奔跑跳跃，他的笑容如同阳光般灿烂，不经意间就闯进了我的心房。那时候的情，是课堂上偷偷传递的纸条，是放学路上并肩而行的羞涩，是不经意间对视时那慌乱的心跳。情，是为了能多看他一眼，而在人群中苦苦寻觅的目光；是为了能和他说上一句话，而在心中反复练习的台词。那是一种简单而纯粹的情感，没有掺杂任何杂质，如同清晨的露珠，晶莹剔透，闪耀着青春的光芒。

情，是成年后那刻骨铭心的爱情。恰似秋日里熟透的果实，散发着甜蜜而又略带苦涩的味道。在茫茫人海中，遇见那个与自己心灵相契的人，是一种莫大的幸运。和他一起走过的每一条街道，看过的每一场电影，都成了生命中最美的风景。爱情，让我感受到了无尽的温暖和幸福，也让我品尝到了痛苦和泪水。那是为了对方而努力变得更好的决心，是在争吵后依然愿意相互体谅的宽容。情，是在生活的琐碎中，依然能发现对方的闪光点；是在面对困难时，能够携手共进的勇气。爱情，如同一场漫长的旅程，有欢笑，有泪水，有甜蜜，也有苦涩，但正是这些滋味，让我的人生变得更加丰富多彩。

半生如梦，悠悠而逝，再回首，我似乎总忘了眼前的风景，那便是一路相伴的亲情，如明灯照亮旅程，如港湾温暖疲惫的灵魂。亲情是最坚实的后盾和永远的依靠。

童年，亲情是那无微不至的呵护与陪伴。父母的身影，如高大的山峦，为我遮风挡雨。亲情是深夜里为我留的那一盏灯，是风雨中为我送的那一把伞，是我疲惫时可以依靠的坚实臂膀。少年时，亲情是那默默的支持与期望，他们从不给我过多的压力，只是在背后支持着我，让我勇敢地追求自己的梦想。青年时期，我怀揣梦想，踏上了远行的路。那些孤独的日子里，亲情是远方的牵挂，是思念的寄托，无论走多远，家永远是我心灵的归宿。

如今，走过半生，亲情更是那相互的理解与包容，它不再是单方面的给予和接受，而是一种平等的交流和互动。孩子降生后，亲情便开启了又一轮的延续，它是那一顿顿家常便饭，是那一次次唠叨叮嘱，是那一个个相聚的节日，它就藏在日常生活的琐碎中，躲在每一个平凡的瞬间里。

然而，情，并非只有美好的一面。它也伴随着离别和伤痛。就像冬日里的寒风，刺痛着我的心灵。曾经的好友，因为生活的变迁，渐渐失去了联系；那深爱的人，也可能因为各种原因，不得不离开我的身边。面对这些离别，我痛苦、无奈，但也正是这些经历，让我更加懂得珍惜当下，珍惜身边的人。

走过半生，我渐渐明白，情为何物，它是爱，是希望，是生命中最璀璨的光芒，照亮了我们前行的道路，让我的人生变得更加有意义。

爱之无垠

在岁月的长河中，人们常常凭借着智慧与谋略，在生活的舞台上披荆斩棘，精心策划着未来的每一步，计算得失，权衡利弊。以为凭借着那三千智计，便可掌控人生的走向，驾驭命运的航船。然而，当爱悄然降临，那看似坚不可摧的智计堡垒，却在瞬间土崩瓦解。

爱，是一种无法用理性衡量的力量。它如春日的微风，轻柔地拂过心田，唤醒沉睡的种子；它似夏日的骄阳，热烈地燃烧着，驱散内心的阴霾；它像秋日的明月，宁静地洒下银辉，抚慰疲惫的灵魂；它若冬日的炉火，温暖地跳动着，给予心灵的慰藉。爱，没有逻辑，没有算计，它只是纯粹地存在着，以其最本真的姿态，震撼着我们的心灵。

曾几何时，我们在追逐功名利禄的道路上，运用着各种智谋，周旋于复杂的人际关系，有甚者更是算计每个机会，精心布局着每场博弈。他们总以为，只要足够聪明，就能获得成功，就能拥有幸福。然而，在某个寂静的夜晚，回首往事，却发现内心深处依然空虚寂寞，那些用智计换来的成就，似乎并不能填补灵魂的空缺。原来，真正的幸福并非来自那些外在的荣耀，而是源于内心深处的爱。在爱的世界里，智计显得如此苍白无力。那些曾经引以为傲的谋略和算计，在爱的面前都失去了光彩。爱不需要策略，不需要手段，它只需要一颗真诚的心。当我们用真心去爱时，爱自然以它独特的方式回报我们，让我们感受到无尽的温暖和幸福，让我们的生命变得更加充实和有意义。

爱，让我们变得勇敢，仿佛拥有了无尽的勇气，敢于放下过去的包袱，勇敢地追求自己的幸福；更敢于面对未知的挑战，坚定守护心中的那份爱。爱，也让我们学会了理解和包容。因为懂得对方的故事和难处，不因小事而争执，不因过错而耿耿于怀，更不以自己的标准去衡量别人。爱让我们超越了自我，突破了内心壁垒，成了更好的自己。

爱，是一种无私的奉献。我们不再计较个人的得失，不再考虑回报，只是单纯希望对方能够幸福，希望自己所爱的事物能够茁壮成长。

有时，我们会在爱中受伤，感到痛苦和迷茫。但因此我们更加深刻地理解了爱的真谛，它不是一种逃避，而是一种面对。我们要勇敢地面对爱中的挑战，用我们的智慧和勇气去克服困难，去守护心中的那份爱。

爱，如同一首永恒的旋律，在岁月的长河中回荡。它超越了时间和空间的限制，连接着每一个人的心灵。无论我们身处何地，无论我们经历了多少风雨，爱始终是我们心中最温暖的港湾。当我们疲惫不堪时，爱会给予我们力量；当我们迷失方向时，爱会为我们指引道路。爱，就在我们身边，在父母的关怀中，在朋友的陪伴中，在爱人的眼神中。

平生智计三千，不敌"爱"字，一马平川。让我们放下那些烦琐的智计，用一颗纯粹的心去感受爱、传递爱，让爱成为我们生命中最坚实的基石。在爱的世界里，大家都是幸福的孩子。

第五辑

千回百转

愿你和梦想顶峰相见

"哇,太牛了!中考离满分就差三分,真是神人!"听完我好友的辉煌历史后,儿子忍不住赞叹:"天赋啊,天赋!"看着儿子摇头晃脑的模样,我忍不住顺势"教育"道:"天赋异禀当然是一个因素,但她求学路上也并非一帆风顺。她上高一时成绩下降很多,整个高中都在艰难地爬坡,最后在高考时终于完成了学霸的'绝杀'。她一次次跌倒,却不放弃,努力向上,才登上了顶峰啊!"

儿子翻看着手中的报纸,看似漫不经心地问:"触底真的能反弹吗?""当然能!"我毫不犹豫地回答,拿出手机翻开一条视频:节目中,法国舞者随着音乐缓缓登上单侧台阶,然后从最低阶梯向蹦床倒下,借着蹦床的力度,舞者在蹦床与台阶中间表演。如此,倒下弹起,再倒下再弹起,他一点点从最低的台阶反弹到了最高的台阶。从谷底反弹到顶峰,行云流水的表演真实再现了"触底反弹"。

"怎么样,看到了吗?只要不放弃,终将像他一样绝地反击,挣扎着重回巅峰。"我收起手机,望着若有所思的儿子。他眼神有些闪烁,望向雾蒙蒙的夜空,说:"是啊!'台上一分钟,台下十年功',看似轻描淡写,但舞者肯定是经历了无数次的失败才有这最后的成功。"

正当我欣喜于"心灵鸡汤"发挥功效时,儿子突然问了句:"只是,触底反弹到达高峰之后呢?"我愣住了,再次打开视频,看着舞者的单边楼梯,剩下半边空荡荡的会是什么呢?是一路凯歌高奏继续站在顶峰,是呈波浪状反复磨炼重回顶峰,还是节节败退再次跌入谷底？单边的楼梯也许寓意着触底反弹后的无限可能吧。无论是长居顶峰的"不畏浮云遮望眼",还是勇往直前的"千磨万击还坚劲",抑或是颠沛流离的"艰难苦恨繁霜鬓",我们不仅要守住初心,还应调整好心态。如同登顶后,有人感叹"无限风光在险峰",有人懊恼"返程多是下山路",心态不同,结局自然大相径庭。

当我对着视频陷入沉思时,儿子已把他的目标院校打印出来贴在了涂鸦墙上。我凑近一看:"嗯,不错,既有'冲刺',又有'保底'。"再仔细一看,居中那所大学便是他最心仪的中国传媒大学。

望向窗外,浓雾缓缓散开,露出极小的月牙。我在心中默默祈祷——愿他仰望星空、脚踏实地、无所畏惧、奋力拼搏,和梦想顶峰相见!

一朵室内的"云"

月圆如镜，繁星满天，我敲开儿子的房门，连哄带骗将他"押"至阳台。见他拿起相机拍照，我顺口说道："若能温一壶月光下酒，披一身月光入梦，那该是多幸福的事啊！"儿子举头望月，一脸坏笑："别说月亮了，如果你能帮我摘颗星星，哪怕抓朵云回来，我就觉得幸福。"

儿子说完企图逃跑，被我一把抓了回来："不就是云吗？那简单，室内就能有。"儿子大呼神奇，放下相机，问："云，在室内？特效做出来的吧？"我打开电脑，找出几张照片，说："这是荷兰艺术家伯恩德诺特·斯米尔德的装置艺术，名为'一朵室内的云'，2012年被《时代》杂志评为年度最佳发明、最具诗意的作品。"儿子一脸疑惑，我现学现卖，"这位艺术家发明了一个能将房间空气中的水蒸气凝聚起来的机器，再通过平衡湿度和照明，造出了一朵悬浮于房间的云，让空间的禁锢感和云的流动感形成视觉冲突。不过，这朵云转瞬即逝，且不受控制，寿命只有十秒，唯有照片能定格下瞬间的美丽。"

儿子看看照片，再看看天上的云，若有所思道："虽然将自然界搬进室内，浪漫而美好，但还是天上的云寿命长些，人造云就十秒，惊艳之美如烟花稍纵即逝。""天上的云不也变幻莫测吗？一阵风吹来，它们随之消散，说不定连十秒都没有呢！"我开解儿子。他却陷入沉思："人类不也如同一朵朵云吗？人生一世、草木一春，相较于茫茫宇宙而言，何其渺小！那么短暂之美又有何意义呢？"我指向书架上的书，笑着说："许多作者早已远离我们千百年，他们身已灰飞烟灭，但灵魂和精神都留存了下来，成为人类宝贵的财富。流星划破苍穹，短暂的辉煌载入史册。'存在即永恒。'这不就是存在的意义吗？"

儿子将云的照片打印出来，贴在涂鸦墙上，转头看着窗外明月，自言自语道："艺术家因为热爱自然的不可捉摸性，让原属于天空的云朵飘进了美术馆、博物馆、教堂……但可能他更热爱的是艺术创作过程中的未知、美妙与惊喜。"

几日后，儿子放学刚进门就兴奋地喊："你知道吗？我也发现了位宝藏艺术家。他叫埃利亚松，被称为'创造'自然的科技诗人。"我有些不解，脱口而出："自然不就在身边？怎么创造？""严格来说，应该叫自然现象。他的作品《美》找回了彩虹遗失的'诗意'，《气象计划》更是将太阳搬进了涡轮大厅，打造出巨型落日的震撼景象！至于是怎么做到的嘛……"儿子一脸神秘，欲言又止，抛下一句话，"你自己找答案吧！"

第二天一早，我迫不及待冲进图书馆，画册带领我穿越时空，步入艺术家的世界。原来，埃利亚松在弥漫人造薄雾的巨大空间模型中，通过镜子反射半圆形单色黄光的另一半，从而构成了一个完整的圆。他让我们用身体去思考，去消弭界限，反思自然与人类……

回家后，我还未来得及开口，儿子便说道："我知道了，无论是云、彩虹，还是太阳，如果'存在即永恒'，那么过程即意义吧！"

送给自己的礼物

人的一生，会送出许多礼物，亦会收到不少礼物。也许是因为"赠人玫瑰，手有余香"，我特别钟情于送花。我在儿子的成人礼上送出的礼物是十八朵向日葵和放在奶瓶里的一百零八颗幸运星，对此，他颇有微词。

儿子将同学赠予的礼物堆在书桌上，脸上洋溢着"抽盲盒"的喜悦。他兴致勃勃地诉说着与那位同学曾经发生的故事，我不忍打断。絮絮叨叨半小时后，他见我咧嘴笑，端起水杯问："怎么这副表情？你是想发表点儿聆听感言，还是想顺走点儿小玩意？"我趁机摸了把他的头："我只是想问问，你送给自己什么礼物？"儿子翻了翻白眼道："哪有自己送自己礼物的？再说了，我喜欢的你都买给我了，我何必再花钱去买。"

他瞥了我一眼："好吧，给你个畅所欲言的机会。你说我应该送自己什么样的礼物呢？"我从口袋掏出一张书签，在他眼前晃了晃，又装回口袋中，说："你猜？"他见我故弄玄虚，噘嘴道："不知道，爱说不说。""猜对有红包！"果然，"小财迷"入了套，开始一通猜："耳机、音箱、移动硬盘、电脑、无人机、文具、鞋帽、箱包……"最后，他又补充了句，"不会是写封信给几年后的自己吧？"看他一脸茫然，我将书签递给他，上面写着："人生最珍贵的礼物就是把握此刻！"看到这，他顿时不满地提高音量："哼，你耍我！这也能叫给自己的礼物？害得我脑细胞牺牲不少，真是痛苦。"

一听到他提到了"痛苦"，我顺势问："那你说人为什么会痛苦呢？"儿子不假思索地回道："这还用问，痛苦来自现实和理想之间的差距。""为什么会有差距呢？""因为想得多、做得少，期待太高。"我点点头，接着问："那如何减轻痛苦呢？"儿子挑挑眉答："多做少想，降低期待值！你今天是想抛砖引玉呢，还是想客串政治老师？"行吧，我权且先抛砖："人的一生总会有各种各样的痛苦，但痛苦会出现，自然也会消失。坦然面对，迎难而上，专注于此刻。行动取决于目标，未来则取决于当下的努力。"

儿子说道："是啊，无人能预知和操控未来，但所幸我们拥有此刻。从今天开始，我要将学到的应用于每一天，做好现在最重要的事。"说完，他把礼物整理好，书签放在了最上面，笑着对我说："这就是我给自己的礼物，回到此刻、把握此刻和享受此刻。""还有努力向未来！"我们异口同声道。

让自己活成一道风景

　　每年订报都是我们家的"重头戏",见我罗列了一张长长的清单,儿子凑过来看了一眼:"嗯,不错,还挺丰富的,可为何有'地理',却没'天文'呢?你不是常说'上知天文,下知地理,文经武律,以立其身'吗?"说起杂志,除了文学、艺术、历史类以外,我偏爱《中国国家地理》,因为它不仅把世界搬到眼前,更有全景体验的旅游指南。

　　见儿子顺手翻着杂志,我便问:"你喜欢山还是海?""嘿,别想给我下套,你肯定是因为'仁者乐山,智者乐水'这句话问的!"我又心生一计,换个问法:"我们去过的地方,你更喜欢什么样的风景?是'大漠孤烟直''一览众山小',还是'黄河入海流'?"儿子反问道:"风景仅限于自然吗?"说完后,他走进书房。

　　是啊,风景仅限于自然吗?我泡上一杯茶,对着窗外一轮残月,开始认真思考这个问题。在我眼里,风景即自然景色,独自旅行时我只拍景,一时一景一心境,一花一木一春秋。"感时花溅泪,恨别鸟惊心"为"有我之境","采菊东篱下,悠然见南山"为"无我之境",一"有"一"无",那一刻,我似乎明白了儿子的言外之意,可谓"入眼为风景,入心为情怀"。

　　正当我自以为领悟重点时,儿子出来了,他说:"我热爱高山,也喜欢平川;我憧憬大海,也向往江河;但我最爱的还是宇宙苍穹和广袤大地。那你呢?"对此问题,我并无丝毫犹豫:"我更偏爱大海吧!它有着非凡的气度和博大的胸襟,无论风疾雨骤、骇浪滔天,还是晴空万里、微波荡漾,面对何种境遇,它都能宠辱不惊、淡定从容。"见儿子笑得有些"诡异",我连忙问道:"怎么?你还是更喜欢山?'高山仰止,景行行止',是吗?"儿子回道:"不,我只是想说,我更佩服那些喜欢风平浪静但也无惧乘风破浪的船员。"

"那就让自己活成一道风景吧,无论是高山、丘壑,或是大海、小溪。身在井隅,心向星光。眼中有诗,自在远方。正如有句话说,人生的本质是一首诗,人应该诗意地栖居在大地上。我想活成一眼永不干涸的泉水,'上善若水,水善利万物而不争'。"儿子目光坚定地望着远方,自言自语道:"我想活成一道光,照亮自己,温暖别人。"听完,我不禁感慨道:"头顶有光,心中有爱,这边风景独好!"

简单是人生智慧

众所周知，人性是复杂的，世界更是复杂的，但神奇的是，古今中外，人们推崇备至的却都是"简"：古有化繁为简，今有极简主义；中有老子曰"万物之始，大道至简"，外有黑格尔言"最伟大的真理最简单；同样，最简单的人也最伟大"。如此看来，人类追求的，不正是拥有简单的智慧、重塑简单的幸福吗？

何为真正的简单？想必绝非言谈随意、不求甚解的头脑简单，更非草率莽撞、罔顾事理的行事简单。那简单的幸福又是什么呢？瓦尔特·福加托在《动物自己有秘密》一书中演绎了动物们各自简单的幸福。人类的答案一半在书中，一半在生活中。

几千年前，孔子赞颜回贤德，曰："贤哉！回也！一箪食，一瓢饮，在陋巷，人不堪其忧，回也不改其乐。"刘禹锡作《陋室铭》托物言志，"斯是陋室，惟吾德馨"。于他们而言，饮食简单，住所简陋又有何妨？只需坚守本心、安贫乐道，必能自得其乐，生活宁静而丰盈。

几千年后，众人向往陶渊明"晨兴理荒秽，带月荷锄归"的田园生活，一时间，民宿和农家小院风生水起。应时顺势，央视系列节目《山水间的家》带领观众探访乡村的美丽蝶变，领略振兴后的壮美画卷；《你好生活》更是倡导人们简单生活以追求质朴田间的"一亩幸福"。

也许缘于节目的力量和内心的悸动，挚友晓筱于去年"一意孤行"卖掉了市中心的别墅，买下城东的一大片荒地，历经一年多，终于改造成她想要的田园小舍。乔迁宴设在院中，露天长木桌上，往日精致餐盘里的燕鲍翅肚不见了，取而代之的是我们刚从园子里采摘来的果蔬"全素宴"。朴素的食材，简单的烹饪，我们却吃得有滋有味。

望着四周农家炊烟袅袅和面前满园春色依依，晓筱笑着说道："做简单的事，成简单的人，过自己想要的生活，这才是真正的快乐啊！"子晴听后心生感慨："唉，说到底还是需要物质文明，不然如何能打造这精神文明呢？"众人哗然，而后沉默，唯余茶汤在时光中流淌。

见晓筱面露尴尬，我笑道："能远离尘嚣，住在如此'与世隔绝'的田园小舍固然令人心怡，但简单的生活更多的时候不在于所居何地，而在于心居何处。选择简单，本身就是幸福！"话音刚落，子晴似乎顿悟，抿了一口茶后，说道："是啊！'结庐在人境，而无车马喧。问君何能尔？心远地自偏。'只要我们愿意，城市中也能寻觅诗意田园，原来幸福是如此简单！"

大伙相视一笑，是啊，简单是一种人生智慧，是一种大彻大悟的精神境界。简单的幸福不就是拥有"物物而不物于物"和"见山是山，见水是水"的澄澈之心，无论身处何种境地，都能把生活当成一种享受吗？

小儿学画，舞鱼弄虾

刚出电梯门，我就被吓到了。对门邻居李婶两手扒在我家大门上，对着猫眼往里看，她的孙子小侠站在我家门口，满手满脸黑乎乎，跟只乌贼似的。"阿姨好！"小侠大声一叫，差点儿让李婶坐到地上。"我、我只是想请你过去帮忙看看，孩子爸妈都出差了，我实在不会。"

一进李婶家，我惊呆了。餐桌上躺着几只奄奄一息的大虾，身上裹着墨汁。我瞬间明白了，真心疼那些被"糟蹋"的图画纸。"阿姨，我画给你看！"小侠捡起一只虾举在吊灯下，通过影子落在纸上的印记描摹着，虾头、虾身、虾尾，可怜的虾被折腾得半死不活，只能动动"脚"了。我顺势把虾脚和虾钳补全，并教小侠点好眼睛，画上虾须。"哇，还真是画龙点睛呢！"小侠拿起画转圈，结果墨汁往下流，他傻眼了，委屈巴巴地说："阿姨，为啥我以前看你画时，墨汁都不会往下流？""那是你用的纸不对，国画要用宣纸。"我返回家中拿了两张宣纸给小侠送来，刚准备坐下重新看小侠画，张叔回来了，手里提着一条鲫鱼。见我一脸诧异，张叔笑着说："这孩子太淘气了，今年九月他就要上小学了，我想着让他'修身养性'，就报名了幼儿园的'水墨实验班'。今天，老师教画虾，还说要在家预习画鱼，这不，我就买了条鱼回来。"听到"修身养性"这词时，我不厚道地笑了，李婶更是哈哈大笑："谁让你给他取名'小侠'，还说当不成大侠，小侠就挺好！大侠舞刀弄枪，小侠上房揭瓦！"

小侠接过鱼，举到吊灯下，发现影子实在太大还单一，撇了撇嘴说："成了一坨，怎么画？""对着形状画嘛！"李婶拿了个盘子过来,把鲫鱼放了进去。小侠拿起毛笔,迅速三笔,两笔弧形交叉,最后一笔横线封住尾巴,再点上眼睛。"成了!"他咯咯笑了。"你这是啥?鱼鳞和鱼鳍呢?"张叔拍了拍小侠,摇摇头,"还是请阿姨教你吧。"

谁知,我刚拿起笔,鱼儿一翻身,落到纸上,不偏不倚正好卡在小侠刚画好的鱼身上。小侠灵机一动,抽过我手中的笔,翻过鱼身,涂上墨汁。我并未打断他,只是饶有兴致地看着他摆弄,最后他将鱼再次翻身,印到纸上。仔细一看,鱼鳞分明,还真是分毫不差,天衣无缝呢!小侠开心极了,捧起鱼亲了一口,满嘴的墨汁,把大家逗得哈哈大笑。

"哎,改天好好跟阿姨学画,别搞这些'歪门邪道'!"张叔边数落边收拾残局,回头又看了一眼画,自言自语道:"其实也挺好看的。"是啊,童真的画亦如文字本身,"好句何须劳斧凿,无痕无迹自天真"。

龟兔赛跑

前天傍晚，我在电梯口遇到邻居李婶，她接孙子小侠放学回家。打了招呼，李婶哈哈大笑，弄得我莫名其妙。我前脚刚迈进电梯，她一把抓住我，说道："龟兔赛跑，乌龟竟然赢了，原来是真的啊！"

一听这话，小侠歪着脑袋问："奶奶，您既然不相信，为什么总要跟我说些寓言故事呢？我就不相信世界上有那么笨的农夫，整天守在树桩旁等兔子撞晕。""哪里不靠谱了？今天的龟兔赛跑，乌龟不就真的赢了吗？"

见我听得一头雾水，李婶将我拉进屋。她打开手机给我看视频，原来，观看龟兔赛跑是小侠幼儿园家长开放日的一个活动。只见幼儿园后院的草地上，有一条用栅栏围出的跑道，跑道上是比赛的主角：一只小兔子和一只乌龟。孩子们站在旁边摇旗呐喊，家长们也看得饶有兴致。

起先，那只小白兔蹦蹦跳跳遥遥领先，可不知为何，它跑到半道就坐了下去，东张西望，似乎在寻找什么。旁边的小朋友用手拨弄它，为它加油，有人甚至还推了它一把，可它都纹丝不动。这时，视频中传出一句奶声奶气的话："它是在思考兔生吗？"兔子停下了，可乌龟还在继续前行。孩子们见兔子不动，转头就朝乌龟大喊："乌龟加油，乌龟加油！"家长们也加入了助威的阵营。乌龟也不负众望，明显爬得更快了。本以为兔子只是歇息一下，可直至终点，比赛也没能迎来反转——龟兔赛跑，以乌龟的胜利而告终。孩子们震天响的鼓掌声把小兔子吓得从栅栏缝中落荒而逃，而乌龟则伸长了脖子，看起来着实可爱。

看完视频后，我问道："小侠，它们就比这一局吗？有没有再比一次？"还没等小侠回答，李婶已接话："节目还多着呢，哪能再比一次。再说了，下一次若兔子赢了，孩子们就会觉得寓言是假的了。"我有些不服，撇嘴道："寓言本就半真半假，为了讲道理罢了。再说了，若按常理，兔子赢了，那举办这个比赛的意义又是什么呢？"

"赢了就赢了呗！"小侠举着画笔，歪着头看我，"阿姨，我想把今天的比赛画成画，您能教教我吗？"半小时后，看着稚嫩的画面和小侠灿烂的笑脸，我也笑了。是啊，孩子们开心，还能从故事中懂得骄傲自大和轻视他人的后果，从现实中体会坚持不懈的重要性，这不就很好吗？为何要纠结比赛的输赢和所谓的意义呢？

己所欲，亦勿施于人

"老师，谢谢您！姜莹国美校考复试的成绩出来了，总分二百四十一，造型艺术类第一百八十名。"月前，姜莹妈妈突如其来的一个电话令我欢欣雀跃，记忆猛然将我拽回两年前。

那是一个周三的下午。我刚上完语文课，接下来本是一节普通的班会，却突然变成辩论大会，继而升级为批判大会。

这节班会的主题是"减压"，既然题为减压，那自然要让学生畅所欲言。叽叽喳喳的讨论声此起彼伏，大多集中在学业、考试和竞争。忽然培民站了起来："老师，您刚讲了《〈论语〉十二章》，可为什么家长就是不知道'己所不欲，勿施于人'呢？"丁涛顺口说道："对哦，我们还有个最大的压力源，来自父母。"这句不经意的话点燃了导火索，议论声越来越大，大有口诛笔伐之势。正当我起身欲掩门时，班里的"闷葫芦"姜莹嘟囔了句："都说'己所不欲，勿施于人'，但难道'己所欲'就一定要施于人吗？"

一时间，空气仿佛凝滞了，学生们面面相觑，一言不发。这，似乎是大家平时并不太关注的点。"难道我说错了吗？我喜欢画画，也学了十年了，可是我妈死活不同意我参加艺考，只因她的医生梦未完成。我也知道救死扶伤是大爱、是大义，可是我从小就害怕血⋯⋯"

"唉，我喜欢化学和生物，可我爸非让我选政治，说方便考公务员。政治搞得我脑袋嗡嗡的，一片混沌，真想换选科啊！"共鸣和共情一时间达到了顶峰，接着是一片哀号："老师，您可不能见死不救啊！"

"那你们回家后跟家长讲个故事吧!"自知每个成年人的思想都极难撼动,但我还是抓住"混沌"这个词,讲了个《庄子》里的故事,权当投石问路。

"南海的大帝名叫倏,北海的大帝名叫忽,中央的大帝叫浑沌。倏与忽经常到浑沌的地盘相聚,每每都得到浑沌盛情款待。为了报答浑沌,他们商量说:'人们都有七窍来感知世间的美好,而唯独浑沌没有,就一个大肉球,多可怜啊!我们试着为他凿开七窍。'浑沌因为友情并没有拒绝,结果七天后,七窍凿开了,浑沌却因此死了。"

学生们听完,张大了嘴,欲语还休。下课铃响了,望着他们鱼贯而出的背影,我不禁感慨道:其实很多时候,我也是生怕他们留有遗憾,而站在世人'是非成败'的标准去衡量他们,以爱的姿态去待他们。殊不知,有时"以爱之名"的改造成功,是以失去自我为代价的。毕竟,教育的对象都是有血有肉有感情的个体,而非简单的流水线。所以真正的爱学生,为他们好,前提是尊重他们的思想,接受他们的与众不同。

后来,我收到了姜莹妈妈的微信留言,她的话令人感动:"老师,谢谢您用一个故事让我领悟到,对孩子最大的爱便是带着信任和欣赏,接受她的思想,支持她的热情,悦纳她的独特。唯有多做换位思考,方能达到君子之'和而不同,美美与共'。是否让她选择艺考,容我再细细思量。"去年暑假,姜莹如愿地踏上艺考集训之路。

衷心祝愿姜莹能在即将来临的高考中再创佳绩,圆梦国美!己所欲,亦勿施于人,是一种修养,也是一种成长。

"蕉绿"总有成熟时

前些天,我收到一份特殊的礼物——三大串青涩的、未成熟的香蕉。这唱的是哪一出呢?贺卡上赫然写着八个字——"直面蕉绿,禁止焦虑",我扑哧一声笑了出来,朋友这礼物还真是别出心裁啊!

看着眼前这些青绿的香蕉,我不禁想到很多。焦虑是一种自然的情绪反应,它如同一面镜子,映照出我们对潜在威胁或挑战的警觉。然而,过度的焦虑却如噪声"乱我心、扰我志",会对我们的身心健康造成很大的影响。我们唯有学会过滤杂音,控制情绪,不断地修炼内心,提升自我认知,专注于重要之事,时刻保持清晰的思维,方能达到"此心安处是吾乡"的境界。

人,难免陷入"前怕狼后怕虎"的境地,焦虑往往源于对未来的不确定和对失败的恐惧。此时,需要培养理性分析、冷静判断的能力。只有让自己先平静下来,减少焦虑,强大自己,学会在理性分析的基础上勇敢地迈出步伐,不畏艰难,不惧失败,才能更好地应对挑战,化解"困于心"的问题。

都说"人无远虑,必有近忧",远虑不是对未知的担忧,更不是杞人忧天,而是对未来的规划和准备。多些远虑,意味着不只关注眼前的利益,而是把目光放得更长远些,这就需要具有前瞻性和战略眼光,制订长远的目标和计划。"风物长宜放眼量",如此应能从容自如,笑看风云。

一个"虑"字,不仅展现了汉字的美学,也蕴含了生活的智慧。它要求我们既要有猛虎般的警觉,又要有智者的从容;既要有丰富的情感,又要有真正的理性。当我们放下无谓的焦虑、减少不必要的顾虑、培养远虑之识后，才能在迷雾中找到前行的方向，做出明智的选择，在纷繁复杂的世界中，寻到属于自己的一片宁静与明朗。

我将那三串青涩的香蕉插在水中，过了几天，香蕉慢慢由绿变黄，芳香四溢，我扯下一根，细细品尝，香甜软糯。原来，有了时光的陪伴，"蕉绿"亦可拥抱阳光，这是时间的魔法——放下焦虑，理性判断分析，时间总会给我们答案。

水晶萝卜

文友在朋友圈里发了一句话:"不管种什么花,都是三叶草的天下。"可不是吗?放眼我的阳台,每个花盆里多多少少都有三叶草的身影,有好几盆甚至已被它们占领,开出一朵朵娇艳的小花。"小鸟选择了花盆,种了审时度势地生长,即便杂草丛生,亦是自由洒脱。"我也应和着,发了条朋友圈信息。

谁知没过多久,老同学晓敏便来串门,她一进门就"教育"我,养花必须定期除草,这样才能促进植物生长,提高美观度。被她一通说,我虽然有点儿心疼那些长得茂盛的三叶草,但还是开始拔草。拔着拔着,我惊讶地发现有些三叶草的根部居然长着一种晶莹剔透的小东西,如拇指般粗,形状奇特,散发着迷人的光芒。"这是什么?"我问晓敏。"这是'水晶萝卜',据说能促进消化、帮助减肥呢!"一听能减肥,我立马来了兴趣,凑近闻了闻,那"水晶萝卜"香味清淡而独特。真是太神奇了!普通的三叶草也有自己的小秘密,上面开花,下面结果。晓敏将冲洗干净的"水晶萝卜"往我嘴里一塞,脆甜多汁,口感很好,的确是春天的味道。

趁我还在品味"水晶萝卜",晓敏大刀阔斧地把所有花盆里的三叶草都拔了,一下收获了二十余根"水晶萝卜"。"怎么样?惊喜吧!你就等着吃美食吧!"只见她将"水晶萝卜"洗净去皮,切成小块放在碗中待用,接着做腌汁,在适量的盐和糖中加入白醋,搅拌均匀直至盐和糖都溶解,最后将"水晶萝卜"浸没在腌汁中,盖上保鲜膜。她说,腌一会儿,"水晶萝卜"就可以吃了,酸甜可口,绝对美味。

晓敏走后，我迫不及待地在朋友圈发了腌制"水晶萝卜"的方法。不一会儿，就收到了好友庄琳的"口诛笔伐"，她说，她家三叶草压根没有"水晶萝卜"。辩解无效，我只得赶紧查资料。原来，三叶草主要包括豆科的车轴草属和苜蓿属，以及酢浆草科的酢浆草属，"水晶萝卜"的出现跟土壤和水分有关，并不是每一棵三叶草都能长出"水晶萝卜"的。当我把网上搜到的资料发给庄琳时，她回了个撇嘴的表情。"你比较幸运！那碗'水晶萝卜'必须留点儿给我，权当精神损失费。"好吧，为了友情，我分享了大自然的馈赠；惊喜的是，我也收到了回礼——一套三册的《我与大自然的奇妙相遇》。

何以续航

晚饭后，微信群里的闲聊正热火朝天，我却哈气连天，疲惫地宣告："不行了，我'电量'即将为零，要去睡觉了！""现在才八点半，夜生活都还没开始呢！"朋友们在群里打趣道。我无奈地回应："你是锂电池，我是铅酸电池，没有可比性。"这句看似玩笑的话语，却也道出了我内心对自己身体状态的一丝困惑与无奈。

下了群聊，我斜倚在床上刷剧，不久后，门铃"大作"，友人瑛如像一阵风似的探头探脑地出现在门口，不由分说地把我拖到了小区旁的湖边。夜晚的筼筜湖别有一番景致。漫步在小径上，微风轻拂，树叶沙沙作响。"你说，为什么我的身体电量总是消耗得这么快呢？"我略带惆怅地问。瑛如哈哈大笑："那是因为你没有找到合适的充电方式，你不仅喜欢美食，还整天喜欢宅着，不是坐就是躺，难道不知道久卧伤气吗？"她开启了碎碎念模式，而我也在她的话语中陷入了沉思。

是啊，身体的续航，犹如一场精心策划的远行，需要我们从多个方面去考量和呵护。食物，无疑是这场远行中不可或缺的能量补给站。我们从食物中摄取的营养，优质蛋白质是身体细胞修复和生长的重要原料，碳水化合物则是能量的主要来源，各种维生素和矿物质参与身体的各种代谢过程，维持着身体的正常运转。我不能只贪恋美食带来的口腹之欲，而忽视了食物的质量和营养搭配。过度摄入高热量、高脂肪、高糖的食物，就如同过度快充，可能会在短期内带来满足感，但长期下来，却会对身体造成损害，导致各种健康问题的出现。合理搭配饮食，确保营养均衡，是为身体充电的基础。

而运动则像是聚能环，给身体的引擎注入强劲的动力，让身体的续航能力不断升级。当我们进行运动时，身体的血液循环加快，心肺功能得到锻炼，新陈代谢也更加旺盛。运动不仅仅是为了塑造良好的身材，更是为了让我们拥有更充沛的精力去应对生活中的各种挑战。

除了食物和运动，心灵的滋养，同样为身体的续航贡献着力量。一本好书，如同一盏明灯；一段美妙的音乐，恰似山间清澈的溪流；一次倾心交谈，仿若春日的暖阳，温暖而惬意。然而，在这快节奏的现代生活中，身体的续航之路布满了荆棘。熬夜成为常态，压力扛在肩头，焦虑缠绕心头，这些都如同黑夜中的幽灵，悄悄吞噬着身体的电量。

何以续航？答案就在我们的日常生活中：养成良好的生活习惯，注重饮食和运动的平衡，关注心灵的健康。从今天起，我要行动起来，为身体续航，让生命之花在健康的滋养下绽放得更加绚丽多彩。

"卷卷"更快乐

我有两位好友,她们同姓"张",同为小学语文老师,身高体重也都差不多,重点在于,她们同样"卷",被我按年龄称为"卷王大张"和"卷王小张"。

"卷王大张"如同拥有三头六臂的神人,她在阅读、写文、闽南话社团和小记者活动等各项工作中游刃有余,精力充沛到一日之内辗转数地仍生龙活虎。"卷王小张"是学校里的教学骨干,论文、课题样样拿手,每年都带多位新教师,拿奖拿到手软。新学期伊始,她们为了将自己打造成"智慧与美貌并存"的人,迷上了健身锻炼,坚持运动打卡两个月,无一日间断,效果显著。

两个月来,在她们的反复"碾轧"之下,我被打击得体无完肤,却依然选择躺平,选择静静地看她们"卷",为她们点赞。为此,我被"大张"取名为"静静"。谁知,谈笑间,"友谊的小船"说翻就翻,"大张"将无形之箭射入我的胸口,鲜血淋漓。

"有你说的这么严重吗?""大张"在群里问我,她对于昨天在群里嫌弃我的言语不以为意。"我只是陈述事实而已。"事情是这样的:昨日下午她调休,准备去老城区"趴趴走",既是怀旧又是运动,一举两得自是乐事。难得她调休,加之有段时间没见面,我提议聚一聚,被她一口拒绝了。她的理由是,每次聚都是去吃美食,而我又不爱运动,走几步就喊累,会拖她的后腿。是的,她说的确实是事实,我在减肥的道路上屡战屡败,既管不住嘴,又迈不开腿,偶尔运动也是三天打鱼两天晒网,雷声大雨点小。

从未想过,自己会被好友如此直白地拒绝与嫌弃,那一刻我心里堵得慌,犹如伤口被撒了盐。但转念一想,我立马就释然了,这不过是应验了那句话——"世界是属于强者的,弱者注定被嫌弃",于是我淡淡地回了一句:"难得调休,好好玩吧。"下午,见"大张"在群里和朋友圈中晒她的"健康旅程",我快乐着她的快乐,仿佛自己也走街串巷游了回老城区。

第二天一大早,我们在群里互相打招呼,"小张"跳操后报上体重,一看吓一跳,两个月她已整整瘦身二十斤,令我心生羡慕,无比佩服。她们热情邀我"卷"出健康,"卷"出美丽。低头望着体重秤上噌噌往上蹿的数字,我突然意识到,躺平并不会让人真正快乐,努力在自己的世界里做个强者方为正道。

正当我感慨之时,"卷王小张"哈哈大笑,让我别再幻想"躺赢",否则要将我移出群聊,抬头一看,群名称已被她改为——"卷乐三人行"。她贴心地为我列出食谱和运动计划;"大张"也发出邀约,请我去万石植物园爬山"呷茶话仙"。好吧,从现在开始,拒绝躺平,运动起来!

就这样,我把运动提上了日程。兵马未动,粮草先行,我购置了一堆的装备,除了鞋帽衣服之外,当然少不了运动手环了。很快地,我把自己"装备"成了一名跑步爱好者。

凡事有"真"必有"伪",我便是一个货真价实的跑步伪爱好者。很长一段时间,我的爱好仅停留在享受视频里迎风奔跑的喜悦和文字中逆风飞翔的感觉。直到有一天,我看到朋友琳琅满目的马拉松奖牌,我决定也向马拉松发起冲击。

都说,跑步有腿就行。不!哪能随便跑啊,必须记录啊,这可是跑步伪爱好者的第一要务。当我雄赳赳气昂昂地"征战"体育场,边跑边看着手环上跳动的数字。天啊,怎么这么难,气喘吁吁跑了半天才二百米!这时,身边传来一阵迅疾的跑步声和跑者手机的提示音——"您已跑步十公里,用时三十六分钟……"。我的天,原本已经拖沓的节奏被彻底打乱了,想想,我还是继续跑吧,就这样,我坚持了一周。

放眼望去，跑道上顶着长发，拖着肥硕身躯，宛如巨型蜗牛在绕圈圈的肯定是我！就在我能跑跑走走第一个五公里时，我发了朋友圈——炫耀是跑步伪爱好者的第二要务。我享受着朋友们的夸奖，喜不自胜，突然收到"小张"的一条私信："不会吧，进步这么快，配速都比我快！"什么是"配速"，我不懂，经过解释后，我得意了一小会儿。她撇着嘴说道："你怎么就这么轻松呢？别是手环有问题吧！"就这样，走着跑着，我不仅知道了配速，还知道了在运动软件上可以报名参赛获得奖牌（徽章）。从此，获得奖牌成了我跑步的动力。大半个月来，我不停地绕圈圈，奖牌的公里数从2.1到5.2，再到6.66、9.99、12.25。这不，集奖牌成了跑步伪爱好者的第三要务。

从跑友们的分享中，我又先后入手了速干套装、跑鞋、压力袜、止汗带、腰包……一看我这架势，"小张"大笑，调侃道："真是差生文具多！""说我差生，我配速可比你还快！"战火一点就燃，第二天我们相约体育场，准备来一场"对决"。可想而知，我仓皇落败，那一刻，我才意识到真的是运动手环的数据出了问题。果不其然，我一手戴着手环，一手拿着手机打开跑步App，手环显示一公里，其实也就八百米。

"小张"得意扬扬，眉飞色舞地说道："快把手环丢了吧，自欺欺人！""不，我可是靠它才取胜的。""现在不能直面问题，以后参加比赛有你受的。""怎么样，我的手环是不是够'善良'的？能让我少跑点儿就能获得'奖牌'，何乐而不为呢？"跑友们听着我们的对话哈哈大笑："运动嘛，开心就好！回去更新一下软件版本应该就没问题了。"

"是啊，开心就好，不过，还是不要自欺欺人吧。"总算知道我体重龟速变化的原因了，回家后，我赶紧更新了软件版本。之后，一天进步一点点，速度提升了，体重下降了，果然，"卷卷"更快乐！

我的"半马"梦

2023年11月5日,一个普通的周日,我例行打扫卫生时,意外发现了七年前的照片。"判若两人,再也回不去了!"我在朋友圈感慨道。半小时后,好友李然发给我一张她报名2023建发厦门海沧半程马拉松的截图,鼓励道:"你也可以试试,'半马'不行,6.13公里的'健康跑'总行吧?反正不计时,跑跑走走,重在参与嘛!"

在她的劝说下,我头脑一热,报名了。

刚开始的第一周,我把简单的"走出去,动起来"作为目标,沿途打卡家附近的风景。到第二周,我决定从散步过渡到慢跑,尝试马尔茨博士提出的"二十一天法则",每天慢跑6.13公里。

说起来容易,做起来难。第一次,我只跑了二百米便开始心跳加速,呼吸急促,最后只能跑跑走走,坚持到预定的公里数。

坚持了近两周,虚荣的我为了将半个月跑量定格在一百公里,做出了一个"惊人"的决定:挑战人生的第一个十公里。说干就干!但跑着跑着,我上气不接下气,疲惫不堪。就在我想放弃时,一位白发苍苍的老者迎面跑来,对我振臂一呼:"加油,跑,跑!"

我逐渐发现了自己对跑步的热爱,永不服输的劲头回来了。每当我穿上运动鞋,踏上跑道,那种风吹面庞的感觉让我甘之如饴。在跑步的过程中,我结识了一群跑友,他们慷慨地推送跑步的技巧和注意事项。

慢慢地,我发现每次奔跑都像是与自己的一次对话,跑步成了我生活中不可或缺的一部分。12月3日,检验成绩的时候到了。随着一声枪响,我被人群推动着向前,毫不费力。起初的两公里是轻盈和畅快的,每一步都像是踏在云端,风吹过脸庞,美好就在脚下。接下来的四公里,步伐不再轻盈,但我依然努力奔跑,还不时掏出手机咔嚓拍照。当我冲过"健康跑"终点的那一刻,一种无以言表的喜悦涌上心头。

或许,这点距离在跑者眼中微不足道,或许也只是我人生中的一个小小的插曲,但它却给了我无限的勇气。看着李然他们的"半马"完赛奖牌,我心生羡慕,许下了明年的第一个目标:安全完赛一场"半马"!

半年后,2024年4月21日,我参加了2024德文厦门工学院马拉松,这是我的第一场"半马"。比赛的那一天,阳光洒在工学院的操场上,气氛热烈而紧张。我站在众多跑者中间,心情既兴奋又忐忑。随着发令枪响,人群如潮水般涌动起来,我也迈开步伐,加入了这场奔跑的盛宴。

一开始,我状态良好,脚步轻快地向前奔跑着。跑道两旁的观众热情地为我们加油助威,那一声声呐喊仿佛给了我无尽的动力。我感受着微风拂过脸庞,看着周围的景色不断后退,心中充满了对这场挑战的期待。跑过了几公里后,身体渐渐开始发热,呼吸也变得有些急促起来。但我没有停下脚步,尽量调整着呼吸和节奏,每跑过一公里,心中就多了一份成就感。

到了十二公里的时候,疲劳感越发强烈。我的身体开始出现各种不适,小腿肌肉有些酸痛,脚底也传来阵阵疼痛。此时,我的速度已经明显慢了下来,但我依然在坚持着,周围的跑者相互鼓励着,为了心中共同的目标而努力。

然而,当跑到十八公里的时候,疲惫如同沉重的枷锁,紧紧地束缚着我。我的双腿像灌了铅一样沉重,每迈出一步都需要极大的努力。汗水湿透了我的衣衫,呼吸也变得异常艰难。

此时,我抬头看向前方,还有一段不短的距离才能到达终点。而我也清楚地知道，以我现在的状态，很难在规定的时间内跑完剩下的路程，拿完赛奖牌已经无望。那一刻，我心中充满了挣扎和犹豫。一方面，已经跑了这么远，我不想轻易放弃；另一方面，身体的疲惫和心理的压力让我感到无比痛苦。在这种纠结中，时间一分一秒地过去。我最终还是选择了放弃。当我停下脚步的那一刻，一种深深的失落感涌上心头。看着其他跑者继续朝着终点奋力奔跑，我心中充满遗憾，却又如释重负……

我的第一场"半马"以失败告终，但失败并不是终点，而是一个新起点。在未来的日子里，我一定要刻苦训练，挑战自己，相信终有一天，我会成功地完成一场"半马"，为自己赢得那枚完赛奖牌。

路在何方？路在脚下！

陶醉时光

天文大潮到了,友人晓筱约我去沙坡尾漫步。熟悉的街道,熟悉的气息,却带着些许陌生的惆怅。当晓筱抬头望向那个有着阳台的二楼时,往昔的记忆如潮水般涌上心头。

"那是你曾经的'陶醉时光'。"晓筱的话语,轻轻落在我的心间,泛起层层涟漪。是啊,那是六年前我梦想开始的地方,一家承载着我对陶艺无限热爱的小店。那时的我,满怀着对陶艺的热忱,毅然决然地开启了那段充满挑战与希望的"从商之旅"。

每次走进那间小店,我就仿佛踏入了一个充满艺术气息的神秘世界。拉坯时,陶土在手中旋转,如一个灵动的舞者,随着心意变幻出各种形状。那细腻的触感,从指尖传递到心间,让我沉醉其中。塑型的过程更是充满了惊喜与挑战,每一次的雕琢,都是与陶土的对话,是心灵的倾诉与表达。而烧瓷,则像是一场等待奇迹的仪式,看着一件件作品在烈火中涅槃重生,那种感动无法言喻。

然而,现实的残酷却给了我沉重的一击。经营不善的困境如同阴霾,渐渐笼罩了我的小店。最终,人去楼空,曾经的热闹与欢笑不再,只剩下各种杂物和设备,寄放在朋友的展馆之中。没有活动时,它们便长期蒙尘,被时光遗忘。在这个快节奏的时代,似乎已没有太多人喜欢这种"脏活"。孩子们玩泥巴的乐趣,也在大人一声声"别弄脏了衣服"的叮嘱中渐渐消失。陶艺,这项古老而美好的技艺,渐渐在现代生活的喧嚣中迷失了方向。

思绪不由自主地飘回到去景德镇学习的日子。那是一段刻骨铭心的时光,我没日没夜地学习了两个月。每一天都沉浸在陶艺的世界里，忘却了时间的流逝。学习的过程充满了艰辛，长时间的练习让双手疲惫不堪，腰酸背痛更是家常便饭。但每当看到自己的作品一点点成型，那种成就感便油然而生，所有的痛苦都化作了快乐。陶溪川，那个充满艺术氛围的地方，留给我美丽的回忆。那里的每一条街道，每一个摊位，都散发着陶艺的魅力。我在那里结识了许多志同道合的朋友，我们一起交流，一起创作，共同追逐着陶艺的梦想。

如今，再次站在这熟悉的地方，我不禁问自己，若我再重启那些设备，是否能回到过去？回到展馆的仓库内，我尝试着踩下脚踏板，拉坯塑型虽手生了，但依然能一气呵成。然而，我清楚地知道，已经回不到过去了。那份曾经炽热的爱，在岁月的磨砺中渐渐冷却；那份纯粹的心境，也被生活的琐碎所侵蚀。时间，如同一个无情的雕刻师，改变了我们，也改变了我们对待事物的方式。

晓筱问我是否会觉得放弃可惜，我淡然一笑，生命无非就是一场体验，无须可惜。曾经有过热爱和快乐，足矣。人生的道路上，我们会遇到许多的选择和放弃。有些梦想，或许无法一直坚持下去，但它们曾经在我们的生命中绽放过光芒，留下了美好的回忆。这些回忆，如同璀璨的星辰，照亮了我们前行的道路。

回首那段陶艺时光，它不仅仅是一段关于技艺的学习和实践，更是我人生中一段宝贵的成长历程。在那里，我学会了坚持，懂得了热爱的力量，也体验了失败的苦涩。它让我明白，梦想虽然美好，但实现梦想的道路并非一帆风顺。我们需要面对各种挑战和困难，有时甚至不得不做出妥协和放弃。只要我们回首往事时，不会因为错过而遗憾，不会因为放弃而悔恨，而是带着微笑，感恩那些曾经的相遇和经历，就是一份美好。

说不定在未来的某一天，我会再次与陶艺相遇，那时的我，又会有怎样的心境和感悟呢？我不知道。但我相信，我会永远记得在景德镇的陶溪川和朋友们一起探讨陶艺的夜晚,星星点点的灯光照亮了我们的梦想;我会永远记得那些为了陶艺而努力奋斗的日子,虽然辛苦,但却无比充实;我更会永远记住我曾陶醉在沙坡尾的"陶醉时光"里。

诺奖之思

每一年，当诺贝尔文学奖的评选拉开帷幕，文友群里都会掀起一场热烈的文学风暴，大家纷纷投入到对奖项归属的竞猜之中。2024 年，亦不例外。

"村上春树的落选似乎没有悬念，不是实力问题，那是什么呢？"这个疑问如同投入平静湖面的石子，在群里激起了层层涟漪。是啊，村上春树，这位在世界文学舞台上熠熠生辉的作家，有着独特的文字风格、深刻的思想内涵和广泛的读者群体，无疑具备了强大的实力。他的作品如《挪威的森林》《海边的卡夫卡》等，早已跨越国界，走进了无数读者的心中。然而，十数次提名，他却始终与诺贝尔文学奖擦肩而过，这不禁让人困惑：获奖的标准究竟是什么？

我们习惯性地将获奖视为一种成功的标志，仿佛只有登上那诺贝尔的领奖台，才能真正证明一个作家的价值与成就。然而，当我们深入思索，便会发现，成功的定义绝非如此狭隘。实力，显然不是最终得奖的唯一标准。

在我看来，能提名本身就是一种成功。被提名是对作家才华与努力的认可，是他们在文学道路上留下的坚实脚印。就像攀登高峰的旅人，每一步的迈进，无论距离山顶有多远，都值得被铭记和赞赏。那些被提名的作家，他们的作品已然在世界文学的版图上留下了独特的印记，影响着一代又一代的读者。他们用文字描绘出丰富多彩的精神世界，触动着人们内心深处最柔软的角落。这种影响力，又何尝不是一种成功呢？村上春树的文学之旅从未因多次落选而停止。他依然在坚持创作，用他的文字继续打动着读者的心。他的作品中所蕴含的对人性的关怀、对生活的思考，以及那种独特的文学魅力，已经成了他的标志。他在文学世界里的地位，早已无须用一个奖项来证明。

回顾历年的诺贝尔文学奖评选，我们会发现，有许多作家如同村上春树一样，成了"陪跑者"。他们在岁月的长河中，一次次与奖项失之交臂。那么，陪跑多年，究竟是失败，是落寞，还是另有深意呢？"陪跑"绝不是失败的代名词，它更像是一场漫长而艰辛的马拉松，虽然终点的奖杯未能触及，但在奔跑的过程中，作家们收获了成长、历练与坚持。他们在不断创作的过程中，不断探索历史的沧桑、社会的变迁、人性的奥秘，用文字传递着自己对世界的独特理解。这种对文学的执着追求，本身就是一种伟大的精神力量。

那么，那些意料之外的获奖作品，它们靠的又是什么呢？或许，是作品中独特的视角，能够以一种全新的方式解读世界，让评委们眼前一亮；或许，是对时代脉搏的精准把握，深刻反映了当下社会的问题与矛盾，引发了人们的广泛思考；或许，是跨越语言与文化的边界，能够触动不同国家、不同民族读者的心灵，引起人类情感的共鸣。

而且，我们也不能忽视诺贝尔文学奖评选背后的复杂性。文学评价本身就是一个主观的过程，评委们的个人喜好、文化背景、时代思潮等因素都会对评选结果产生影响。而且，文学的价值是多元的，无法用单一的标准来衡量。一部作品在某个时期未被充分认识，但随着时间的推移，其价值可能会在未来的某一天被发掘和认可。获奖固然值得庆贺，但未获奖并不意味着失败。每一位作家都在以自己的方式为文学的发展贡献力量，每一部作品都有其独特的价值和意义。

当我们将目光从诺贝尔文学奖的光环上移开，会发现文学的世界是如此广阔无垠。在每一个角落，都有无数的作家在默默地耕耘，用文字书写自己的梦想与情怀。他们的作品或许没有登上那举世瞩目的领奖台，但已在读者的心中生根发芽，绽放出绚丽的花朵。就像那夜空中的繁星，有的明亮耀眼，有的稍显黯淡，但每一颗都在自己的位置上散发着独特的光芒，照亮着人们的精神世界。文学的价值，不在于获得奖项，而在于它对人类精神世界的滋养和丰富。这便是文学的真谛所在。

希望当我们再次谈论诺贝尔文学奖时，不再仅仅关注谁获奖谁落选，而是更加深入地思考文学背后的力量和意义，认定日复一日的努力和坚持已是成功。

五十五天，信念的奇迹

泰戈尔在《飞鸟集》里写道："根是地上的枝，枝是空中的根。"尼采则说："人和树是一样的，它越是向往高处温暖而光明的阳光，它的根就越要伸向黑暗而潮湿的土地。"这让我想起了竹子，它用数年的时间蛰伏只为了生根，也许这就是"向死而生"。谨以此文记下那段考研的岁月，记下，不仅是纪念，更多的是对往事的告别。

写下这篇文，是想通过文字给同学一点儿思考，一点儿信心和力量。在我心中，信念能创造奇迹。

努力的人生，从来不虚此行。

缘起：一句话，一个人，一种信念

2015年10月23日，一个值得铭记的日子。

手机QQ消息响起，集大班主任孙老师的头像闪动，打开后三个字映入眼帘："考研吗？"接着就发来了集大招生简章和研究生处发布的两条链接。我揉揉眼睛，脑海中一只小鸟带着六个问号飘过。"考研？如何考？考什么？什么时候？有能力吗？在职吗？"

打开链接——2016年全日制硕士研究生入学考试，考试时间为2015年12月26、27日，报名截止日期为10月31日。立马，我笑了，距离考试只剩两个月。"老师，您开玩笑吗？"打完发出后我立马又撤回了。摇摇头，用两个月去做一场豪赌，结局可想而知。更何况是与一群正当年华的天之骄子来一场对决，高下立判。

QQ里孙老师继续说道："只是试试，不行吗？我看好你！"头像不断闪动。"让我考虑考虑吧。"老师的一句话在我心中激起千层浪，涟漪荡漾。决定考不考和成败在我看来是两个毫不相干的东西。于我而言，过程即是结果。

"To try or not to try？"第一时刻我给杨羽发了条微信，询问他的意见。一个多小时的讨论后，我决定考研，因为一个人，选择一座学校。当我QQ回复孙老师时，她开心地说："太好了，你能考我真是太高兴了。你一定能考上的！"我不知老师何以如此笃定地说，她的话是一种鼓励，一种鞭策，但在我心中更多的却是压力。

我的心中一直有种信念——"不负己心，不负他人，不负此生"，我不怕失败，但却怕辜负了老师。小小纠结后，从知道考研到决定考研直至上网报名缴费只用了三个小时。我用孤注一掷的心做一件明知不可为而为之的事，义无反顾，推掉所有应做的正事，如同飞蛾扑火。毕业论文大纲定稿后，我买了书，11月1日，正式开始复习。

此时，离考试只剩五十五天。

缘来：一支笔，一本题，一个论坛

"既然选择了远方，便只顾风雨兼程。"不得不承认，太久没有如此高强度地看书了。学校图书馆内，查完资料的我趴着睡着了，笔滑落。

"同学，你的笔掉了！"睁开惺忪的眼睛，有个男生把笔推到我面前。"谢谢！"偷偷望了眼他手中的书，和我不一样的政治试题，橘红色的封面。

"不好意思，请问，可以看看你的书吗？"他递给我，原来是肖秀荣的政治复习材料。

"谢谢。"

"大家都有买这本，你没有吗？"见我一脸茫然地摇头，他压低声音说："我介绍个软件给你吧。"他拿出手机，跳出一个页面："考研帮"。我微微颔首默默记下，他转身走出去，我目送他的背影，欣然一笑。

下载考研帮后，每日复习疲倦了我就逛逛论坛，翻翻习题，看着同学们备考的喜怒哀乐，感觉自己不再是孤军奋战了。当一位用三年的执着而艰辛去圆一个考研梦的妹妹得知我要参加考试时，她叫嚣道："什么？两个月？姐，你这可不是一般的冲动啊！晚了，真的太晚了！"晚，我知道晚了。可是，人生永远没有太晚的开始，不是吗？人生永远没有比今天更早的了。

我是名在职考生，在职备考最大的弱势就是缺少充裕的时间，也无法心无旁骛。备考的日子单调却也充实，因为是跨考，考的教育学，专业课相对来得难些。每天能复习的时间都是碎片式的，断断续续。因为无法熬夜，只能维持生物钟的早睡早起习惯（五点起，十一点睡），时间少之又少。

备考的五十五天，每天早上看一个半小时书，然后跑步、上班、下班、准备论文、复习、睡觉，周而复始。考前一周，论文答辩，取得了不错的成绩。导师望着啃着面包翻书的我说："你又读了个学位，要论文答辩，还要考研。你怎么能把自己弄得这么累，看着都让人心疼。"瞬间，他的话让我极速转过头，泪水滑落。从没觉得自己有多么累，他的话触碰到了我内心最柔软处。那一刻，我不得不承认，我累了，真的累了。但无论多累，我都没有想过放弃，心底有一个信念支撑着，就这样，我走到了考试的那天。

考前孙老师QQ发来了个"加油"的表情，并说："你一定行的！相信具有浪漫情怀的小姑娘。"谢谢您，孙老师！是您的一句话为我开启了人生一道弥足珍贵的风景。

缘聚：一篇文，一部书，一场战役

第一门考试结束后，楼梯处等待出考场时，我已无法站立，头晕目眩。摸摸头，有些低烧。手机开启，收到了半年前同样用五十五天写的长篇小说《晓色云开》正式入选市里青年作家文库的通知。浅浅一笑，终不负似水流年。下午的英语本是这几科的"强项"，我却遭遇了滑铁卢，心大乱，考完给孙老师打了电话，欲哭无泪。而后发了条短信："老师，倘若我失败了，还请老师原谅。人生有此经历足矣。"是夜，低烧蔓延，头痛欲裂。两天身心俱疲，一场战役暂时落幕。

等待成绩的日子是漫长的，即便不抱任何希望，也总会有焦虑和恐惧。2月16日，看着论坛里一个个学校出了成绩，我如同热锅上的蚂蚁，忐忑不安。为了平息那份焦灼，八点半我就上床睡觉，一点半被妹妹QQ叫醒："出成绩了吗？""不知道！我去查查。"查完后，盯着成绩，我没有狂喜，只是笑了笑，继续睡了。感谢上苍的眷顾，成绩高于去年国家线30分，接下来就是准备复试了。

2月17日一早，孙老师和杨羽知道我的成绩后道贺，他们的喜悦溢于言表。

当天，我在"考研帮"写下了一篇文——《六个关于》，这是考研给我带来的最大财富。

关于学习

复习的时间不在长短，在于复习的方法与复习的效率，在于合理使用碎片式的时间。天道酬勤没有错，没有量变也不会有质变，但懂得思考善于总结才是真正"有智慧"的学习方法。

关于工作

有人说当爱好成为安身立命之本时，爱好已然不再可能成为爱好。也有人说倘若工作不是自己的爱好，那如何能一展抱负，岂不是虚度光阴？事情都存在两面性，一切无非看各自要的是什么。

关于年龄

当所有的事都可能通过努力而转圜时，年龄无疑成了最大的伤悲。但永远没有比现在更年轻的自己，而且重点在于，人只有一辈子，所以任何的纠结与质疑都毫无意义。

关于爱情

最好的爱情不是你侬我侬，不是爱有多深情有多坚，而是在这场感情里，你是否做了更好的自己，他（她）是否为你想了未来，为你真正做了什么。

关于理想

仰望星空，脚踏实地。心若在，梦就在，有梦就去追逐。理想没有努力的浇灌只可能成为梦想，理想没有情怀的注入只可能成为空想。

关于成败

"滚滚长江东逝水，浪花淘尽英雄。是非成败转头空，青山依旧在，几度夕阳红。白发渔樵江渚上，惯看秋月春风。一壶浊酒喜相逢，古今多少事，都付笑谈中。"看成败，人生豪迈，只不过是从头再来！

续缘：一幅画，一生情，一段岁月

经过两天高强度紧张的复试，结果是初试第一，复试也第一。4月1日研招网上发布了拟录取的通知，我仰望天空，只为了不让泪水流下。那夜，写了段日记——

考研终于画上了一个句号，百感交集，想哭，不是喜悦，也不是伤悲，也许是如释重负，也许是尘埃落定。

一路走来，太多人给了我深深的感动，没有他们的支持，这条布满荆棘的路必定走得更为艰辛。他们在，让我觉得温暖；他在，足以慰余生。不去想余生有多长，只想珍惜每个当下。

终于有时间静下心来想想未来。未来是什么？未来充满了变数，未来的路只可能更为艰辛，但我坚信未来一定会更美好。

功不唐捐，做更好的自己，以期遇见更美的明天……不畏将来，不念过往。距离开学还有六个月，只想静下心好好读书，不为世事所牵绊。人对于未知难免有些恐惧，破釜沉舟需要决绝的勇气，只是破釜沉舟之后呢？

镜子中，我微笑地对自己说："run as fast as you can, persist to the end！看成败，人生豪迈，大不了从头再来！"

"长风破浪会有时，直挂云帆济沧海。"

向云端

　　厦门，有一种美叫集美。集美学村里，凤凰花开的十字路口，一树树浪漫，写尽师生们的燃情岁月。

　　人到中年重返校园，灯下读研的时光难忘，三尺讲台的时光亦难忘，但最为难忘的却还是2019年的那个暑假，充满挑战却又硕果累累。

　　那年凤凰花开之时，我收到了梦寐以求的录取通知书——入选国家艺术基金《厦门漆线雕手工技艺传承与创新人才培养》高研班。6月30日，我信心满满地走进母校集大美院，参加了开班仪式。来自全国各地的漆线雕非遗传承人、从业者和美术教师会聚一堂，五十名志同道合的学员因漆线雕而结缘。

　　厦门漆线雕技艺是中国漆艺文化宝库中的瑰宝之一，学习漆线雕技艺不仅是手工技艺的传承，更是工匠精神的传承。两个月的学习时间，我们不仅聆听了非遗研究专家、行业传承人、著名文化学者、艺术评论家、艺术教育家的专题授课，还通过课堂教学、实践环节、交流互动、参观考察等方式，深入学习了漆线雕的工艺流程，增强了非遗传承的使命感。

　　两个月的时间虽短，但足以刻骨铭心。我们五十位学员是同学，更是朋友，从相识、相知到携手共进，再到并肩作战，每人都完成了五件以上的漆线雕作品和一篇漆线雕学术论文。图书馆里，浩如烟海的专业书籍提升了我们的理论水平；报告厅中，深入浅出的专家演讲启发了我们的科研意识；考察路上，采访与调研引领我们从实物以及匠人的陈述中悟到漆线雕的精妙之处；自习室里，我们互相切磋，力求在守正传承的基础上进行媒材、题材和工艺的创新。

在经历了无数个不眠之夜后，我共完成了十余件漆线雕作品。《字间千年》《双龙戏珠》《墨香雅韵》曾在第十二届海峡两岸（厦门）文博会和福建青年传统工艺省外巡展（西安站）中展出，《字间千年》更是屡屡获奖。

2019年12月6日下午，一场高水平的漆线雕艺术展在集美大学举行。我有幸作为学员代表在现场演示了漆线雕的制作技艺，观展者叹服的眼神已是最好的褒奖。单独展厅内，十余件作品无言地记录了短暂的过往，结业证书和优秀学员奖状更是两个月努力与奋斗的佐证。

再回首，我心依旧。集大美院是我梦想开始的地方，集美学村是我开启人生新航向的宝地——向云端，山那边，海里面，心之所向便是生命之光。

虽败犹荣

2020年,我目睹了儿子为中考奋力备战的过程,他的专注与努力深深触动了我。为了不被生活琐事所淹没,我决定挑战自我,临时起意踏上考博的征程。

我本科修的是汉语言文学和艺术设计双学位,研究生主攻美术教育,这次缘于对历史有着浓厚的兴趣,我决定跨考历史学。我在各校的招生简章中徘徊许久,离家太远的无法顾及家庭,学校太好的难度又大,正在纠结之时,儿子一句闽南话"青菜啦(随便)"让我灵机一动,作为闽南人,我有责任弘扬闽南文化,于是在报名截止的前三天,我毅然决然地选择了闽南师范大学的"闽台家族社会与文化"专业。

报考之后,我面临着诸多迷茫与挑战。资料的搜集、导师的选择,每一步都显得尤为艰难。幸运的是,我得到了闽南师范大学艺术学院蓝达文副院长、集大美院陈其端院长和吴德政副教授的鼎力相助。他们不仅为我的理想点赞,还为我提供了宝贵的建议,并帮我牵线搭桥,寻找合适的导师。在他们的帮助下,我有幸结识了邓文金教授。所幸,邓老师没有嫌弃我的高龄与愚笨,反而赠予我许多参考资料并提出宝贵意见,此时距离初试只有一个月。

从报名到选导师,再到应试,整个过程约为百日。复习的压力如同一座大山压在我的肩上,各种干扰亦让我身心俱疲。但为了实现自己的梦想,也为了成为儿子的榜样,我只能逼着自己专注于书本,并制订了严格的复习计划,努力在各种角色中转换,寻得内心的宁静。

跨考，意味着从头再来。那些厚厚的专业书籍，每一页都像是难以跨越的山峰。我需要在短时间内理解并记住大量的历史事件、人物和理论。这对我来说，无疑是一个巨大的挑战。然而，我并没有放弃。我告诉自己，无论结果如何，都要全力以赴，不给自己留下遗憾。

初试的日子终于来临，考试在线上进行。一天考完三个科目，单科时间也被压缩，这对应试者的身心都是极大的考验，尤其是我这种"大龄青年"。坐在电脑前，我紧张得手心出汗，不断告诉自己要冷静，才能发挥出最佳水平。考试的过程紧张而又漫长，每一道题都像是一场战斗，我全力以赴应对。结束的那一刻，我累瘫在床上，睡了一天。

我成功进入了复试。得知这个消息时，导师颇为惊讶，连声赞叹，发布通知的老师亦是感慨我的学习能力之强。然而，当我看到复试名单和复试英语线时，我的心情一下子变得沉重起来。尽管知道结局大多是"天不遂人愿"，但我仍然努力准备复试。那段时间，我回到了学生时代，充满激情与斗志，我重新拿起书本，复习专业知识，练习英语口语，无论结果如何，我都会"倾情出演"。

复试的日子终于到来，依然是线上进行。做完自我介绍后，考官的第一个问题便是："你为什么选择考博？"我回答道："因为年少时我就有一个梦想，希望有一天能像张载所说的那样，'为天地立心，为生民立命，为往圣继绝学，为万世开太平'。虽然这个梦想太过远大，但我仍希望尽我微薄之力在闽台文化方面做出贡献，促进两岸文化交流。"考官点了点头，开始专业考试。幸运的是，抽签回答的问题正好是我刚学习完的一本书的内容。于是，我侃侃而谈，引经据典，尽力回答得清晰、准确，我已全然忘了也许如何表现都无法改变最终的结果。

现实总是残酷的。当结果公布的那一刻，我的心中充满了失落与无奈。我忍不住大哭了一场,仿佛要把所有的委屈和不甘都释放出来,但哭过之后,我又笑了。我对自己说:"虽败犹荣。"因为我知道,我已经尽力了,并且做了更好的自己。

导师长叹一声后安慰我明年再战必然有戏,因他看到了我的潜力和努力,相信我一定能够成功。然而,我婉拒了他的好意,很多时候,我只给自己一次机会,考研如此,考博亦是如此。不知在未来的某一天,我再次想起这段考博之旅时,是为自己的勇敢和坚持感到骄傲,还是后悔当初没有听从导师的建议,再次踏上考博的征程。

回顾这段考博之旅,虽然充满了遗憾,但也收获颇丰。我更加深入地了解了闽台历史,锻炼了思维能力和学习能力;认识了很多优秀的人,他们的努力和坚持激励着我不断前进;学会了勇敢地面对挑战,不畏困难,勇往直前。

人生就像一场漫长的旅程,我们会遇到各种各样的风景和挑战,只要保持着对知识的渴望和对生活的热爱,无论未来的路有多艰难,都能够勇敢地走下去。考博的失败并不是终点,而是一个新的起点。我会用我的经历告诉身边的人,年龄不是问题,困难不是借口,只要有梦想,有勇气,有坚持,终有一天,一定会在自己热爱的领域里绽放出属于自己的光芒。

我的努力,虽败犹荣!谨以此文纪念我永远逝去的四十五岁。

字述一年

　　子在川上曰："逝者如斯夫，不舍昼夜。"眼前，2023年的台历即将翻到尽头，厚的那摞是逝去的过往，薄的这沓是所剩无几的当下。2023，注定是最五味杂陈的一年，在泪水中成长，在汗水中奔跑；长到足以改变一生，短到瞬间天各一方。

　　望着眼前的清茶一盏、诗书一卷，我陷入沉思，又到了一字述一年的时候了。书以静心，茶以养心，观云卷云舒，看潮起潮落，我毫不犹豫地选择了"舒"。这一年里，我在经历了重负下的舒缓和重创后的舒展之后，于自我调节与疗愈中慢慢舒心，日子渐臻舒坦。

　　在喧嚣的都市中，人们总是奔波于繁忙的工作和生活之间，心跳仿佛被快节奏的生活绷紧，我亦如此。身处高考陪读的重负之下，亦步亦趋，既怕扰了孩子的平静，亦恐忘了出发的初心……弦绷紧了不仅音律难听，还面临弦断曲终的危险，故而调适节奏是一种舒缓的艺术。在友人的开导下，我或在安静的角落里品茶插花，或漫步于星空下抬头仰望，放下焦虑，再回首，豁然开朗，继续前行。

　　这一年里我既见到了快意人生的欢喜美好，也经历了惊涛骇浪的困难挑战，舒展的心态使我更加坚韧，更有担当。舒展是一种人生态度的展现，不仅是对外在环境的应对，更是对内心的释放，面对困境时，我学会了随遇而安，坦然接受，积极解决问题。是啊，人生犹如一场马拉松，无论成败，都值得去感受、追求与珍惜。

　　这一年里，感恩亲友们的守望相助。与人交往时，最初让人感觉舒服的可能是言语，但更深层次的则是人品。一个人若内心坦荡，待人真诚，便会给人舒坦的感觉。善待他人，真诚相待，让人与人之间充满着舒适与和谐，则谓舒心。舒心源自对生活的感悟和对他人的善待，它并非奢侈品，而是一种面对尘世喧嚣时呵护内心深处的秘诀。

细细品味"舒"，仿佛置身于一片宁静的湖畔。湖水平静如镜，倒映着周围的山峦和蓝天。这种宁静和舒适，正是舒缓、舒展、舒心、舒坦所带来的心灵盛宴，它如同一些温馨的瞬间让人心生暖意：清晨的第一缕阳光，午后的一份茶点，夜晚的一曲音乐，周末的一场同游……是啊，亲朋好友，三两知己，诗书茶酒，秉烛夜谈，岂不快活？

"舒"字由"舍"和"予"组成，它的形状仿佛是一双开阔的手，柔和而舒展。也许人们相互成就、彼此温暖，懂得舍得和给予才是"舒"字所蕴藏的深层意义吧。只有对"舍"和"予"有了深刻理解，我们才能始终心怀感恩、乐于分享，通过调节生活节奏体验舒缓，展现出舒展的人生态度，在纷繁的世界中保持内心的坦荡，找到一份宁静、淡定与从容。

"舒"不仅是一个简单的字，它开启了一次心灵之旅，所达之境如美妙乐曲，让人陶醉其中。在这个纷繁复杂的世界里，有一种境界叫作"舒"。祈愿2024年，人人都能过上舒服的日子，眼笑眉舒！

做自己的星辰大海

人生的低谷，似一场猝不及防的暴风雨，以其汹涌之势，无情地冲击着我的心灵。此刻，我确实身处低谷之中，但绝非深处低谷。

古语云，"君子不立于危墙之下"，自古锦上添花者如繁星之多，而雪中送炭者却寥寥无几，趋利避害本是人之常情。令我深感庆幸的是，在这艰难的时刻，仍有三五知己的陪伴与开解，他们耐心的倾听、专注的眼神和温暖的鼓励宛如黑暗中闪烁的点点烛光，穿透我心中的阴霾。

但人生的道路终究需要自己去走，他人的陪伴只是短暂的慰藉。真正能够拯救自己的，永远只有自己，学会做自己的星辰大海，在内心深处努力寻找那无尽的力量源泉。

坚强是身处低谷时必须坚守的品质。它并非表面上的故作轻松，也不是强颜欢笑以掩饰内心的脆弱，而是在内心深处，拥有一种如磐石般坚定的信念。坚强是当泪水不由自主地滑落脸颊之后，依然能够倔强地抬起头，以微笑面对人生的风风雨雨；坚强是在无数次狼狈跌倒之后，依然能够凭借着内心的力量勇敢地站起来，掸去身上的尘土，重新踏上前行的道路。古往今来，无数感人至深的故事都在激励着人们：无论遇到多大的困难，只要内心足够坚强，就一定能够创造出属于自己的奇迹。

想真正走出低谷，仅仅依靠坚强还远远不够，更需要让自己变得足够强大。首先，在知识的海洋中，拓宽自己的视野，提升自己的思维能力，让自己在面对困难时有足够的智慧和勇气去应对并学习新的技能，以求在竞争激烈的社会中有更多的立足之地。其次，保持乐观的心态，即便身处困境，依然能够在黑暗中敏锐地捕捉到希望的曙光，坚信风雨过后，那绚丽的彩虹一定会横跨天际。最后，培养坚韧不拔的毅力，无论前方的道路多么崎岖坎坷，都不轻易放弃，在追求梦想的道路上坚定不移地走下去，一步一个脚印，向着远方的目标奋勇前进。

  我相信，只要我变得足够强大，就能像夜空中璀璨的星辰一样，在黑暗中闪耀出属于自己的独特光芒；就能像那广袤无垠的大海一样，包容万物，拥有无尽的力量。从此，我努力做自己的星辰大海，向着梦想的彼岸奋勇前进，用行动诠释生命的深刻意义，展现人生的独特价值。

第六辑　年年岁岁

致肚子里的宝宝

亲爱的宝贝：

当我知道你的存在时，那种喜悦和感动简直无法用言语来形容。从此刻起，我的生命中便多了一份最珍贵的期待。

宝贝，现在的你还只是一个小小的生命，在妈妈的肚子里慢慢成长。我常常会想象你的模样，想象你是像爸爸一样有一双明亮的眼睛，还是像妈妈一样有一头柔软的头发呢？我迫不及待地想见到你，想把你抱在怀里，让你感受我的温暖。

宝贝，虽然你还没有来到这个世界，我却已开始为你的到来做准备了。我为你布置了一个温馨的小房间，里面有柔软的小床、可爱的玩具和漂亮的衣服。我希望你能在这个小房间里感受到家的温暖和爱。

我买了很多胎教的书和幼儿教育的书，努力学习做一个好妈妈，但我想再多的书都不及"爱"本身的力量。放心吧，宝贝，我一定会给你无微不至的关怀和照顾，陪伴你成长的每一个阶段。当你第一次微笑、第一次翻身、第一次走路、第一次叫妈妈的时候，我一定会在你身边做好记录，为你欢呼，为你骄傲。

宝贝，这个世界是如此美丽和多彩，我迫不及待地想带你去看看。我想带你去看蓝天白云、青山绿水，去感受大自然的魅力；我想带你去看繁华的城市、古老的建筑，去领略人类的智慧和创造力；我想带你去认识很多很多的人，感受人与人之间的温暖和关爱。

宝贝，我对你的未来充满了期望。希望你成为一个善良的人，用你的爱心去关心他人，帮助那些需要帮助的人。希望你能拥有一颗勇敢的心，敢于面对生活中的困难和挑战，不轻易放弃。希望你能保持一颗好奇心，对这个世界充满探索的欲望，不断学习和进步。当你有了自己的梦想，一定要为之努力奋斗，实现自己的人生价值。

　　当然了，成长的过程中难免会遇到一些困难和挫折，但不要害怕，妈妈会一直在你身边，支持你、鼓励你、帮助你，我不会让你孤军奋战。我相信你一定会是一个勇敢、坚强的孩子，你一定能够克服一切困难。

　　最后，宝贝，我想对你说，我爱你。这份爱没有条件，没有期限。无论你将来成为什么样的人，无论你走到哪里，妈妈都会永远爱你。期待着你的到来，我的小宝贝。

永远爱你的妈妈
2004年2月15日

光照进现实

亲爱的宝贝：

满月快乐！

当我提起笔写下这封信的时候，你正安静地睡在小床上，小小的脸蛋红扑扑的，那么可爱，却也那么让人心疼。你可能还不知道，从得知你的存在的那一刻起，我们的生活就发生了翻天覆地的变化。

还记得你在妈妈肚子里的时候，我们满心期待着你的到来。妈妈经历了漫长的待产时光，那些日子里，我既紧张又兴奋，每一次胎动，都像是你在和我们打招呼，让我们感受到你的活力。

终于，在2004年11月15日这个特别的日子里，早上8点27分，你来到了这个世界。当我被推进产房的那一刻，心紧紧地揪着，爸爸在产房外焦急地等待着，想必每一分每一秒对他而言都那么漫长。经过一个多小时，我终于听到了你的第一声啼哭，那是世界上最美妙的声音，我的眼泪忍不住夺眶而出，心中充满了喜悦和感动。你是上天赐予我们的礼物，是我们生命中最珍贵的宝贝。从你出生的那一刻起，我们的生命就有了新的意义。我们会用全部的爱来呵护你，陪伴你成长。

医生抱着你在我面前晃了晃，告诉我是个男孩，便将你带去洗澡和检查了。等待你回病房的时间似乎很长很长，我迫不及待地想要见到你，不顾护士的反对，下床到门口探头探脑……当我看到你的那一刻，心都化了。你小小的脸蛋，紧闭的双眼，小手小脚还在不停地动着，那么娇小，那么可爱。我轻轻地抱起你，感受着彼此的温度，心靠着心。

然而，上天和我开了个玩笑，三天后，你被确诊为 ABO 溶血性黄疸。住院的二十几天里，你每天不是躺在蓝光下，就是去做高压氧，点滴丙种球蛋白……妈妈一阵阵揪心地痛，恨不得所有的病都加在自己身上，希望能代替你承受一切痛苦。我经常哭，医生护士都劝我要坚强，那样你才有奶水喝。于是，我振作精神，每天祈祷，吃着阿嬷煮的月子餐，奶水多了，看着你满足的模样，我也笑了。

那段日子很艰难，但谁都未放弃希望。我们相信你是一个坚强的孩子，一定能够战胜病魔。终于，在医生和护士的精心照顾下，你慢慢地恢复了健康。当我们接到医院的通知，说你可以出院的时候，我们如释重负。

出院的第二天，也就是今天，你满月了，阳光格外灿烂，一定是上天在为我们庆祝。你小小的脸蛋上洋溢着笑容，眨着眼睛似乎是告诉我们，你准备开始新的生活了，那一刻，光照进了现实。人生就像是个"打怪升级"的过程，你如今已经成功"升级"了，只要有坚定的信念和勇气，就一定能够克服困难，在人生的道路上绽放出属于自己的光彩。

宝贝，我们爱你！愿你一生平安健康喜乐，生活里充满阳光和温暖。

永远爱你的妈妈
2004年12月15日

你周岁啦

亲爱的宝贝：

　　时光飞逝，转眼间你已经来到这个世界一周年了。看着你那可爱的笑脸、肉嘟嘟的小手小脚，妈妈心中满是欢喜与感动。

　　这一年里，你从一个柔弱的小婴儿成长为一个能爬、能站、能咿咿呀呀表达自己的"小可爱"。你的每一个进步都让妈妈惊喜不已，第一次微笑、第一次翻身、第一次坐起、第一次爬行……每一个瞬间都如同璀璨的星辰，镶嵌在妈妈记忆的天幕上。

　　你绽放出第一个笑容时，如同春日的暖阳，瞬间驱散了所有的阴霾。那纯真无邪的笑靥，在你花朵般的小脸上绽放，我们的心都快融化了。

　　你刚刚学会爬的时候，像一只小蜗牛，慢悠悠地在地上挪动着。你一会儿爬到这边摸摸玩具，一会儿爬到那边看看花朵，小脸上写满好奇和兴奋。爬着爬着，你站了起来，刚开始还站不稳，但是你毫不畏惧，一次次地尝试着，最后摇摇晃晃地站在我面前，小脸上露出了自豪的笑容。

　　当你开始咿咿呀呀地表达自己的时候，妈妈激动不已。你用那稚嫩的声音和可爱的表情，向我们传达着你的喜怒哀乐。虽然我们还不能完全理解你的意思，但是我们能感受到你的情感。而当你第一次含混不清地叫出"妈妈""爸爸"时，我们更是激动得几近落泪。那稚嫩的声音，胜过天籁，在我们耳边久久回荡。简简单单的两个字，承载着无尽的温暖与幸福。

　　宝贝，谢谢这一年来你的陪伴，谢谢你为我们带来了欢声笑语。周岁是一个新的起点，未来的路还很长，妈妈会一直陪伴在你身边,见证你的成长。愿你健康快乐地长大,成为一个有担当、有爱心、有梦想的人。生日快乐哈!

永远爱你的妈妈

2005年11月15日

两岁的你

亲爱的宝贝：

  时光悄然流转，你已经两岁了，我的小宝贝，生日快乐！看着你活泼可爱的模样，妈妈的心中满是欣慰与自豪。

  这两年里，你给我们的生活带来了无尽的欢乐和惊喜。你那灿烂的笑容照亮了我的整个世界，你那清脆的笑声银铃般悦耳动听。你学会了走路，学会了说话，虽然还不能说出一句完整的话，但是神奇的是，你什么都能听懂。妈妈说的每一个指令，你都能准确地理解并做出回应，这让妈妈惊叹于你的聪慧。小小的你甚至连英语单词的意思都能知道，阿嬷总喜欢和你用英语说话，听着你咯吱咯吱笑后做出可爱的反应，我们真开心。都说英语考试有"长难句"，期待你哪天突然冒出那么一个句子来，相信我们一定会惊呆的。

  你特别喜欢翻看布书，那认真的模样就像一个小小学者在探索知识的海洋。你也会坐在玩具堆里发呆，不知道小小的脑袋里在想着什么奇妙的事情，或许是在构建自己的童话世界吧。

  海湾公园里，第一次你想爬上山坡时，却遇到了点儿困难，手脚并用努力往上爬，虽然最后还是坐了下来，你生着小小的闷气，但当妈妈牵着你走到坡顶时，你笑了，睁大了眼睛。未来的日子里，妈妈希望你能勇敢面对挑战，不要害怕失败，因为每一次失败都是成长的机会。只要你坚持不懈，就一定能实现自己的梦想。

  没过多久，就在中秋的那天，你独自爬上了坡顶，我为你放了风筝，爸爸在前面跑，你在后面笑。有大哥哥想玩你的风等，你点头同意了，妈妈为你的慷慨点赞。你是个暖心的小男子汉——当你看到小伙伴伤心时，你给了他一个拥抱；当你有好吃的东西时，也愿意拿出来和大家一起分享。你太棒了！记住：善良的心灵是最美丽的宝藏，它会让你收获更多的爱和友谊。

宝贝，你现在对周围的一切都充满了好奇，什么都想去尝试。妈妈很高兴看到你这么勇敢和积极。但在探索的过程中，也要注意安全哦。这个世界有很多美好的事物，但也有一些潜在的危险。妈妈会一直守护着你，同时也希望你能慢慢学会保护自己。

宝贝，两岁的你，就像一颗茁壮成长的小树苗。妈妈为你提供充足的阳光和雨露，陪伴你一起长大。愿你永远健康快乐，充满活力，勇敢地去追寻属于自己的精彩人生。

永远爱你的妈妈
2006年11月15日

神奇的三岁

亲爱的宝贝：

时光如白驹过隙，你已然三岁了。看着你一天天长大，妈妈心中满是感慨与欢喜。

三岁的你，能说完整的句子了，你用自己的语言表达着对这个世界的好奇和感受，小小的脑袋里藏着无尽的宝藏。

如今的你，开始坐在电视前探索自己的世界，这让妈妈既惊喜又好奇。神奇的是，你对动画片似乎并不感兴趣，《喜羊羊与灰太狼》没能收获你的笑声，《叮当猫》也只是被你轻轻瞟一眼。可你唯独对余世维的金融节目情有独钟，你目不转睛地看着，妈妈真的很好奇你究竟看懂了什么。

或许你的内心有着对成人世界的一种天然的好奇。你可能被余世维节目中那些生动的讲述、丰富的表情所吸引，又或者你在无意识中感受到了其中的一种别样的节奏和氛围。这也让妈妈开始思考，你的兴趣是不是预示着你未来有着独特的思维方式和认知角度呢？也许你会比同龄人更早地去探索一些深刻的问题，展现出更成熟的思考能力。

妈妈记录下了三个有趣的片段——

有一次，你在公园里看到一群小蚂蚁在地上忙碌地爬着，立刻蹲下来，眼睛一眨不眨地盯着看。过了一会儿，突然抬起头一本正经地对我说："妈妈，小蚂蚁们在搬家，它们是要去哪里旅游呀？是不是因为这里食物不够多呢？"

还有一回，你看到我在厨房做饭，就跑过来，踮起脚看着锅里的菜，好奇地问："妈妈，这些菜是怎么变熟的呀？是不是它们在锅里做游戏，玩着玩着就熟了呢？"这句话把我逗得哈哈大笑。

　　你对色彩也有着独特的认知，总喜欢拿着彩色画笔，在纸上尽情涂鸦。你曾指着纸上一团五颜六色的线条说："妈妈，这是我的超级大怪兽，它很厉害的哦！它能帮助人类做很多很多的事情。"

　　都说"三岁看大，七岁看老"，妈妈在你身上看到了许多美好的品质。你的专注让妈妈相信，未来的你无论做什么事情，都能全身心地投入其中。你的独特喜好也让妈妈明白，你是一个有自己的想法和主见的孩子。宝贝，在这个充满未知的世界里，妈妈希望你能一直保持这份好奇心和探索精神，勇敢地去尝试新事物，去发现生活中的美好。无论未来的道路上会遇到什么困难和挑战，妈妈都相信你有足够的勇气和智慧去面对。

　　宝贝，三岁是一个新的起点，愿你在未来的日子里，健康快乐，充满活力，勇敢地去追寻自己的梦想。小小男子汉，生日快乐哟！

永远爱你的妈妈
2007年11月15日

爱思考的四岁

亲爱的宝贝：

　　我的小男子汉，时间过得可真快呀，你四岁了。已经长成了一个有自己想法、充满活力的小男孩。

　　记得有一次，我们一起去公园玩。你看到一只蝴蝶在花丛中飞舞，兴奋得不得了。你追着蝴蝶跑，小脸蛋红扑扑的，眼睛里闪烁着光芒。那一刻，我看到了你的纯真和对世界的热爱。你跑累了，就坐在草地上，看着天空中的云朵，跟我说："妈妈，云像棉花糖。"

　　宝贝，你越来越勇敢了。之前，你在游乐场里看到一个很高的滑梯，大部分小朋友都敢玩，你盯着滑梯，缩手缩脚有点儿害怕的样子，你回头看了看我们，爸爸希望你能自己爬上去，我只希望你能放松地上去，终有一天你会克服恐惧的。这不，今天你四岁了，我带着你来，你毫不犹豫地爬了上去。当你从滑梯上滑下来的时候，脸上洋溢着自豪的笑容。我知道，你在挑战自己，你在成长。

　　你也很善良，有一次我们在路上看到一只受伤的小鸟，你心疼地说："妈妈，小鸟受伤了，我们帮帮它吧。"于是我们一起把小鸟带回家，给它包扎伤口，喂它吃东西。在你的照顾下，小鸟很快就好了起来。当我们把小鸟放回大自然的时候，你开心地笑了。

　　宝贝，四岁的你，对世界充满了好奇。你总是问我各种各样的问题："为什么天是蓝色的？""为什么花会开？""为什么小鸟会飞？"我很开心你能有这么多的问题，这说明你在思考、在探索。

我会尽我所能地回答你的问题，和你一起去寻找答案。

你第一天上幼儿园时，背着小书包，既兴奋又有些紧张。看着幼儿园里五颜六色的游乐设施和一群陌生的小朋友，你的眼睛睁得大大的。我蹲下身子跟你说再见时，你犹豫了一下，然后勇敢地点点头，转身跟着老师走了。放学去接你的时候，你像只欢快的小鸟一样飞奔出来，扑进我的怀里，兴奋地说："妈妈，幼儿园有好多好玩的玩具，还有很多小朋友一起玩。"

可是没过几天，你就开始有点儿抵触去幼儿园了，大概是自理能力的问题。早上起床后，你总紧紧地抱着我，说不想去幼儿园，我安慰你幼儿园里有很多有趣的事情在等着你。后来，你慢慢适应了幼儿园生活，也学会了很多东西。你会唱一些简单的儿歌，还会表演舞蹈，最喜欢和小朋友们一起做游戏。

尽管如此，你并不是很快乐，原因我知道，但我却不愿意跟你说。你还小，无须太早知道"人间险恶"。看着你的成长，妈妈也常常陷入思考。我在想，我该如何更好地引导你，让你在这个复杂的世界中保持那份纯真和善良。我希望你能勇敢地面对困难，但又不希望你受到太多的挫折。我希望你能有自己的梦想，并为之努力奋斗，但又担心你会太累。妈妈知道，成长的道路不会一帆风顺，你会遇到各种各样的人和事，有快乐也有痛苦。但妈妈相信，你有足够的勇气和智慧去面对这一切。

我的宝贝，妈妈希望你能一直保持这份纯真、勇敢和善良。在未来的日子里，无论遇到什么困难和挑战，都要勇敢地面对。小可爱，你是最棒的，生日快乐！

永远爱你的妈妈
2008年11月15日

五岁的小"欧姆"

亲爱的宝贝：

我的小宝贝，很高兴，今天迎来了你的五岁生日。

如今的你，已经很好地融入幼儿园生活了。每次送你到幼儿园，看着你小小的身影走进那扇门，妈妈既开心又有些不舍。而当我在围栏外看着你和小伙伴们一起玩耍、学习时，我的心中总会涌起一股暖流，眼眶也不禁湿润起来。你那小小的身躯里，仿佛藏着大大的能量，总是能给妈妈带来无尽的惊喜。

宝贝，虽然你的运动能力比起同龄人有些欠缺，但这并不影响你的优秀。人生是一场马拉松，暂时的落后无足轻重。只要保持积极乐观的心态，一步一个脚印地向前走，就一定能够到达我们想要去的地方。放宽心，快乐向前，你的与众不同终有一天会成为你的骄傲。

上帝为你关上了一扇运动之窗，却也开启了你的智慧之窗。你对电路的研究简直让妈妈惊叹不已。不知从何时起，你迷上了那些小小的电线、电池和灯泡。你会花上很长时间，专注地摆弄着它们，试图让灯泡亮起来。你嘴里还念念有词，说着电流、电阻、串联、并联这些妈妈都不太懂的专业术语。你在电路的世界里找到了属于自己的乐趣和挑战，看着你那认真的模样，妈妈仿佛看到了未来的科学家。妈妈相信，未来的日子里，你一定会有更多的惊喜带给我们。

还记得你人生的第一趟远游吗？那可是一次奇妙之旅，那是你第一次坐飞机，第一次住酒店，第一次拥有自己的身份证……开启了无数个"第一次"。

我们一起去了都江堰——那个承载千年智慧的水利工程。当我们站在宏伟的堤坝上,看着滔滔江水奔腾而下,而后被巧妙分流引导,你眼中满是惊叹。你好奇地问着各种问题:都江堰的作用是什么?为什么江水向东流?古人是如何勘察绘制地图的?

　　大熊猫是你心心念念的宝贝,肯定要带你去打卡。一进卧龙熊猫基地,你看到那些圆滚滚、憨态可掬的大熊猫,眼睛都亮了。它们有的悠闲地吃着竹子,有的懒洋洋地躺在草地上晒太阳。当你看到熊猫宝宝在妈妈的怀里撒娇时,便顺势也钻进了妈妈的怀里。你和熊猫合了影,还买了熊猫玩偶,开心极了。

　　谢谢你,那么热的天陪妈妈去了杜甫草堂,那是妈妈喜欢的地方。我们漫步在古朴的庭院中,感受着诗人曾经的生活氛围,你听着妈妈讲述杜甫的故事,看着那些古老的建筑和诗词碑刻,仿佛也沉浸其中。你突然冒出了一句杜甫的诗——"两个黄鹂鸣翠柳,一行白鹭上青天。"仰头处,鸟儿在树枝间鸣叫。

　　在你的要求下,我们去了武侯祠。朱红色的大门庄重而威严,你好奇的眼睛四处张望,漫步其间,你竟然磕磕绊绊地跟我讲述三国时期的英雄故事:诸葛亮的智慧、刘备的仁德、关羽的忠义……你最喜欢那些古老的书籍、兵器和器皿,说那属于"英雄的时代"。天啊,你知道的远比我"以为"的多。

　　宝贝,生日快乐!这些美好的回忆将永远留在我们的心中。希望你在未来的日子里,继续保持这份对世界的好奇和热爱,勇敢地去探索更多的美好。愿你永远保持那份纯真和善良,勇敢地面对生活中的一切挑战。无论何时何地,妈妈都会一直在你身边,支持你、鼓励你。

永远爱你的妈妈
2009年11月15日

六岁"小冠军"

亲爱的宝贝:

　　时光荏苒,白驹过隙,转眼间你已六岁,又长大了一岁。每每回想起这一年来你的点点滴滴,妈妈的心中便溢满了感慨与温暖。这一年,你如同一颗璀璨的星星,在生活的天空中绽放出独特的光芒。你的每一个笑容、每一次成长、每一个进步,都如同温暖的阳光,洒落在妈妈的心田,让妈妈感受到无尽的幸福与满足。看着你从一个稚嫩的孩童逐渐成长为一个懂事的"小大人",妈妈既欣慰又感动。

　　这一年,你沉浸在螺丝世界里。小小的螺丝在你的手中有着无尽的魅力。你会花上很长时间,专注地摆弄它们,试图探索出各种奇妙的组合。看着你那认真的模样,阿嬷开始担心起你的视力来。大家经过一番商量后,决定给你报一个兴趣班,让你能把注意力从螺丝上移开一些,我们最后为你选择了中国象棋。

　　还记得你初上象棋课的时候,眼神里虽带着一丝好奇,却又有些漫不经心。课堂上,其他小朋友都聚精会神地听着老师讲解,而你却时不时地走神,似乎思绪还停留在螺丝的世界里。老师看到你的状态,不禁微微皱起了眉头,并不看好你。我讨厌他的眼神,害怕会影响你的兴趣,事实证明,你毫不在意别人的目光,只是在自己的世界里做好自己,以你的节奏和你的喜好。

　　没过多久,你就给了我们一个大大的惊喜。在一次课堂的提问中,面对残局破解,其他小朋友都陷入了沉思,无人答对。你看着棋盘,随口说了句——"车二平五,将军。"话音一落,老师露出惊讶的表情。接下来的四个题目中,你答对了三题,妈妈都给你记录了下来："炮四平五，将军；马二退三，将军；兵七平六，将军。"从此以后，老师对你刮目相看，那时你才学了三个月。原来你表面上看起来"心不在焉"，但小脑袋从没停止过思考。

又过了两个月，你迎来了人生中的第一场比赛——厦门市少儿棋类比赛。带你到青少年宫时，我既紧张又兴奋，才学五个月就参赛，权当练习好了。其实，年幼的你并不在乎太多，只知道棋需要一局一局下，下满九局。看着你走进赛场的背影，妈妈心中默默地为你加油，你回头看我时，脸上洋溢着自信的笑容，享受过程足矣。

在你比赛的过程中，妈妈一直在场外焦急地等待着。一张张场次排名表出来了，妈妈发现你的排名在上升，心情就更紧张了，谁不希望自家的宝贝站在最高领奖台上呢？但妈妈看着你渐渐疲惫的样子又有些心疼。有的小朋友中途哭着弃赛了，那一刻，我只有一个心愿：你能打完比赛就很好，名次已经不重要了。最后一局，你很晚才出来，已经没有朝我狂奔而来的力气，只是慢吞吞走来，比了个"耶"的手势，我迫不及待地跑向你，抱着你。

终场的排名表出来了，你居然得到了幼儿组第一名。我不敢相信自己的眼睛，把你抱起来看名单时，你终于笑了。上台领奖的瞬间，妈妈心中满是骄傲和自豪。你举着手中金光闪闪的奖杯只是静静地站着，妈妈知道，九局比赛是体力和脑力的考验，也是你努力的结果，用汗水和智慧换来的荣誉。宝贝，谢谢你用自己的方式给我们带来惊喜，你的平安、健康、喜乐是妈妈最大的愿望。

今年，我们又去旅游了，去了大家说的"不去会后悔，去了更后悔"的上海世博会，但我们都没有后悔。因为这可是一次具有重要历史意义和深远影响的国际盛会，它首次在发展中国家举行,也是在中国举办的首届综合性世界博览会。我们走进各个展馆,开启了一场奇妙的环球之旅:日本馆像紫色蚕茧,展示高科技和环保理念;英国馆如毛茸茸的蒲公英,寓意着创新精神和对未来的探索,你大大的眼睛里充满了对不同文化的好奇。排队到北京馆时,已是晚上十二点,你迷离的眼神还是被古色古香又充满现代气息的布置深深吸引,你睁大眼睛,仔细地看着每一个展示品,听着解说员讲述北京的历史与发展。中国馆以"东方之冠,鼎盛中华,天下粮仓,富庶百姓"为设计理念,外观雄浑大气,彰显了中国文化的独特魅力。

　　旅程中,我们去了野生动物园。在那里,你看到了各种各样的动物,它们或威风凛凛,或憨态可掬。你兴奋地指着那些动物,不停地问着问题,只可惜有很多妈妈不会的问题,所以,妈妈也是需要不断学习呀。当我们站在高耸入云的东方明珠观景台上,俯瞰着整个上海的美景时,你不禁发出了惊叹。看黄浦江畔,一边是充满历史韵味的万国建筑博览群,风格各异的欧式建筑诉说着曾经的辉煌与沧桑;另一边是高耸入云的现代化摩天大楼,如东方明珠广播电视塔、上海中心大厦等。夜晚的外滩,华灯初上,璀璨的灯光将整个江面映照得如梦如幻,令人陶醉。

　　宝贝,这些经历都是你成长路上的宝贵财富。希望你能一直保持这份对世界的好奇和探索精神,不断地去开阔自己的视野,去发现更多的美好。

　　宝贝,妈妈爱你。愿你不只生日快乐,而且天天快乐,在成长的道路上,一路阳光,一路欢笑。

爱你的妈妈
2010年11月15日

你就是"钢琴王子"

亲爱的宝贝：

　　我的小男子汉，今天你已经七岁了。看着你一天天长大，学会新的本领，我们心中充满了骄傲和喜悦。

　　这是你学琴的第二年，你越来越喜欢弹钢琴，而且还给了我们很多惊喜。老师说，你有着令人惊叹的音乐天赋，竟然可以听出同时按下的三个音或五个音，听到乐曲便能马上用右手弹出来。你最喜欢的乐曲居然是《鼓浪屿之波》……

　　大班下学期的时候，你演了第一个舞台剧，分饰狐狸和小鸡。你在舞台上那么自信，那么投入，把角色演绎得活灵活现。看着你一脸专注且享受的表情，妈妈心想，若你喜欢表演，就勇敢地去追求吧。说不定有一天，你会成为一名出色的演员，给大家带来更多的欢乐和感动呢。

　　另外，你还学会了轮滑。刚开始的时候，你总是摇摇晃晃，站都站不稳，但是你没有放弃。你勇敢地一次次尝试，摔倒了就爬起来，继续前进。慢慢地，你掌握了平衡，能够自如地滑行了，其实只要有勇气和毅力，没有什么是克服不了的。看着你在广场上飞驰的身影，妈妈为你感到骄傲，眼眶莫名有些湿润。

　　最重要的是，就在两个月前，你成了一名小学生，在学习上，你也要努力哦。虽然现在你还小，但学习是一个不断积累的过程。学棋如此，学钢琴也是如此，要认真练习，不怕吃苦，好习惯让人受益终身。

　　慢慢地，你和同学成了好朋友，你有了小学阶段第一个好朋友——张一韬。周末，你们一起去中山公园画沙画，你们坐在小板凳上，挑选自己喜欢的颜色，用小手轻轻地将沙子撒在画纸上，创造出一个个美丽的图案。你们互相交流着自己的想法，分享着创作的快乐。看着你们专注的神情，妈妈心里充满了感动，那是多么美好的画面啊！那一刻，妈妈觉得你们是世界上最可爱的孩子。在成长的道路上，朋友是非常珍贵的财富，要珍惜和朋友之间的友谊，学会关心他人，互相帮助，共同成长。你还和同学们一起去参观了印刷博物馆，认识了活字印刷。那古老的印刷技术让你感受到了古人的智慧和创造力。

这一年里，我们去过很多地方，但你偏爱海底世界。那真是一次奇妙的冒险！当我们走进海底世界的大门，仿佛进入了一个梦幻般的蓝色世界。各种各样的鱼儿在我们身边游来游去，它们的颜色五彩斑斓，形状也千奇百怪。你兴奋地拉着我的手，眼睛里闪烁着好奇的光芒。我们看到了巨大的鲨鱼，它们威风凛凛地游过，让你既害怕又兴奋。还有可爱的海豚，它们在水中跳跃、嬉戏，表演着精彩的节目，赢得了大家的阵阵掌声。你说你长大后也想成为一名海洋生物学家，去探索更多神秘的海底世界。宝贝，有梦想是件非常棒的事情，勇敢追求，努力学习，就一定能实现。

宝贝，这些有趣的事情将成为我们美好的回忆。妈妈希望你能一直保持这份好奇心和勇气，去探索这个世界，去结交更多的朋友，去学习更多的本领。记住，你是独一无二的，你有无限的潜力，只要你努力，就一定能成为更好的自己。生日快乐，永远快乐！

　　　　　　　　　　　　　　　　　　　　　永远爱你的妈妈
　　　　　　　　　　　　　　　　　　　　　2011年11月15日

光荣的少先队员

亲爱的宝贝：

嘿，我的小帅哥，今天你八岁啦！时间就像一阵调皮的风，呼呼一吹，就把你从那个小不点儿变成了现在这个超棒的小男子汉。妈妈每次一想到这儿呀，心里就像装满了甜甜的糖果，满是甜蜜和欣慰呢。

今年你成了一名光荣的少先队员，当你戴上鲜艳红领巾的那一刻，妈妈看到了你眼中的自豪与坚定。你站得笔直，小小的胸膛挺得高高的，那模样就像一个小战士。从那刻起，你身上多了一份责任和担当。每次看到你小心翼翼地把红领巾叠好，放进书包里，妈妈就知道你很珍惜这份荣誉。老师说，你在学校里，认真打扫教室卫生，热情帮助同学解决问题，还积极参加各种活动，努力为班级争光，用自己的行动诠释着少先队员的精神。

你的钢琴也越弹越棒了！每次听到你弹奏出那优美的旋律，妈妈都为你感到无比骄傲。还记得刚开始学琴的时候，你小小的手指在琴键上显得有些笨拙，你会因为弹不好一个音符而着急得掉眼泪。但是你没有放弃，你每天都会认真地练习，一个音符一个音符地琢磨。渐渐地，你的手指变得越来越灵活，弹奏的曲子也越来越流畅。现在的你，坐在钢琴前，自信满满，仿佛整个世界都在你的音乐里。

还有，你尝试了真冰轮滑，那勇敢的模样深深地印在了妈妈的脑海里。刚开始你有些紧张，紧紧地抓着扶手，不敢向前滑，还用了助滑器。但是你很快就克服了恐惧，勇敢地迈出了第一步。你小心翼翼地滑动着，眼睛里充满了专注和认真。慢慢地，你掌握了技巧，在冰面上自由地滑行。几次后，你便能像一只快乐的小鸟,在冰面上翩翩起舞,你的勇气和适应能力让妈妈惊叹不已。妈妈不敢的东西太多了,比如轮滑,比如游泳,唉,我真是个胆小的妈妈啊!

这一年,你继续学习中国象棋和围棋,但还是更爱围棋一些。暑假,你背上行囊,奔赴福州去参加省棋类锦标赛,参赛的项目便是围棋。为了这场锦标赛,你不知疲倦地钻研棋谱,在一次次的对弈中磨砺自己。你满怀信心地踏上征程,眼神中闪烁着坚定的光芒。虽然在高手如云的省赛中不慎落败,但只要我们优于昨天的自己就已经很棒了。加油,我的勇敢少年!期待你下次带着荣耀与成长的故事顺利凯旋。

紧张的比赛之余,我们参观了福州著名的三坊七巷。那古老的街巷,青石板路,白墙黛瓦,仿佛在诉说着历史的沧桑与辉煌。漫步其中,我们感受着浓厚的文化氛围,领略这座城市独特的魅力。那些古老的建筑、传统的手工艺品,以及充满故事的名人故居,都让人沉醉其中。

我们还一起去了东山的海边捉螃蟹。那片广阔的大海和那些可爱的小螃蟹给我们带来了无尽的欢乐。你在沙滩上奔跑、嬉戏,寻找螃蟹的踪迹。你弯着腰,仔细地观察着每一个小沙洞,一旦发现有螃蟹的动静,就会兴奋地叫起来。有时候螃蟹跑得太快,你会毫不犹豫地追上去,哪怕摔倒了也不在乎。看着你那灿烂的笑容,妈妈觉得一切都是那么美好。

宝贝,生日快乐!在你一路成长的旅程中,会有好多美美的回忆,就像藏在口袋里的糖果,随时能给你带来甜蜜。不过呢,也可能会碰到一些小困难和小挫折,就像路上的小石子。但不管遇到什么,妈妈都特别期望你能始终拥有乐观积极的好心态,大胆地向前迈进。妈妈会一直守在你身边,为你摇旗呐喊、加油助威。

永远爱你的妈妈

2012年11月15日

半个"成人"

亲爱的宝贝：

　　时光飞逝，我的宝贝，你已然九岁了，是半个"成人"了。这一年，你经历了许多奇妙的旅程，让妈妈感慨万千。

　　你去了很多地方，每一处都留下了你小小的足迹。在那些不同的地方，你见到了各种各样的人，他们有着不同的肤色、语言和故事。你看到了各种令人惊叹的风景，高山巍峨，大海壮阔，草原无垠。你真正地践行了"读万卷书，行万里路"这句话。每一次的出行，都像是为你的心灵打开了一扇新的窗户，让你看到了这个世界的多元与精彩。

　　在学习上，你一直都那么优秀，勤奋努力的你总是让妈妈感到无比自豪。而且，你还写下了人生中的第一首诗《奇妙的梦》：

夜晚星星在闪烁，
我进入奇妙的梦国。
月亮弯弯像小船，
载着我在天空穿梭。
我遇见可爱的精灵，
它们舞动着彩色翅膀。
一起唱歌一起笑，
快乐在身边轻轻荡。
梦的花园真漂亮，
花朵绽放五彩光芒。
蜜蜂嗡嗡来采蜜，

>蝴蝶翩翩舞霓裳。
>我在梦里自由奔跑，
>探索神秘的地方。
>醒来笑容还在脸上，
>期待下一个梦的远航。

当你向需要帮助的人捐出自己的压岁钱的那一刻，妈妈看到了你内心的温暖和善良。真善美确实是一个人应该坚守的底线，而你，用实际行动诠释着这些美好的品质。妈妈希望你能一直保持这份善良，让它成为照亮你人生道路的明灯。

这一年，你在老师的带领下去北京参加了全国的数学竞赛，妈妈为了带你出游也陪同了。赛后，当我们漫步在故宫，古老的宫殿气势恢宏，红墙黄瓦诉说着历史的沧桑。你睁大眼睛，好奇地打量着每一处建筑，说能听见过去的故事在耳边回响。颐和园的湖光山色美不胜收，我们一起乘船荡漾在碧波之上，感受着那份宁静与优雅。北海公园的白塔在阳光下熠熠生辉，你欢快地奔跑在湖边的小路上，笑声回荡在空气中。站在长城上，你被那雄伟的气势所震撼，看着连绵起伏的山峦和蜿蜒的长城，你指着那块石碑问道："妈妈，'不到长城非好汉'，那我们现在都是好汉了吗？"旁边的游客听了哈哈大笑，替妈妈回答："当然了，我们都是好汉。小伙子，以后保家卫国就靠你们了！"你点点头，竟然吟出了一句诗："望长城内外，惟余莽莽；大河上下，顿失滔滔。"最让你激动的还是观看升旗仪式，当鲜艳的五星红旗在晨曦中缓缓升起，你庄严地行少先队礼，那一刻，爱国之情在你心中深深扎根。礼毕后，你一手挥舞着小五星红旗，一手敬队礼，红领巾在胸前飘扬……

后来，我们去了清华园和北大，你静静地走着，眼神中流露出对知识的渴望和对未来的憧憬。那一刻，妈妈知道，一颗梦想的种子在你心中悄悄种下，也许在未来的某一天，它会生根发芽，引领你走向更广阔的天地。

　　这次北京之旅，将成为我们共同的美好回忆，陪伴着你不断成长。然而，宝贝，也就是这一年你中断了学棋。妈妈知道，随着难度的增大，你感到了压力；没有了新鲜感，也让你失去了继续下去的动力。妈妈心里确实觉得有些可惜，毕竟你曾经在棋艺上也付出了不少努力，也取得过一些成绩。但妈妈并不想逼迫你去做不喜欢的事情，因为妈妈希望你能快乐地成长。也许，这没有绝对的对与错，人生本就是一场充满各种体验的旅程。每一个选择都会带来不同的结果，而这些结果也共同构成了丰富多彩的人生。

　　宝贝，未来的路还很长，愿你的眼里永远有江河千古，心中永远充满爱和希望。

永远爱你的妈妈
2013年11月15日

世界之窗

亲爱的宝贝：

时光飞逝，我的宝贝，你已经十岁了，生日快乐哟！在这个美好的年纪，妈妈想和你聊聊这一年来我们的生活。

宝贝，原谅妈妈总是"突发奇想"，接你放学的那刻，我盼望着能重回校园。别人总会质疑妈妈的"肆意妄为"，否定这个时候读书的意义，因为于我的年龄而言，文凭对于晋升的意义并不大，而且陪伴你的时间更会减少。但，我不仅是你的妈妈，更想成为你的伙伴、你的榜样，与你一同前行。学习是每个人一生的功课，无论是知识的积累，还是为人处世的道理。我们要保持一颗求知的心，不断地充实自己、提升自己，这样才能更好地应对生活中的各种挑战。

很开心你知道后对我说："妈妈，你真棒！"妈妈在求学期间，你加入了学校的航模队，这让妈妈特别为你骄傲。你是那么善于思考，在航模队里收获了不少知识和技能。看着你专注地摆弄着航模，认真地和小伙伴们讨论着问题，妈妈知道你正在成长为一个有思想、有追求的孩子。

这一年暑假，我们一起去了深圳。走进"世界之窗"的大门，呈现了一片微缩的世界，不同国家的著名建筑依次映入眼帘。高耸的埃菲尔铁塔模型将巴黎的浪漫与优雅直接搬到了眼前，让人感受到了独特的法式风情；古埃及的金字塔散发着神秘的气息，巨大的石块堆积而成的古老奇迹承载了几千年前古埃及人的智慧与勤劳；悉尼歌剧院犹如一组洁白的贝壳，静静地矗立在水边，这就是建筑之美；意大利的比萨斜塔充满趣味，游客们摆出各种有趣的姿势与它合影……

"世界之窗"里还有许多精彩的表演。我们观看了一场充满异域风情的舞蹈表演，演员们身着华丽的服饰，在绚丽的舞台上翩翩起舞，那优美的舞姿和动人的音乐，让人仿佛置身于遥远的国度。当旁边小朋友嗤之以鼻说这些是假的的时候，你却说"世界之窗"是一座连接世界文化的桥梁，体现了人类文明的丰富多彩和博大精深。真棒！凡事关注闪光点，这是一种很好的生活态度。

我们还去了深圳野生动物园，它是中国第一座集动物、森林、植物、科普等多种特色和观赏功能为一体的具有亚热带新型园林生态环境系统的风景区，共划分为三个区域：食草动物区、猛兽谷和表演区。除了你最喜欢的大熊猫外，还有华南虎、金丝猴、东北虎、火烈鸟、麦哲伦企鹅、长颈鹿、斑马、亚洲象、丹顶鹤和犀牛等。我们看了动物表演，还体验了喂食，之后合影留念。是的，如你所说，大自然里的动物和植物都是我们的好朋友。

十岁，是一个特殊的节点，它标志着你从稚嫩的孩童逐渐迈向朝气蓬勃的少年。十岁的你，眼中多了一份坚定与自信。十岁也是一个新的起点，愿你保持乐观积极的心态，珍惜时光，努力学习，坚持自己的梦想，永不放弃，向着目标奋勇前行。妈妈会继续在学习的道路上前进，成为更好的自己，让我们一起携手同行！

永远爱你的妈妈

2014 年 11 月 15 日

彩云之南

亲爱的宝贝：

　　时光匆匆，今天你十一岁了，生日快乐！这一年里，你给大家带来了无数的欢乐和惊喜，你的每一次进步，每一个笑容，都深深地印在我的心里。

　　妈妈出版的第一本书《栀子花开》在白鹭洲的《厦门日报》读者节上为福利院儿童进行募捐义卖，你倾情出演，拿着书走在人群中"招揽生意"。不仅如此，你还是妈妈的第一位顾客，当你拿出零花钱投入义卖箱的那刻，妈妈满心喜悦，我们一起做了件有意义的事。予人玫瑰，手有余香，爱是需要传递的。

　　这一年，妈妈又踏上了学习之路，以前只是寒暑假集训，这回妈妈要去上夜校了，一周三个晚上加一个周末，陪伴你的时间越来越少了。本以为班里我最年长，谁知，还有一位七十二岁的老爷爷，他孜孜以求的求学精神实在让妈妈佩服不已。但是，看到他生病请假还来问作业时，我却有了另一种看法，那就是凡事不可执念太深，否则可能会带来伤害。量力而行的中庸之道，有益于身体健康，循序渐进，方能走得更远。所以请记住：世上没有任何一件事值得你以牺牲健康为代价，无论是身体健康还是心理健康。因为人才是一切的根本，努力去做就好，其余的只需尽人事听天命。

　　在你成长的道路上，也会遇到很多挑战和选择，妈妈希望你永远记住，要珍惜自己的身体，不要过度劳累和勉强自己。有人整天把"随缘"或"顺其自然"放在嘴边，喊口号或干脆摆烂，这也是不可取的，我认为努力之后对于结果要坦然对待，悦纳万事万物才是真正的"随缘"或"顺其自然"。

今年年初,我四十岁生日那天,你悄悄地用自己积攒的零花钱为我买了一束鲜花、一个蛋糕,并亲手制作了一张贺卡。当我下班回家,看到你捧着花束站在门口时,我感动得热泪盈眶,心中满是欣慰和幸福。三十而立,四十不惑,但以我的心智,似乎永远停留在十八岁,幼稚得可爱,不知人间险恶。

这个暑假,我们跟团去了一片神奇的土地——云南,彩云之南。初到昆明,你便爱上了那里的夏天,阳光洒在身上,温暖而不炽热,微风轻拂,带来阵阵花香。漫步在滇池边,湖水波光粼粼,远处的西山宛如一位沉睡的美人,静静地守护着这片美丽的湖泊。海鸥在天空中翱翔,时而俯冲而下,与游客们嬉戏,你买了饲料喂鱼喂海鸥,它们纷纷跟着你。在这里,时间仿佛放慢了脚步,让我们尽情地享受大自然的宁静与美好。

告别昆明,我们去了大理,一路上欣赏着窗外的美景。蓝天白云下,绿色的田野和古朴的村庄交相辉映,构成了一幅美丽的田园画卷。大理市内,独特的古城风貌,青石板铺就的街道,两边是古色古香的建筑,店铺林立,售卖着各种特色商品,你买了一堆纪念品,说要送给同学。真好,"独乐乐不如众乐乐"。接着,我们去了洱海,那是大理的另一颗明珠,湖水清澈见底,看着湖面上的渔船和远处的苍山,心安静了下来。我们租了一辆双排自行车,沿着湖边骑行,微风拂面,心情格外舒畅。

终于到了妈妈心心念念的丽江,那是一个充满浪漫与诗意的地方。古城里,潺潺的流水声伴随着悠扬的音乐,让人陶醉其中。夜晚的丽江更是别有一番风情,灯火辉煌,热闹非凡,歌声与欢笑,青春与激情,在这里肆意挥洒。你最喜欢的是玉龙雪山,它高耸入云,山顶的白雪在阳光的照耀下闪闪发光。乘坐缆车缓缓上升,看着脚下的美景,心中充满了震撼。在雪山脚下,蓝月谷的湖水呈现出迷人的蓝色,就像一块巨大的宝石镶嵌在山间。

  我们还去了西双版纳，漫步在热带雨林中，仿佛置身于一个绿色的童话世界。高大的树木直插云霄，繁茂的枝叶交织在一起，形成了一片天然的绿色穹顶。阳光透过树叶的缝隙洒下，形成一道道金色的光束，如梦如幻。耳边传来鸟儿清脆的鸣叫声和昆虫的低吟，你说那是大自然演奏的一场美妙交响曲。野象谷是一个充满神秘色彩的地方。虽然没有亲眼看到庞大的野象群，但那若有若无的踪迹和周围充满野趣的环境已颇为有趣。十天的云南之行，让我们领略了大自然的鬼斧神工和人类文明的丰富多彩。

  宝贝，十一岁是一个充满希望的年龄。愿你心中有梦，眼里有光，脚下有路，勇敢地去追逐自己的梦想，创造属于自己的精彩人生。

永远爱你的妈妈
2015年11月15日

十三天十座城

亲爱的儿子：

　　时间如白驹过隙，转瞬之间，你已然十二岁了。你一日日地长大，越发地懂事起来——其实啊，你一直都是那么懂事。在你的成长过程中，我给予了你诸多的自由，只为了让你能够更好地探索世界、认识自我。所幸，你没有辜负大家的期望，快乐且"野蛮"地成长着。生日快乐，大宝贝！

　　这个暑假，我们过得很愉快，特别是用十三天开启十座城市的旅游。感谢沿途的好朋友们给我们的助力和接待，每一个地方都留下了深刻的记忆。

　　旅程的第一站是广州，当你踏上这片充满活力的土地时，立刻被它的繁华所吸引。高楼大厦林立，车水马龙的街道上人群熙熙攘攘。广州的美食让你赞不绝口，鲜美的肠粉、香气四溢的煲仔饭、软滑多汁的虾饺、鲜香可口的云吞面……夜晚的地标性建筑广州塔更是璀璨异常。我们去了广东博物馆、白云山、越秀山、长隆野生动物园……

　　你最喜欢长隆野生动物园，那是一个充满欢乐和惊喜的地方。我们乘坐了小火车，穿梭在动物们的栖息地之间，近距离地观察它们的生活习性；观看了长隆大马戏，那精彩的表演让人目不暇接，演员们高超的技艺和动物们的默契配合，给大家带来了一场视觉盛宴。惊险刺激的杂技表演、幽默风趣的马戏表演、妙不可言的魔术表演，每一个节目都让人惊叹不已。观众的掌声和欢呼声此起彼伏，现场气氛热烈而欢快。

　　接着，我们去了惠州。那里自然风光美不胜收，青山绿水环绕，空气清新宜人。惠州西湖，湖水清澈如镜，微风吹过，泛起层层涟漪。岸边垂柳依依。漫步在西湖边的小径上，感受着那份宁静与悠然。远处的亭台楼阁错落有致，古色古香，极具历史韵味。罗浮山不仅气势磅礴、云雾环绕，还有古老的道观，巽寮湾和鼓浪屿差不多，海滩洁白细腻，海水清澈见底。阳光洒在海面上，波光粼粼，美不胜收。

随后，我们到了佛山，那是妈妈朋友的故乡。佛山祖庙博物馆里有精彩绝伦的醒狮表演，只见两只威风凛凛的狮子在舞台上跳跃、翻滚、扑腾，它们的眼睛炯炯有神，它们的动作敏捷而有力，充满力量和美感。在黄飞鸿纪念馆里，我们了解了武术大师的传奇人生，他的爱国精神、侠义风范和高超武艺让人敬佩不已。

而后我们去了梅州、连城、上杭等地，最后去了香港和澳门。落地香港时，我们先"车游"了香港体育馆，然后去了香港科学馆，那里有好多新奇的科学展示和互动体验，让人在玩的过程中学习到了很多知识，傍晚我们又打卡了太平山顶的夜景。第二天早上，我们在香港紫荆广场观看了庄严的升旗仪式，而后去了迪士尼乐园，美丽的城堡、可爱的卡通人物、精彩的表演，每一个地方都让人身处童年。我们和米老鼠、唐老鸭一起合影留念，和白雪公主一起跳舞，和小熊维尼一起玩耍。

最后在游玩香港海洋公园后，我们去了澳门，参观了大三巴牌坊，还有澳门科学馆。漫步在澳门的街头巷尾，我们品尝了当地的特色美食，如葡式蛋挞、猪扒包等，每一口都让人回味无穷。

这十三天的旅行，让我们收获很多，不仅欣赏了美丽的风景，品尝了美味的食物，还了解了不同的历史文化和风俗习惯，最重要的是在旅行中更加勇敢、坚强和独立。

旅途中的你很棒，学校里的你也是一如既往的优秀。老师表扬你一直认真努力，上课时全神贯注听讲，积极回答问题，作业也总是保质保量完成，又快又好。让我尤其欣慰的是，你能团结同学，当有同学遇到困难时，你总是毫不犹豫地伸出援手，帮助他们解决问题。你的善良和热心，让你在同学中赢得了很好的人缘。

在家里，你也是个懂事的好孩子。因为妈妈在去年底参加了全国研究生考试，幸运地通过初试和复试，九月份正式成为一名全日制的研究生，开始忙碌起来。你主动承担起了一部分家务，如扫地、擦桌子、洗碗等，这些活儿你都干得有模有样。

儿子，你真的很棒！妈妈为你感到骄傲和自豪。希望你在生活中能继续保持这些优秀的品质，保持一颗好奇的心，去发现那些美好的、有趣的事物；在学习上能积极探索，找到适合自己的方法，不断进步。

永远爱你的妈妈

2016年11月15日

上初中啦

亲爱的儿子：

  时光悄然流转，你已然十三岁了。我的宝，生日快乐！看着你从稚嫩的孩童成长为翩翩少年，大家心中满是欣慰与骄傲。

  六年级下学期，你作为学生代表为一年级的学弟戴上红领巾，当你庄重地为学弟系上红领巾、送上温暖的祝福和亲手制作的礼物，妈妈看到了你身上的责任与担当。老师为你拍下了珍贵的照片，你用自己的行动诠释着成长与传承。

  还有那次图书分享活动，你积极参与，在台上自信地讲述着书中的故事和感悟，还设计了问答环节和换书互动，你的热情和真诚感染了在座的每一个人，给同学们带去了阅读的快乐。真开心，你不仅收获了知识，更学会了分享与交流。

  在班级毕业册的排版工作中，你的细心与才华展现得淋漓尽致。你认真地挑选照片，精心设计版面，把同学们的回忆和梦想都凝聚在那一本毕业册中。大家都很喜欢你的设计，那是你们小学生活的珍贵纪念，也是你用心付出的成果。

  暑假的毕业之旅，我们去了东北。哈尔滨素有"东方小巴黎"之称，即使在夏日，也散发着浓郁的欧式风情。中央大街是哈尔滨的标志性景点，街道两旁林立着各种欧式建筑，我们走在青石板路上，吃着马迭尔冰棍，欣赏着精美的建筑，感受着历史的沉淀，你还挑选了几个套娃作为纪念品要送给同学。圣索菲亚教堂是东正教教堂，以其独特的建筑风格和庄严的氛围吸引着众多游客。教堂的绿色洋葱头穹顶在阳光下熠熠生辉，墙壁上的壁画诉说着古老的故事。走进教堂，里面宽敞明亮，庄严肃穆。我们静静地坐在教堂的长椅上，感受着那份宁静与神圣。

夏天虽然没有冰雕世界，但你却爱上了太阳岛，那是哈尔滨的一颗明珠，绿树成荫，花香四溢。漫步在太阳岛上，仿佛置身于一个绿色的世界。岛上的欧式别墅错落有致，与自然景观融为一体。我们租了一艘小船，在湖面上荡漾。微风拂面，湖水波光粼粼，心情格外舒畅。

告别哈尔滨，我们来到了那个"风吹草低见牛羊"的地方——大兴安岭——大自然的绿色宝库。连绵起伏的山脉，郁郁葱葱的森林，清澈见底的溪流，构成了一幅美丽的画卷。沿着山间小路前行，呼吸清新的空气，沿途看到了许多珍稀的动植物。有可爱的松鼠在树枝间跳跃，有美丽的鸟儿在天空中翱翔，还有各种不知名的野花野草在风中摇曳。这里是它们的家园，也是大自然的馈赠。大兴安岭神鹿园最得你心，你搂着小鹿照相，是那么亲密无间。

毕业旅行后，你迎来了初中生活，开启新的里程。这是一个充满挑战和机遇的阶段，妈妈相信你一定能够勇敢地面对一切。在新的环境中，要继续保持那份善良、热情和努力，积极与老师和同学们交流合作，不断追求进步。

儿子，人生的道路还很长，无论前方有多少困难和挫折，我们都会一直在你身边支持你、鼓励你。愿你在新的旅程中，绽放出更加绚烂的光彩，收获更多的成长与幸福。对了，作为特殊的生日礼物，我们家来了个小成员——可爱的小咪。你抱着软软糯糯的它，笑得合不拢嘴，看来这份礼物深得你心。真开心啊！

永远爱你的妈妈
2017年11月15日

"电脑达人"

亲爱的儿子：

　　时光飞逝，我的宝贝，你已经十四岁了。今年，你度过了最后一个儿童节，收到了很多礼物和祝福，妈妈看到你脸上洋溢的笑容，心中满是欢喜。

　　自从上初中后，你变得更加独立。你有了更多的兴趣爱好，这是成长的标志。关于坚持一种爱好和涉猎不同领域，妈妈觉得各有其价值。能坚持固然好，它能让你在一个领域深耕，取得卓越成就；但若喜欢广泛涉猎不同领域，也未必就不好，它能拓宽你的视野，丰富你的人生体验。就像博览群书和术业专攻之间也许自古难以两全，但多尝试、多体验，再去选择热爱的，并为之奋斗一生，这无疑是一种智慧的成长方式。虽然妈妈希望你能把曾经的兴趣爱好坚持下去，可想想，我本身也是个"朝三暮四"、想什么就干什么的人，也许这就是隐藏基因的显性表现吧。

　　当然了，据妈妈观察，到目前为止，你最喜欢的还是电脑，无论硬件还是软件，你都"运筹帷幄，决胜千里"，有着超常的天赋，被同学老师笑称为"电脑达人"。这很棒，说明你在这个领域大有可为。只是，电脑很大，世界也很大，还有很多精彩等待你去发现。

　　这个暑假，我带领你和小伙伴们去了桂峰古民居和婺源，虽然近，却也是一段难忘的旅程。桂峰古民居仿佛是一个被时光遗忘的角落，古老的建筑散发着岁月的气息，青石板路蜿蜒曲折，带我们走进历史的深处。徜徉在古村落中，感受宁静与古朴，那些精美的木雕、石雕，无不展现着古人的智慧和技艺。你和好朋友们好奇地观察着每一处细节，窃窃私语，仿佛在与历史对话。

　　婺源，更是如诗如画，尤其是那独特的晒秋景象，给我们留下了深刻的印象。五彩斑斓的农作物铺满了窗台、屋顶，红的辣椒、黄的玉米、橙的南瓜……何等绚丽多彩的画卷啊！你站在那里，眼睛写满了惊喜和好奇，你说你感受到了秋天的丰饶和温暖，也体会到了人们对生活的热爱和期待，那是大自然与人类生活的完美结合，是秋天独有的风景。

　　你和我一样，向来对秋天有着特殊的感情。"自古逢秋悲寂寥，我言秋日胜春朝。"你觉得秋天不只是树叶飘落的萧瑟，更是收获的季节，充满了希望和生机。你喜欢秋天的凉爽，喜欢那湛蓝的天空和洁白的云朵。

　　儿子，你的未来充满无限可能。妈妈期望你能保持这份对世界的好奇和探索的勇气，不断地去学习、去成长。无论你选择在哪个领域发展，都要秉持认真负责的态度，努力做到更好。生日快乐，永远快乐！

永远爱你的妈妈
2018年11月15日

各自做更好的自己

亲爱的儿子：

  我的宝贝，时间都去哪儿了？一转眼，你已经十五岁了，看着你从稚嫩的孩童成长为朝气蓬勃的少年，妈妈满心感慨与欣慰。

  先来说说妈妈这一年的经历吧。去年，妈妈研究生毕业后就进入学校代课，那是个全新的开始，也是一件充满挑战的事情。每天的生活忙碌而充实，备课、上课、批改作业，与学生们交流互动，看着学生们在知识的海洋中逐渐成长，我心中充满了成就感。虽然每天岛内外奔波几十公里很累，但妈妈是快乐的，不是谁都能在四十岁选择从头再来的。在这个成长的过程中，我努力做了更好的自己。

  原本想着这个暑假可以多陪陪你，一起去看看外面的世界，享受属于我们的亲子时光。然而，生活总是充满了意外和惊喜，妈妈有幸入选了全国艺术基金的漆线雕培训，这是一个难得的机会，妈妈自然不想错过。于是，这个暑假变得更加忙碌了。

  漆线雕的创作过程充满了挑战和乐趣。为了完成作品，妈妈常常通宵达旦地工作。每一根线条的勾勒，每一个细节的雕琢，都需要全神贯注和耐心细致。在这个过程中，妈妈仿佛进入了一个属于自己的艺术世界，忘却了时间的流逝和外界的喧嚣。虽然辛苦，但妈妈心中却充满了快乐，做自己喜欢的事总是让人充满动力和激情，也让人感受到生命的意义和价值。

  在这个过程中，妈妈更加理解了你在电脑前"奋斗不息"的样子。因为对电脑的热爱，你无论在硬件还是软件上，都投入了大量的时间、精力和零花钱。看着你专注的神情和熟练的操作，妈妈知道，你在这个领域找到了属于自己的快乐和成就感，就像妈妈在漆线雕创作中一样。我们都相信，唯有热爱方能抵岁月漫长。

虽然这个暑假我们没有远行，但也有属于我们的精彩。我们一起去了德化和漳州，这两个闽南城市少了繁华和热闹，多了点儿独特的魅力和风情。

德化是一个以陶瓷闻名的小城。我们先参观陶瓷博物馆，了解德化陶瓷的历史和发展，而后走进陶瓷工厂，目睹陶瓷的制作过程。没想到，你对陶瓷制作产生了浓厚的兴趣，不停地向工匠们提问，学习制作的技巧和方法。

我们去了漳州古城，石板路蜿蜒曲折，两旁是古色古香的店铺和民居。古城里有一座文庙，建筑宏伟壮观，红墙黄瓦，雕梁画栋。走进文庙，一股庄严的气息扑面而来，孔子的雕像前，站着许多双手合十顶礼膜拜的游客。他就是"至圣先师"，学高为师，身正为范，这也是"师范"的由来。来漳州，怎少得了美食？我们品尝了卤面、豆花、四果汤、麻糍、面线糊等。

自你升入初三，学业变得更加紧张了。妈妈知道，你面临着很大的压力，但妈妈也看到了你的努力和坚持，骄傲于你依然能够游刃有余地应对学习任务，希望你能够继续保持这种状态，努力学习，为自己的梦想而奋斗。妈妈相信，只要你坚持不懈，一定能够实现自己的目标，进入自己理想的学校。

妈妈四十岁决定辞职考研，让一切从头再来，虽然貌似逆袭成功，但付出的代价，如人饮水、冷暖自知。外表的光鲜亮丽不代表没有黑暗，那是一种刀尖舔血的选择，所以妈妈想对你说，在合适的年纪做合适的事才是最大的幸福。十五岁是一个充满活力和梦想的年纪，希望你能珍惜美好的时光，努力学习，不断成长。同时，也要保持对生活的热爱和对未来的憧憬，勇敢地追求自己的梦想。不要害怕困难和挫折，因为它们是成长的必经之路。只有经历了风雨的洗礼，才能见到彩虹的美丽。

  宝贝，妈妈希望你能够保持一颗积极向上的心，勇敢地面对生活中的挑战和机遇，爱你所爱，行你所行，无问西东！最后，妈妈想对你说，我永远爱你，只因你是我的儿子，你是独一无二的自己。接下来，我会争取多些时间陪伴着你，成为你前进的动力和勇气，放心，你永远都不会是孤军奋战！

永远爱你的妈妈

2019年11月15日

归来仍是少年

亲爱的儿子：

　　时光如白驹过隙，转眼间你已经十六岁了。这一年，我们共同经历了许多，有艰难，有挑战，也有成长和收获。

　　这一年，你作为一名初三的学生，不得不面临在家上网课的困境。那原本熟悉的教室、亲切的老师和可爱的同学们，都变成了电脑屏幕上的一个个图像和声音。

　　时断时续的网课让你的课业变得极为艰难。网络的不稳定、设备的故障、缺乏面对面的交流与互动，这些都给你的学习带来了巨大的挑战。有时候，课程进行到一半，突然的卡顿或掉线会让你焦急万分；有时候，老师布置的作业无法及时上传，让你忧心忡忡。而且，没有了学校里的那种学习氛围，没有了同学们的互相鼓励和竞争，你需要更大的毅力才能坚持下去。

　　然而，你却让妈妈看到了你的坚强和自律。那段日子里，你没有被影响，而是努力适应了这种新的学习方式。每天，你早早地起床，整理好书桌，打开电脑，准备开始一天的学习。你认真地听讲，仔细地做笔记，积极地回答老师的问题。即使没有老师的监督，你也能自觉地完成作业，复习功课。你会为了解决一道难题而冥思苦想，会为了记住一个知识点而反复背诵。你的努力和坚持，让妈妈深感欣慰。

　　"覆巢之下，焉有完卵？"在那段艰难的日子里，我们只能宅在家里共克时艰。看着你认真上网课的样子，妈妈既心疼又欣慰。心疼的是，你在这样的环境下还要承受如此大的学习压力；欣慰的是，你没有被困难打倒，勇敢地迎接挑战。

而在陪你上网课的期间，妈妈突然萌生了考博的念头。于是，妈妈决定跨考历史学博士。那段日子，妈妈一边陪伴你学习，一边为自己的梦想努力奋斗。经过漫长的准备，妈妈幸运地进入了复试，然而，最终还是因为种种原因失败了。妈妈曾大哭一场，但后来想通了，于妈妈而言，考研考博都不过只是一场体验，得之我幸，不得我命。只要战胜了自己，就是"虽败犹荣"。

中考，你凭借自己的努力考入了厦门一中海沧校区，离本部分数仅有几分之差。你没有选择外国语中学，因为你热爱自己的母校。多少有些遗憾，但人只能往前看，过去的无论是成功还是失败都只属于过去。由于特殊原因，我们没能有毕业旅行，但为期四天的军训，也给你带来了不一样的体验。在班会上，你被任命为物理课代表，还获得了高中的第一张奖状——军训优秀学员。新的起点，新的进步，未来可期，妈妈为你感到骄傲和自豪。

"书山有路勤为径，学海无涯苦作舟。"宝贝，在未来的日子里，妈妈希望你能继续努力学习，勇敢地面对挑战。愿你前程似锦，归来仍是少年！无论何时何地，妈妈都会一直在你身边支持你、鼓励你。生日快乐，平安喜乐！

永远爱你的妈妈
2020 年 11 月 15 日

升级打怪

亲爱的儿子：

当我坐在桌前，提起笔写下这封信的时候，万千思绪涌上心头。时光如白驹过隙，转眼间你已经十七岁了，这是个充满希望与梦想、活力与朝气的年纪。

在这个充满挑战的时期，你的内心世界或许也会受到各种影响，学习的压力、社交的限制、未来的不确定性，都可能给你带来焦虑和困扰。但宝贝，你要知道，无论何时何地，都要学会照顾好自己的身体和心灵，保持乐观积极的心态，勇敢地面对生活中的困难和挫折。不要让负面情绪占据你的内心，要学会释放压力，寻找属于自己的快乐。

快乐是一种力量，一种能够让我们在困境中依然保持前行的力量。让自己快乐是一种能力，一种积极面对生活、感受美好的能力。人生的意义不仅仅在于成就，更在于过程中的体验和成长。

十七岁的你，正处在人生的黄金时期。要不辜负时光，努力学习，不断充实自己。在学校里，认真听讲，积极参与各种活动，拓展自己的知识面和视野。同时，也要学会思考，培养自己的独立思维能力和创新精神。除了学习，还要多去尝试新的事物，开阔自己的视野，多关注时事，关心他人，积极参与公益活动，为社会的发展做出自己的贡献。

有责任有担当，这是一个人成熟的标志。你即将步入成年，应学会对自己的行为和未来负责。如今的社会，"内卷"严重，竞争激烈，每个人都在拼命地努力，试图在这个世界上找到自己的一席之地。我们都在思考着未来的路该如何走，如何才能在这个竞争激烈的社会中脱颖而出。

我曾开玩笑地跟你说:"躺也躺不平,卷又卷不动。"你说你讨厌"内卷",但也不会"躺平",你游离于两者之间。很高兴能与你聊聊这两个词。事物往往具有两面性,就像一把双刃剑,"内卷"虽然带来了压力和挑战,但也促使我们不断进步,不断超越自己。我们要学会正确看待"内卷",既要保持积极进取的心态,又要避免过度焦虑和内耗,更不能被这种"内卷"的氛围所左右而失去自己的方向和目标。

不"躺平"也不过分内耗,这是一种智慧,也是一种勇气。我们要找到一个平衡点,既要有奋斗的目标和动力,又要学会放松自己,调整心态。当我们感到压力过大时,不妨停下来,做一些自己喜欢的事情,让自己的身心得到放松。同时,我们也要学会合理安排时间,提高学习和工作效率,避免不必要的浪费和内耗。面临选择时,不要被外界的因素所干扰,静下心来,倾听自己内心的声音,就能做出最适合自己的选择。如果你的内心告诉你,这件事情是你真正想做的,那么就勇敢地去做吧。不要害怕失败,只要你有坚定的信念和勇气,就一定能够克服一切困难。

儿子,愿你在这个特殊的时期,依然能健康快乐地成长,绽放属于自己的光彩。妈妈如此长篇大论只是为了和你交流,抛砖引玉罢了。生日快乐,健康成长!

永远爱你的妈妈
2021年11月15日

成为有趣的人

亲爱的孩子：

　　妈妈曾许诺，在你18岁成人之时要送你一份特殊的生日大礼。你万万想不到，妈妈的大礼仅仅是一封小小的信吧？但请记住，纸短情长，我对你的爱如同一句誓言，沧海桑田，永远不变。

　　还记得上周日我们一起去书店吗？买完书后，我顺手挑了一盒游戏牌，名为《我要成为有趣的人》，里面108张牌上记录着108件有趣的小事，游戏者抽到哪张就试着去完成上面的内容，完成后可获得一颗许愿小星星。你站在旁边忍着笑意，而熟悉的店员则调侃我的内心"住着一个孩子"，你终于忍不住放声大笑，眼神里写满了对我幼稚的无奈。我一本正经地纠正道："我本就是个孩子！内心澄澈透明，永葆热爱和真心。"店员佯装要收回游戏牌，笑着说我："你本就是一个有趣的人，要牌何用？"那时，我注意到，你的表情变了，眼里充满光芒。

　　回家的路上，你突然问我："妈妈希望我成为怎样的人？"我笑道："一个有趣的人。"你以为那是我随口一说，有些不解："我小时候您可不是这样说的！"确实，你小时候同样的问题我的回答是："希望你能平安健康、真诚善良，成为一个有责任有担当，于国于家有益的人。"其实，现在也是。但我更希望你成为一个灵魂有趣的人，悦纳万事万物，内心永远丰盈，以自己喜爱的方式度过一生。

　　"那有趣的人是怎样的呢？"面对你的提问，我稍加思索答道："有格局气度，不计较得失；能洞若观火，善于发现美；敢直面自我，愿接受挑战；充满好奇心，兼童心初心。"你听完若有所思，抛出了第三个问题："有趣的人应该是快乐的，但他们会成功吗？""不错，这真是个好问题！"我点点头，反问道："那你说什么是成功？"你脱口而出："能随心所欲，做自己喜欢的事，成为自己想成为的人，不负生命。"答完后你怔住了，我们相视一笑，似乎又回到了原来的命题，似乎你已对答案了然于心。

下车后，你径直往学校走去，晚自习的时间到了。一次次望着你远去的背影，我依然不舍。父母子女之间，本就是一场渐行渐远的离别，更是一场且行且珍惜的修行。所以，请永远心怀感恩地珍惜当下，永远坚定信念地勇往直前，"爱你所爱，行你所行，听从你心，无问西东"。备战高考的日子终将成为你生命中独一无二的记忆，在这个人生的十字路口，妈妈希望你能把握此刻，做更好的自己，因为实力才是底气。

十八岁，意味着成人，无论求学抑或立世，希望你能谨记以下六点：

生命面前，诸事皆微；自强不息，心怀天下；心存敬畏，谨言慎行；求教家人，解惑师长；论而不辩，和而不同；斗转星移，家乃港湾。祈愿你平安喜乐，不负韶华，梦想成真！

对了，最后补充一句：你的生日大礼包正在运输途中，敬请期待，查收时记得给个好评！

永远爱你的妈妈

2022 年 11 月 15 日

十八而志，未来可期

亲爱的妈妈：

展信佳！

"少年就是少年，他们看春风不喜，看夏蝉不烦，看秋风不悲，看冬雪不叹，看满身富贵懒察觉，看不公不允敢面对。只因他们是少年。"想抓紧点滴时间，留住转瞬即逝的日子；也想将其有效利用，弥补匆匆流逝的光阴。三年高中生活，弹指一挥间，而我也不再是曾经内向腼腆、不善言辞的少年。光阴，带走了流年，也给我们留下了无限的纪念。

三年前，你与父亲背着行李，带我住进这个梦的摇篮。三年来，创新论文、科技节活动、作文大赛、生物竞赛、评优评先，你们时刻伴我左右，力所能及地帮助我、鼓励我；班级视频，刊物、年段活动背景板，场务、学生会信息化培训，主席竞选，新闻稿撰写，《一中攻略》的主编排版、文案审核，"优秀学生会干部"的评选，你们也不曾干涉，并在需要的时候辅助我完成相关工作。

感谢你们一路上的陪伴与支持。

生活之中，你予我无限关爱——无论是生病时的照顾，抑或是学习时的鼓励，你都在默默地支持着我。每次我感到疲惫或无助时，都能看到那坚定的目光和温暖的微笑。小小的关怀，带给我的，是无比的安慰和力量。

拼搏之旅，你为我指明方向——"五十五天，信念的奇迹"。不到两个月的时间，你在朋友、同事的怀疑与不屑中，用自己的努力与毅力做到了"不负己心，不负他人，不负此生"。这让我更加坚信，今日的失败，都是过去懈怠的结果；而今日的努力，必在将来结成累累硕果。

成人之路，你同我冲云破雾——诚实、宽容、坚持、勇敢。字字谆谆教诲，句句逆耳忠言，让我在面对挫折和困难时能够坚持自己的信念。当其他人在为了梦想带病坚持努力的时候，你却让我适当休息，爱护身体。这些看似平常的言语或"不值一提"的道理，汇成了我成人路上的坚实地基。

十八年飞似的光阴，一转眼又成过去。面对过去，有几分遗憾；面对当下，有许多期待；而面对未来，当有无限信心。

有一种感动，不是热泪盈眶，它是由心而发的颤抖。

洪宇轩

2023年3月17日

亲爱的儿子：

见信安好！

今天是你的成人礼，在你走过成人门的那刻，我将送上一份特殊的礼物——2023厦门建发马拉松新年珍藏版的小金人音乐盒。

半个月后，2023年4月2日，白金厦马将再次启动。大美鹭岛上的环岛路如同包容万象的圆，赛道沿途可见闽南古厝、世遗鼓浪屿、百年厦大……音乐是流动的建筑，建筑是凝固的音乐，这座你生长的小城将音乐与建筑合二为一，彰显人文与生机。

"日月忽其不淹兮，春与秋其代序。"自2003白鹭初鸣，至2023王者再来，不仅厦门马拉松赛匠心不变，运动员们更是跨越了二十年的时光之河，初心不改，拼搏不止。42.195公里最美马拉松赛道，正等待他们一决高下，再谱辉煌！

在我看来，马拉松的核心是两个毫不相干词语的组合——"孤独"与"坚持"。训练是孤独的，赛道亦是孤独的。不要害怕孤独，唯有孤独才能让人静下心来做好自己想做的事，回归禅定的境界。很多成功的人，他们并非个个天赋异禀，但都做到了十年如一日的坚持，不放弃，不妥协，不随波逐流。享受孤独，坚持努力，总有一天会到达自己理想的彼岸。

十二年的寒窗苦读，犹如一场马拉松，此时的你已接近终点，铆足劲儿往前冲，便可一骑绝尘。希望你如同音乐盒上的小金人一样，与同学们并肩奔跑，一起向未来！江平视野阔，风正好扬帆，祈愿这份礼物能带给你好运，从此圆梦远航！

"十八而志，责有攸归；十八而志，大任始承。"星光不负逐梦人，趁青春正好，勇敢前行吧！请记住：奋力拼搏但莫忘风景，赢得成绩更莫失初心，因为人生本就是一场马拉松。

祝福！

懂你的妈妈
2023年3月18日

奔涌吧，后浪

亲爱的孩子：

此刻，我读着纪伯伦的诗《你的儿女其实不是你的》，回想你成长过程中的点点滴滴，不觉已嘴角上扬，热泪盈眶。

感谢你来到我的生活中。我可以倾我所有给你爱，或成为你的领路人，或与你并肩同行，但不能禁锢你的思想，左右你的选择，你有自己的人生使命。

"生命中最大的幸运，莫过于在人生中途、年富力强时发现了自己的人生使命。"如何发现？唯有全身心地去生活、去感受、去探求、去甄别……你在我身旁，却并不属于我；我能庇护的是你的身体，而不是你的灵魂。我是守护者，使你免于孤军奋战，但不是掌控者，你拥有独立的思想，自由的灵魂，你只需为自己、为生命而好好生活。

你的灵魂属于明天，天高任鸟飞，海阔凭鱼跃，我能给予你的最好礼物便是放手与自由。长江后浪推前浪，作为前浪，我唯有把握方向、拼尽全力、无所畏惧，变得像你们一样生机勃勃，才能创造更多的价值。奔涌吧，后浪，只要你愿意，一切皆有可能，一代更比一代强——你们是时代的主人。

"这世间所有的爱都指向团聚，唯有父母的爱指向别离。"我是弓，你是箭，我望着未来之路上的箭靶，用尽力气将你拉开，你朝着靶心飞奔而去，离我越来越远。我微笑地目送你的背影，期待着百步穿杨。你手中亦持着一副无形的弓箭，不必害怕脱靶，放下得失心，让起伏的心情归于平静，耳边的风声自会告诉你心的方向。

心之所向，就是梦开始的地方。看着一份份班主任评语，我在心里想象校园中的你。在老师的眼中，你是一个沉静内敛、有主见、有决断力的学生；在同学的眼中，你是一个认真、踏实、乐于助人的好伙伴。你担任学生会技术部副部长，编辑《一中攻略》，虽坚守幕后，但光芒四射。翻着高中三年你获得的奖状和证书，相信心存高远的你在经历了三年的成长与蜕变后，定能像一棵向上生长的树，扎根大地，不惧风云变幻。

　　高考即将到来，妈妈希望考场上的你，努力拼搏，勇攀高峰，实现心中所愿！

爱你的妈妈
2023 年 6 月 1 日

后 记

　　此刻，正值中秋之夜，万家灯火如繁星闪烁，温暖而明亮。清风吹过，带着淡淡的桂花香，月光如水，为世间万物披上一层银纱。我轻轻按下保存键，凝视着眼前二十几万字的散文集，心中感慨万千。它源于我对生活的热爱和对文字的执着，像一颗精心培育的种子，在心中生根发芽，历经岁月的洗礼，逐渐成长为如今的模样。

　　在此之前的十年间，我已先后出版了六部小说，这是第一本个人散文集。我一直渴望用文字捕捉生活中美好的瞬间与朋友们分享。本书分为六个版块，期待能带领大家走进一个充满诗意与温情的世界，重新找回那些被遗忘的感动和对生活的热爱。

　　《所遇皆诗》专注于记录日常生活中与景物相遇的点滴。每一个平凡的日子都被赋予了诗意的色彩，无论是清晨的第一缕阳光、路边绽放的花朵，还是风花雪月、猫狗鱼虫……都能成为精彩篇章。"生活如诗，所遇皆美好。"相信生活中的每一个瞬间都蕴含着独特的魅力和价值，只要用心去感受，所遇皆可为诗。

　　《念兹在兹》记录了亲情与友情温暖而美好的瞬间。亲情，是与生俱来的羁绊，是无论风雨如何都始终为你撑起的那片天空；友情，是在茫茫人海中那一次不经意的对视，便仿佛相识已久，从此相伴同行，分享欢笑与泪水。"心之所念，情之所系。"每一个故事都如同璀璨星辰，在岁月的长河中熠熠生辉，总有一些人，一见如故，相伴一生。

　　《星河璀璨》是我对这个多彩世界的探索与赞美。无论是宁静祥和的乡村小镇，还是繁华热闹的国际大都市；无论是雄伟壮丽的高山峡谷，还是广袤无垠的大海沙漠，每一个地方都有着独特的魅力等待着被发现。"仰望星空，河清海晏。山川如画，旅途如歌。"

爱情，是永恒的主题。《一眼惊鸿》是一个关于爱情的梦幻花园，绽放着世间最绚烂多彩的情感之花。爱情，是那一瞬间的心动，是眼神交会时的电光石火，从此眼意心期，彼此的身影便深深烙印在心中。有青涩懵懂的初恋，有刻骨铭心的热恋，有历经风雨后的相濡以沫，也有遗憾错过的凄美爱情。"金风玉露一相逢，便胜却人间无数。"相信在这个世界上，总有一份属于自己的爱情，正在某个角落静静地等待着。

《千回百转》分享近十年来我所遇有趣之事引发的感悟。人生是一场漫长的旅程，每个人在喜怒哀乐中收获成长和启示。"千回百转，思绪如潮涌。"文字是一个人心灵的栖息地，让我得以在纷繁复杂的世界中，保持一颗敏锐而感性的心，不断探索人生的真谛，倾诉自己对生活、对人性、对世界的理解和感悟。

《年年岁岁》里是我和儿子的书信，饱含着彼此深深的爱与期望。希望这些文字，能为他留下一些过往的经历和人生的经验，让他在未来的道路上坚定前行。"年年岁岁，母爱永相随。"我们一定会在年年岁岁的时光流转中，更加珍惜这份世间最珍贵的情感。

如今，我已走过半生，岁月的流逝并没有让我感到疲惫和沧桑，反而让我更珍惜生活中的每一个瞬间，更笃定永葆初心，向阳而生。"走过半生，归来仍是少年"，近十年的求学之旅以及笔耕不辍让我受益匪浅，终知：有事可忙是天下的福泽，永不迷茫是人间的信念。人生如寄，时光匆匆，最好的生活就是在忙碌中突破迷茫，保持清醒；在繁杂中坚守初心，从容应对；在期待中日行跬步，努力自律。这就是，忙而不茫，繁而不烦！

谨以此书献给我的五十岁，希望我能始终保持一颗年轻的心，用好奇的眼光去观察世界，用温暖的笔触去书写人生，开启下一个十年的文学之旅。感谢所有给予我守望相助的亲友师长，也感谢每一位热爱文字的读者。希望这本书能像一束光，照亮彼此内心的角落，让我们在纷繁复杂的世界中，找到属于自己的诗意与温情，感受到生活的美好与力量。

　　脚下有千里江山，相信人间值得；眼中有星河万年，坚信未来可期！

洪琦
2024年9月17日